KB261380

ORC 마법사

정민철 판타지 장편 소설

FANTASY FRONTIER SPIRIT

오크마법사 1

정민철 판타지 장편 소설

초판 1쇄 찍은 날 § 2007년 6월 20일
초판 1쇄 펴낸 날 § 2007년 6월 30일

지은이 § 정민철
펴낸이 § 서경석

편집장 § 문혜영
편집책임 § 문정흠
편집 § 최하나 · 김동화

펴낸곳 § 도서출판 청어람
등록번호 § 제1081-1-89호
등록일자 § 1999. 5. 31
어람번호 § 제1-0845호

주소 § 경기도 부천시 원미구 심곡1동 350-1 남성B/D 3F (우) 420-011
전화 § 032-656-4452팩스 § 032-656-4453
http://www.chungeoram.com
E-mail § eoram99@chollian.net

ⓒ 정민철, 2007

ISBN 978-89-251-0766-0 04810
ISBN 978-89-251-0765-3 (세트)

ORC 마법사

정민철 판타지 장편 소설

FANTASY FRONTIER SPIRIT

1

[마법사의 길]

도서출판 책과람

CONTENTS

	프롤로그	7
제1장	마나(Mana)	11
제2장	시험(試驗)	55
제3장	졸업(卒業)	123
제4장	파견(派遣)	163
제5장	도주(逃走)	233
제6장	치료(治療)	283

　인간은 가까운 주변에서 위협을 주는 존재에게 가장 큰 두려움을 느낀다. 그래서 대륙의 많은 사람들이 귀족을 두려워한다. 그들의 말 한마디에 삶과 죽음이 결정되는 순간이 허다하기 때문이다. 하지만 그보다 더 두려운 존재가 있다.

　바로 몬스터이다. 몬스터의 위협으로부터 안전한 지역은 한 나라의 수도 인근을 제외하면 어디에도 없다. 수만여 명이 함께 살아가는 영지도 주기적으로 몬스터의 침략을 받는 처지이다. 결국 인간은 몬스터의 위협에서 평생 벗어날 수 없는 것이다.

　몬스터의 종류는 헤아리기가 불가능할 정도로 다양하다.

그중에서 인간이 가장 두려워하는 몬스터의 종류는 오크이다. 오크보다 강력하고 잔인한 몬스터는 무척이나 많다. 그러나 심리적인 요인으로 말미암아 오크를 가장 두려워하는 것이다.

다른 사람의 입을 통해서 듣게 되는, 일평생 목격하기도 희박한 강력하고 잔인한 수많은 종류의 몬스터보다는 가끔씩 주변에 나타나 목숨을 위협하는 오크가 더욱 두려운 것은 당연한 이치이다. 이러한 오크와 인간과의 관계를 뿌리 뽑기 위해서 마법사들이 나섰다.

수많은 마법사들이 오크를 연구하기 시작했다. 각 나라마다 오크만을 전문적으로 연구하는 오크 학파를 탄생시키고 지원하였다. 오크 학파가 탄생된 지 얼마 지나지 않아 오크의 특성과 약점이 상세히 파악되어 널리 알려졌다.

오크의 영역을 표시한 지도가 유포되고, 오크의 약점을 이용해 예전보다 쉽게 사냥할 수 있는 방법들이 제시되었다. 또한 오크만을 상대하기 위한 전략 전술이 몇 단계 진보되어 주기적으로 토벌할 수 있는 발판이 마련되었다.

그제야 인간들은 오크의 두려움에서 약간이나마 벗어날 수 있었다. 그렇다고 오크가 위협적이지 않다는 것은 절대 아니었다. 단지 오크를 대하는 마음가짐이 변화되어 두려움에 당당히 맞서 삶을 영위할 수 있게 되었다는 것이다.

그 덕분에 오크 학파의 마법사들은 '오크마법사' 라는 영광스런 칭송을 받았다. 그러나 세월이 흐르자 오크에 대한 더 이상의 연구 필요성은 사라졌다. 오크 학파는 점차적으로 사라졌고, 사람들에게도 잊혀졌다. 현재에 이르러서는 마법사만이 기억하는 과거의 역사일 뿐이다.

Chapter 1

마나(Mana)

마나
Mana

　　해마다 이맘때가 되면 나라를 불문하고 사람들의 활동이 많아진다. 각국의 여러 아카데미에서 학생을 받아들이는 시기이기 때문이다. 기사나 마법사를 육성하는 귀족 중심의 아카데미를 비롯해 특정한 직무에 필요한 지식과 기술을 가르치는 평민을 위한 아카데미까지 고려한다면 엄청나다.

　　콘라드 제국의 드레이얼 마법 아카데미의 경우에는 다른 곳보다 신입생 선발 경쟁이 더욱 치열하다. 다른 아카데미와 다르게 나라의 지원을 받아 학비가 무료인 것이다. 그 때문에 타국의 학생들까지 유학을 오는 경우도 있었다.

　　"학장님, 어떻게 처리해야 될까요?"

드레이얼 아카데미의 신입생 선발 위원회원들이 지오프 학장의 대답을 기다렸다. 그러나 지오프로서도 여타 위원회원들과 난감하긴 마찬가지였다.

'나이에 제한을 두는 학칙이 없다지만, 이건 너무하군.'

지오프는 마음속으로 한숨을 내쉬었다. 마법학문은 적어도 10세 내외에 시작해야 20대 중반에 3서클을 달성하여 마법사로서 활동할 수 있다. 그래서 마법 아카데미의 입학생은 마나에 재능이 뛰어난 볼 살도 빠지지 않은 소년소녀들이다.

"혹시 이와 같은 경우가 예전에도 있었나?"

"네, 학장님. 몇 년마다 한 번씩 유사한 사례가 계속 있어 왔습니다."

"그렇다면 어떠한 결정이 내려졌는지 말해주겠나?"

지오프는 유사한 사례가 있었다는 말에 무거운 짐을 덜어 놓은 표정으로 반문했다. 하지만 여러 사례를 알고 있는 위원회원들의 표정이 전혀 밝지가 않았다.

"입학을 거부한 경우도 있었고, 그 반대의 경우도 있었습니다. 입학을 허가해도 어린아이들 사이에서 함께 배우다가 수치스러움을 견뎌내지 못해 결국 스스로 떠났습니다. 물론 모두 그런 것은 아니라 졸업까지 한 전례도 있습니다."

"졸업까지 한 전례가 있다면 나이가 많다는 이유로 거부할 순 없군. 지원서에 문제는 없는 건가?"

지오프는 입학 지원서를 담당한 선생에게 질문을 던졌다.

"타국의 귀족인 점을 제외하면 아무런 하자가 없습니다. 지원서와 함께 제출한 1서클을 마스터한 증명서도 마법 길드에서 발급된 것이라 신뢰성에 문제가 없습니다."

"마나의 재능만을 파악하여 받아들이는 마당에 이미 1서클까지 마스터했다면 거부할 사유가 전혀 없으니 입학을 허가하도록 처리하게. 전례도 있고, 입학에 관한 학칙에도 어긋나지 않으니 말이야. 그리고 타국인이 우리 아카데미에 입학하면 그에 따르는 의무는 그 자신이 책임지는 것이니까 우리가 관여할 바는 아니지. 그럼 다른 지원서로 넘어가세."

학장의 결정이 내려지자 위원회는 다른 입학 지원서를 살펴보며 토론을 시작했다. 그들의 앞에는 처리해야 할 지원서가 산더미처럼 쌓여 있었다.

아론은 드레이얼 마법 아카데미의 입구에서 초라하다 못해 비참한 자신의 모습에 분노를 삭이고 있었다. 지금이라도 바네 왕국으로 돌아가고 싶은 마음이 굴뚝같았지만 이곳에 오기 위해서 고생했던 지난 두 달을 생각하면 도저히 그럴 수 없었다.

'어차피 여기는 타국이니까 상관이 없잖아.'

마음을 가라앉히고 긍정적인 방향으로 생각했다. 이곳에서 어떠한 창피를 당해도 바네 왕국에 돌아갔을 때 불이익을 당할 염려는 없다고 생각하니 마음이 편안했다.

‘기운 내자, 아론.’

용기 내어 아카데미의 입구에 발을 들여놓으려는 순간 살벌한 검이 아론의 진로를 가로막았다. 아카데미의 입구를 지키던 기사가 거지 차림의 아론을 가로막은 것이다. 아론은 지난 두 달간의 경험을 떠올리며 자연스럽게 가슴에 간직하고 있던 허가서를 꺼내어 보여주었다.

허가서를 본 순간 기사는 석상처럼 굳어서 움직이지를 않았다. 아론은 석상이 된 기사를 뒤로하고 아카데미 입구로 들어섰다. 엄청난 크기의 운동장을 어린아이들과 학부모들이 가득 메우고 있었다.

아론은 앞으로 벌어질 일들을 상상하며 마음을 진정시키느라 시간 가는 줄 몰랐다. 정오가 되자 마법사들이 나와서 학부모들을 운동장의 외곽으로 내몰았다. 부모와 떨어진 아이들은 입학 허가서에 기록된 번호가 가리키는 장소를 찾아다니며 줄을 서고 있었다.

아론도 10세 안팎의 아이들처럼 자신이 위치할 장소를 찾아다녔다. 결혼을 했으면 지금 주변에 있는 아이들만 한 자식이 있을 법한 나이라서 복잡한 심정이었다. 무려 천여 명이나 되는 아이들이라 허가서에 따라 분류되는 데 상당한 시간이 소요되었다.

거의 마무리가 되었을 즈음에 아론은 주변으로부터 엄청난 시선을 받았다. 거지 같은 외형은 둘째 치고 아이들 틈바구니 사이에서 유일한 성인이었으니 당연하다. 잠시 후 다가오는 마법사들에게 아론은 입학 허가서를 재차 보여주어야만 했다.

아론이 입학생이란 사실이 알려지면서 아이들은 물론 뒤에서 지켜보던 학부모들까지 웃음바다가 되었다. 아론만 한 나이에 마나를 느꼈다면 재능이 없다는 것이고, 그렇다면 일평생 노력해도 죽기 전까지 수련 마법사에서 벗어나기 어렵다는 뜻이다. 그에 반해서 천재적인 마나의 재능을 지닌 아이들과 그 아이들의 부모들에겐 아론은 정말 웃기는 존재였다.

입학식이 진행되는 동안 아론은 경멸의 시선을 받았다. 그것도 모자랐는지 욕설하기를 주저하지 않는 학부모도 있었다. 지오프 학장이 단상에 올라가 아론의 입학 자격에 하자가 없음을 설명하고, 입학식의 진행을 위해 분위기를 진정시켰다.

아론은 콘라드 제국의 드레이얼 마법 아카데미에 입학하기까지의 순간들을 떠올리며 마음을 진정시키려 노력하고 있었다. 어이없게 30살이 되어서 마법사로서의 마나를 느끼게 된 아론의 과거는 매우 평범했다.

바네 왕국에서 매크우드 가문의 셋째 아들로 아론은 태어났다. 평범하게 자라나 기사 아카데미를 졸업하였지만 형편없는 검술 실력이라 영지를 물려받은 첫째 형에게 얹혀 생활했다. 별다른 욕심이 없는 성격이라 아무런 문제도 일으키지 않고 조용히 지낼 수 있었다.

편안히 지냈다고 놀았던 것만은 아니다. 귀족이라는 궁지를 유지하기 위해서 페르민 검술을 열심히는 아니더라도 꾸준히 수련해 왔다. 바네 왕국에서 기초 검술로 제정한 페르민 검술은 기사 서임이나 제식 훈련에 사용되는 게 고작이지만 기사의 마나를 느끼게 해주는 고급 검술이기도 하다.

대부분의 귀족들은 검술을 배우면서 하나의 꿈을 갖게 된다. 마나를 느끼게 되어 소드 익스퍼트의 경지에 올라서는 것이다. 물론 죽도록 검술에 매진한 기사도 이루지 못한다는 꿈과 같은 경지이지만 말이다.

몰락 귀족 가문에다가 혼처도 구하지 못해 노총각이 된 별 볼일 없는 아론이지만 기사에 대한 꿈이 있었다. 그러한 꿈이 실현될 가능성이 없음을 스스로 잘 알지만, 누구나 한 가지씩 희망을 간직한 채 살아가기 마련인 것이다. 하지만 마법사의 마나를 느낀 순간부터 아론이 바라던 꿈은 사라졌다.

아론은 지난 20년간 마법과의 인연이 없었다. 그저 철없던 어린 시절 영웅놀이에 빠져들어 수련 마법사에게 반년간 마법을 배운 게 전부였다. 그런데 20년이 지나서 마나를 느끼게 될 줄은 꿈에도 몰랐다.

흔히 재능이 없음에도 교양으로 마법을 배우는 귀족 중에서 아주 가끔씩 마나를 느끼는 현상이 나타난다. 그러한 현상이 아론에게도 찾아왔고, 특별한 삶의 목적이 없었던 아론은 어린 시절의 꿈을 좇아서 두 달간의 끔찍한 여정을 겪고 지금 이 자리까지 오게 된 것이다.

엄청난 금액의 마법 아카데미의 학비를 감당할 재산이 없어서 콘라드 제국의 드레이얼 마법 아카데미에 지원한 것이다. 물론 학비가 무료인 대신에 3서클을 마스터하여 정상적으로 졸업하면 전쟁 발발시 참가해야 한다는 등 여러 의무가 주어지지만 아론은 졸업도 불투명한 상황이라 그 부분에 대해서는 고민조차 하지 않았다.

"앞으로 1년 이내에 마나를 느끼고 1서클을 마스터하지 못한 학생은 퇴학 조치됩니다. 1년 후 마법 입문에 성공한 학생들은 마법의 여러 학파 중에서 하나를 선택해야 합니다. 그리고 졸업은 10년 이내에 3서클을 마스터한 학생에게만 주어지며, 졸업하기 전까지 본 아카데미에서 반년마다 시행하는 마법 시험을 통과하지 못한 해당자도 퇴학 조치를 당하게 될 것입니다."

지오프 학장이 학생들에게 졸업까지의 간단한 일정을 알려주었다. 학장의 연설이 끝나자 기숙사의 배정이 이루어졌다. 아카데미 생활에 필요한 상식을 설명하는 연설도 끊임없이 이어지고 있었다.

'언제까지 버텨낼 수 있을까?'

아론은 걱정이 앞섰다. 1서클을 마스터했다고 1년 이상을 생활할 수 있게 되었다는 것은 아니다. 새파랗게 어린 아이들 사이에서 창피함과 수치심을 얼마나 참아낼 수 있느냐가 그에게 남은 가장 큰 문제였다.

입학식 첫날이 지나자 다음날부터 본격적으로 아카데미 생활이 시작되었다. 아이들의 수준에 맞춘 마법 교육이 시작된 것이다. 초반에는 마나를 느끼지 못한 아이들 중심으로 교육이 진행되었다.

대부분 천재적인 마나의 재능이 엿보여 입학한 아이들이라 실질적으로 마나를 느낀 아이들은 소수에 불과했다. 하지만 반년의 세월이 흘러가는 동안 대부분의 아이들이 마법 선생의 도움을 받아 마나를 느꼈고, 그렇지 못한 아이들은 퇴학당했다.

아론의 아카데미 생활은 생각만큼 끔찍하지 않았다. 아카데미 측에서 기숙사의 배정부터 시작해 여러 가지로 배려를 해준 덕분이다. 또한 아이들보다 무려 세 배의 나이 차이가 나는 아론을 놀리기는 해도 그렇게 심한 수준은 아니었다.

반년 만에 아이들 모두가 마나를 느끼고 1서클의 마법을 본격적으로 배우기 시작하자 아론은 마법 교육을 따라가는 데 어려움을 느꼈다. 이미 1서클을 마스터하여 마법을 시전할 수 있다지만 마법 시전에 필요한 요령만을 배웠을 뿐 전문적인 교육을 받은 것이 아니었기 때문이다.

아론은 기초적인 마법 지식의 수준이 낮았다. 천재적인 아이들은 배우는 모든 지식을 머리 속에 각인하고 있었지만 아론은 이해력이 높아도 배운 지식들을 아이들처럼 암기하지 못했다. 그나마 실기 점수가 합산되어 간신히 퇴학을 면하고 있었다.

입학한 지 1년이 지나갔다. 그동안 대부분의 아이들은 기초적인 마법 이론을 이수하고 1서클을 마스터하여 실질적으로 마법에 입문하였다. 이제부터는 떳떳하게 수련 마법사로서 불릴 수 있게 된 것이다.

아론도 무사히 1년의 과정을 이수하였지만 성적은 퇴학자 대상에 올라갈 위기에 처해 있었다. 실질적으로 아론은 마법의 기초 이론을 절반도 이수하지 못하였다. 실기 점수가 아니었다면 이수자 목록에도 오르지 못했을 것이다.

앞으로는 실기 점수에서의 이득을 취하기도 어려운 입장이다. 그나마 1년이라도 이수할 수 있었던 것을 위안으로 삼아야 할 상황이었다. 처음 입학할 당시에는 1년이라도 무사히 다닐 수 있을지 확신하지 못했으니 말이다.

'나를 받아줄 학파가 있을까?

수련 마법사가 된 후의 다음 과정은 학파 선택이다. 귀족으로서의 자존심도 잊고 타국의 아카데미에서 지금까지 버텨왔지만 이제는 더욱 어려운 벽이 놓여 있었다. 다양한 마법 계열의 학파 중에서 하나를 선택해야 하는데, 문제는 30살이나 된 아론을 받아줄 학파가 과연 존재하느냐였다.

퇴학당할 위기는 둘째 치고 학파에서 받아들여 주어도 과연 얼마나 버텨낼 수 있는지가 의문이었다. 지금까지야 자식뻘인 아이들과 함께했지만, 앞으로는 20대의 학생들과도 자주 부딪치는 생활이다. 그들이 아론을 그냥 두고 볼 리가 없었다.

어떤 단체라도 전체적인 구성원과 차이가 많은 존재는 존경을 받거나 반대로 미움을 받게 되어 있다. 과연 어떠한 문제들이 발생할지는 몰라도 더 이상은 감당하기에 벅찼다. 조만간 퇴학당하게 될 것임을 아론 스스로도 느끼고 있었다.

단지 퇴학의 사유가 너무 많다 보니 어떠한 문제로 퇴학이 될지는 예상할 수 없었지만 말이다. 아론으로서는 자포자기의 상태였다. 그저 1년을 지내며 강해진 인내심에 의지하여 아무렇지도 않은 척 생활하고 있을 뿐이었다.

마법사에게 있어서 학파의 선택은 일생일대의 중요한 결정이다. 학파가 가진 고유의 지식을 전수받을 수 있기 때문이다. 같은 재능을 타고났다면 학파의 선택에 따라서 마법 성취에 커다란 차이를 보이게 되는 것이다.

아카데미에서는 갓 수련 마법사가 된 학생들에게 학파 선택에 필요한 정보를 상세히 알려주고, 일 대 일 상담을 통하여 잘못 선택하지 않도록 배려하였다. 그렇게 시간이 흘러서 학파를 선택하는 당일이 되었다.

학파의 소속 절차는 일사천리로 진행되었다. 이미 학파를 선택하여 관계자와 약속이 된 경우가 많았기 때문이다. 아론처럼 성적이 낮아 대부분의 학파에서 거부당한 백여 명의 학생들만이 마지막까지 남았다.

아론을 포함하여 백여 명의 학생은 10년 이내에 졸업이 불가능한 성적이다. 그러니 대부분의 학파에서 그들을 거부한 것은 당연했다. 하지만 이들이라도 필요로 하는 학파는 많았다. 명맥이 겨우 유지되어 수련 마법사가 적은 학파에서는 말이다. 그러한 학파에서는 수련 마법사의 쓰임새가 무척이나 유용하다. 설사 평생토록 3서클에 오르지 못하더라도 마법 실험을 보좌하는 등 마법과 관련된 일에 종사할 수 있는 소중한 인재인 것이다. 수련 마법사로서도 평생 직장을 갖는 상부상조의 길이다.

성적이 부진한 학생들이 모두 학파를 선택해 들어간 뒤에도 아론은 어떠한 곳에서도 받아들여 주지를 않았다. 조만간 퇴학 조치되어 자국으로 돌아갈 수련 마법사를 받아들일 학파는 없었다.

'결국 이렇게 되는군.'

재능이 부족하여 발생한 일임을 알면서도 아론은 뭔가 섭섭함을 느꼈다. 모든 학파에서 거부당한 느낌은 큰 충격이었다. 20대 초반에 기사단 입단을 위하여 여러 귀족가를 찾아다니던 비참한 과거의 기억까지 떠올랐다.

"자유 기사가 있듯이 자유 마법사도 있으니까."

아론은 스스로를 위안했다. 소속된 학파가 없는 마법사도 의외로 적지 않다. 지식을 전수받는 조건으로 학파에서는 그에 상응하는 대가를 받으려 할 테니까 말이다. 물론 이러한 생각은 모든 학파에서 거부당한 아론의 상황과 전혀 어울리지 않는다.

"혹시 자네도 학생인가?"

멀리서 아론의 중얼거림을 듣게 된 늙은 마법사가 기뻐하는 얼굴로 다가와 말했다. 아론으로서는 여간 기분 나쁜 게 아니었다. 아카데미에서 아론에 대해 모르는 사람은 없다 해도 과언이 아니었기 때문이다.

'이런, 노망난 늙은이가 누굴 놀리나?'

아론은 잔뜩 인상을 찌푸렸다. 요즘 들어서는 놀림에 그대로 참고 있지만은 않았다. 어차피 쫓겨날 거 자존심이라도 지켜보자는 하나의 자기 방어였다.

"그렇습니다, 학생이지요. 그건 왜 물어보는 거지요?"

"호오, 수련 마법사로군. 혹시 아직까지 학파를 선택하지 않았나?"

아론의 분노는 폭발 직전이었다. 노인이 아론의 가슴 부근을 게슴츠레한 눈빛으로 쳐다보며 말했기 때문이다. 아무리 1서클에 불과한 아론일지라도 그런 행동이 마나를 측정하는 것임을 모를 리 없었다.

마법사가 타인의 마나를 측정하는 것은 마법사들 사이에서 거의 금기시하는 행동이다. 아론은 눈앞에 있는 노인이 방금 전까지 성적 부진으로 인해 뒤늦게 학파를 선택한 백여 명의 학생들을 부여잡고 무엇인가 사정하던 모습이 떠올랐다.

"네, 아직까지도 학파를 선택하지 않았습니다. 아니, 못했습니다. 저는 성적이 밑바닥이라 조만간 퇴학당할 학생인데다 타국인이라서 쫓겨나면 자국으로 돌아갈 예정이거든요. 그런데 명맥이 끊겨가는 학파의 마법사이신가 보네요? 아까 보니 저보다도 성적이 낮은 학생들에게까지 거부당한 것을 보니까 조만간 학파의 명맥이 끊길 것 같군요. 참 안됐습니다."

아론은 자신의 비참한 상황을 이용하여 늙은 마법사에게 잔뜩 모욕감을 주었다. 하지만 늙은 마법사는 여전히 웃고 있었다.

'정말 미친 늙은이 아냐?'

오히려 즐거워하는 늙은 마법사의 모습에 모욕을 준 아론이 의아심을 가졌다.

"정말 반갑기 그지없네. 나는 네크로멘서 계열의 오크 학파를 계승하고 있는 4서클의 파울이네."

"네, 반갑습니다."

아론은 얼떨결에 파울과 인사를 나눴다. 주변에는 이미 학파의 소속 절차를 모두 완료하여 뒷정리를 하는 사람들만이 있었다.

"부탁이네만 오크 학파에 들어올 생각이 없는가?"

"네?"

학파에 소속될 수 있는 마지막 기회이건만 전혀 반갑지가 않는 아론이다. 그 이유는 파울이 말한 오크 학파가 네크로멘서 계열이라는 점 때문이다. 차라리 아무런 학파에 소속되지 않는 게 이득일 정도로 네크로멘서 계열에 대한 마법사들의 평가는 심각하다.

네크로멘서 계열은 마족과 계약을 맺는 흑마법사로 오인받을 가능성이 높으며, 일반적인 마법의 힘이 약해진다. 독특한 음의 마나로 인해 치료 계열과 파괴력이 강한 불 계열의 마법이 절반 이하의 효과밖에 나타나지 않는 것이다.

몇 가지 계열의 마법 효과가 낮아지는 사실에 반해 네크로멘서 계열을 선택함으로써 얻는 이익이 좋지도 않다. 해골이나 시체를 좀비로 만드는 능력은 신전이나 다른 마법사의 눈치로 사용하기도 어렵다.

일반적으로 네크로멘서 계열은 5서클 이상의 고위 마법사가 본래의 학파를 떠나서 뒤늦게 전향하는 경우가 대부분이다. 키메라를 제작하거나 몬스터를 재료로 이용한 실험은 생명 에너지를 쉽게 이용할 수 있는 네크로멘서 계열이 가장 우수하기 때문이다.

'어떻게 수련 마법사만이 존재하는 마법 아카데미에 네크로멘서 계열의 학파가 존재하는 거지?

네크로멘서 계열의 학파에서 수련 마법사를 받기란 무척이나 요원하다. 설사 받아들여도 나이가 어린 수련 마법사는 네크로멘서 계열의 학파에서 견뎌내지 못한다. 몬스터를 해부하는 끔찍한 일을 견뎌내기엔 무리인 것이다.

아무리 모든 학파에서 거부당한 아론일지라도 네크로멘서 계열에 들어가고 싶은 마음은 없었다. 아카데미를 졸업할 가능성은 없더라도 계속 노력만 한다면 죽기 전에 3서클을 이룰 가능성이 높으니 앞날을 생각해 절대 받아들일 수 없는 것이다.

"오크 학파에 들어오겠나?"

"지금 당장 아카데미에서 쫓겨나더라도 네크로멘서 계열의 마법사가 되고 싶지는 않습니다. 아카데미를 졸업하지 못하더라도 언젠가 3서클을 이루어 마법사로 불리고 싶은 게 제 소원이거든요."

아론이 3서클의 마법사가 되려고 하는 데에는 여러 가지 이유가 있다. 어릴 적 꿈 때문이기도 하지만 3서클을 이루면 현재의 작위를 그대로 자식에게 물려줄 수 있기 때문이다. 몰락 귀족이지만 지금의 작위를 그대로 물려줄 수 있다는 것만으로도 큰 성과인 것이다.

대체적으로 귀족은 대를 이어서 자식에게 작위를 물려줄 때마다 귀족의 등급이 지속적으로 낮아진다. 그리고 언젠간 평민이 되어버리는 것이다. 그러지 않기 위해서는 공적을 세워서 작위를 올려야 하지만 몰락 귀족들에게 그런 기회가 찾아올 리 만무했다.

'정말로 나에 대해서 몰랐던 노인이군.'

아론은 파울의 말에 진심이 담겨 있음을 그제야 알아챘다. 파울은 마법사의 금기를 어길 만큼 수련 마법사를 구하는 일에 간절했던 것이다. 성적이 부진한 수련 마법사라도 받으려고 사정했을 정도이니 말이다.

"언젠가 3서클을 이루어 마법사로 불리고 싶다고?"

"그렇습니다."

아론의 대답에 파울은 무엇인가 곰곰이 생각하였다. 중대한 결정이라도 내리는 듯 한참을 그렇게 생각하던 파울은 단호한 표정으로 말을 꺼냈다.

"그렇다면 아카데미에 남아 있을 수 있는 9년 동안 나의 실험을 도와주게. 그렇다면 자네가 졸업은 어렵더라도 3서클을 이룰 수 있는 기간을 10년이나 단축시킬 수 있도록 도와주겠네. 허락만 한다면 마법사의 이름을 걸고 맹세해 주지."

"그것이 정말입니까?"

아론은 파울의 제안이 정말 믿기지 않았다. 수련 마법사

의 기간을 10년이나 단축시켜 준다는 약속에 마음이 움직였
다.

"물론이지. 아카데미에서 나머지 9년을 버틸 수 있는 문제
도 해결해 주겠네."

"그게 가능한 일입니까?"

아론은 파울의 말에 의문을 가지고 있었다. 하지만 파울이
마법사의 맹세까지 거론한 이상 믿지 않을 수도 없는 노릇이
었다.

"이제부터는 스승이라고 부르게. 어차피 우리 학파는 나와
자네뿐이니 말일세."

파울은 말이 끝나자마자 아론을 데리고 아카데미의 가장
외진 곳으로 데려갔다.

아카데미가 수도에서 차지한 면적은 실로 어마어마하다.
1년에 천여 명, 게다가 그들을 10년이나 데리고 있으니 결국
학생만 1만여 명이 넘는 인원이 거주하는 곳이다.

아론이 도착한 곳은 무척이나 외진 곳에 위치한 집이었다.
외형적으로는 단순한 가정집에 불과한 모습이다. 하지만 아
론에게 그런 초라함은 아무래도 상관이 없었다. 파울이 맹세
하며 약속한 내용만이 중요할 뿐이다.

"내가 왜 이렇게 좋아하고 있는지 아는가?"

"그야 저 때문이……."

막상 파울의 질문에 대답을 하려던 아론은 그제야 이해되

지 않는 게 있었다. 아까 재능이 없어 졸업이 불투명한 백여 명의 학생들에게 같은 조건을 제시했다면 그들 중 몇 명은 수락했을 것이다. 그런데 그들이 왜 모두 거절했을까 하는 의문이 들었다.

"자네의 나이가 많기 때문이네. 자네 이외의 학생들에게는 자네와 같은 조건을 제시하지 않았지."

"나이가 많기 때문이라고요?"

"마법 아카데미에 왜 네크로멘서 계열의 학파가 없는지 아는가? 물론 내가 이어가는 오크 학파는 역사가 깊어서 지금까지 버텨왔지만 말일세. 그것은 바로 잔인함 때문이지. 아직 엄마 젖도 떼지 못한 아이들이 몬스터를 해부하며 마법 실험을 도와줄 수 있을 것 같은가? 절대 불가능한 일이야. 설사 가능하더라도 엄청난 적응 기간이 필요하게 되지. 하지만 자네 같은 나이라면 어떨까? 적어도 재능은 없더라도 마법 실험을 충분히 도와줄 수 있어서 그러한 조건을 자네에게만 제시한 것이야."

파울의 설명에 아론은 약간이나마 이해할 수 있었다. 마법 실험의 보조는 수련 마법사만이 할 수 있는 직종이다. 수련 마법사가 아닌 존재에게 마법 실험의 보조를 시키려면 글과 기초적인 마법 교육을 시켜야 되는 상황이 초래한다. 결국 제자를 키우는 것과 별반 다르지 않다.

파울은 설명을 마치고 집 안으로 발을 들여놓았다. 아론도 따라서 안으로 들어가려다 보이는 모습에 너무 놀라 비명도 지르지 못하고 전신이 굳어졌다.

'세상에, 이럴 수가!'

집 안으로 들어갈 입구부터 시작해 시선이 보이는 모든 곳에 오크의 사체가 분리되어 투명한 용기에 담겨져 있었다. 머리, 몸체, 팔, 다리처럼 큰 부위별로 담겨진 오크의 사체가 있는가 하면 장기별로 작은 용기에 담겨진 모습도 보였다.

"으우웁!"

"역시 다르구먼. 몇 년 전에 마지막으로 데려왔던 아이들은 오줌을 지리거나 울었는데 말이야."

아론이 토악질을 참으려고 입을 틀어막자 파울의 말이 이어졌다. 결국 아론은 밖으로 뛰쳐나와 한쪽에 토악질을 하였다.

"우우욱! 우엑!"

며칠 전에 먹었던 음식물까지 토해내고서야 속이 진정되었다. 아론은 마음을 가라앉히고 천천히 발걸음을 옮겨 다시금 오크의 사체들이 널려진 집 안으로 향했다. 단단히 마음을 먹자 충분히 참을 수 있는 모습이었다.

아론은 형의 영지에서 지내며 몬스터 토벌에 참가하여 짓이겨진 몬스터를 목격한 경험이 많았다. 방금 전에 토악질을 했던 이유는 전혀 예상하지 못한 상황이라 놀랐던 것뿐이다.

파울도 방금 전과 전혀 다른 아론의 모습에 기뻐했다.

"자네만 괜찮다면 지하에 있는 마법 실험실도 보여주겠네."

"괜찮으니까 보여주십시오."

계단을 따라서 내려간 지하에는 더욱 끔찍한 모습이 펼쳐져 있었다. 바닥은 피로 얼룩진 상태였고, 사각의 돌로 만들어진 탁자 위에는 오크의 사체가 놓여 있었다. 오크의 가슴은 해부용 도구에 의하여 개방된 상태였다.

'선택을 돌리기엔 이미 늦었겠지?

아론은 너무나도 끔찍한 모습에 파울과의 약속을 번복하고 싶었지만 먼 앞날을 위해 인내하기로 결정했다. 솔직히 번복해도 파울이 그것을 승낙하지도 않을 것 같았다. 파울은 앞으로 아론이 어떻게 지내야 할 것인가를 설명해 주었다.

파울이 아론에게 설명한 앞으로의 생활은 매우 간단했다. 그저 오전에 잠깐 파울에게 마법을 배우고, 그 외의 시간에는 오직 실험을 도우라는 것이었다. 그러면서 파울은 아론이 알지 못했던 마법 교육의 새로운 방법을 알려주었다.

본래 아카데미의 교육 방식은 고위 마법사를 양성하기 위한 체제이다. 어릴 때 기초적인 마법 지식을 충분히 쌓아야 3서클 이후의 깨달음을 쉽게 얻어서 고위 마법사가 되는 것이다. 그런데 오직 3서클이 목적이라면 보다 쉬운 방법이 있었다.

폭넓은 기초적인 마법 지식을 배우지 않고 오직 3서클에 필요한 지식만을 습득하고, 3서클의 마법 구현에 필요한 마나 제어의 수준을 끊임없는 연습으로 높게 끌어올려 축약된 마법 수식만으로 마법을 구현하는 방법이었다.

파울의 계획대로 아론이 따라준다면 앞으로 10년 후에는 3서클을 달성할 수 있다는 말도 꺼내었다. 과거에 마법사를 대량으로 양산하기 위해 이용했던 방법으로, 마나를 느꼈지만 재능이 없는 수련 마법사가 10년 즈음에 3서클을 달성했다는 통계 기록이 있었다.

마법사의 양산에 매우 효과적인 방법임에도 지금 사용하지 않는 커다란 이유가 있었다. 적어도 아카데미에서 사용하는 체제는 3서클을 이룩하고도 시간이 지남에 따라 깨달음을 계속 얻게 되어 높은 서클로 올라가지만 앞으로 아론이 이용할 방법은 3서클이 한계이기 때문이다.

3서클을 이룩한 이후에 배우지 못한 폭넓은 기초적인 마법 지식을 다시 배워도 되지만, 여러 고정관념이 생긴 뒤늦은 나이라서 어릴 때와 같은 효과를 거두기는 불가능하다. 결국 4서클에 오르기 위해서는 엄청난 노력이 필요하게 되는 것이다.

아론의 아카데미 생활은 많이 달라졌다. 수련 마법사들이 학파의 사람들과 동고동락을 하고 있듯 아론도 오크 학파의 유일한 계승자인 파울과 지냈다. 아직은 끔찍한 모습에 적응하지 못해 식사도 제대로 못하고 있었지만 말이다.

아카데미의 수업은 파울이 지정한 3개의 수업만 참여하였다. 그러니 대부분의 시간을 파울과 함께 보냈고, 주변 환경 때문에 하루 종일 토악질을 참아내는 괴로운 시간이 계속되었다. 하지만 그러한 괴로움도 잠깐이었다.

일주일 정도의 시간이 흐르자 아론은 식사를 비롯해 전반적으로 파울과의 기본 생활에 적응할 수 있었다. 오전에 잠깐 파울의 가르침을 받고, 그 외의 시간에는 마법 실험을 도왔다. 그렇게 훌쩍 한 달이 지나 버리자 아론은 걱정거리가 생겼다.

'도대체 무슨 방법으로 퇴학을 막아준다는 거지?'

파울이 마법사로서의 이름까지 내세우며 퇴학 문제를 해결해 준다고 맹세했지만 아카데미의 체제를 고려하면 쉽지 않은 일임에 분명했다.

"뭐 해!"

"으앗, 죄송합니다."

아론의 부주의 때문에 파울이 오크의 피를 뒤집어쓰고 말았다. 오크의 해부를 옆에서 도와주고 있던 아론이 넋 놓고 다른 생각을 하다가 발생한 일이었다.

"다시 말하지만 이런 사소한 일 때문에 사과까지 할 필요는 없어. 아론은 내가 생각했던 것 이상으로 도와주고 있으니까. 그러고 보니 몇 년 전에 마지막으로 수련 마법사를 받았던 때가 기억나는군. 도움을 받으려고 어렵게 꼬드겨 데려왔더니 1년 내내 말썽만 일으켰지. 적응하는 데만 수개월이 걸렸고, 적응한 이후에는 아카데미의 마법 수업을 따라가느라 나를 도와주기는커녕 오히려 내가 도움을 주어야 했어.”

“그렇다면…….”

“지금 어디에 있냐고? 1년이 지나자 다른 학파로 옮겼어. 학파를 선택한 이후에 1년 동안 학파 전향이 불가능하다는 학칙만 없었다면 아마도 곧바로 옮겼을 녀석이지.”

파울의 생활이 왠지 처량하게 생각되었다. 과거에 칭송을 받던 학파가 지금은 마법사들 사이에서 온갖 멸시를 다 받고 있으니 말이다.

‘나야 3서클만 이룬다면야 계열이든 학파든 상관이 없으니까.’

아무리 멸시를 받아도 엄연히 마법사이다. 마법사가 모여 있는 마탑이나 마법 길드에서 받는 멸시일 뿐이다. 외부 생활을 하는 데 있어서는 계열이나 학파에 상관없이 엄청나게 귀한 인재가 마법사인 것이다.

“요놈이 바로 오크의 심장이야. 수축과 확장을 반복하여 혈액을 신체의 구석구석까지 보내주는 펌프의 역할을 하지. 이걸 적출하기 위해서는 피가 흐르는 혈맥부터 끊어야 해. 그

렇다고 아무 혈맥이나 끊으면 안 돼. 심장으로 혈액이 유입되
는……."

파울은 오크의 심장이 가지고 있는 역할과 적출 요령을 아
론에게 설명하고 있었다. 당연히 아론은 대부분을 이해하지
못했다. 심장의 적출이 끝나자 파울은 가사 상태에 빠져 심장
을 잃어버린 오크의 상태를 점검했다.

해부의 대상은 살아 있는 오크였고, 심장을 빼앗긴 지금도
살아 있다. 네크로멘서만이 시전할 수 있는 1서클의 페인 데
스(Feign Death) 마법을 시전받아 가사 상태가 된 오크였기 때
문이다. 섬뜩한 광경이지만 지난 한 달간 계속 지켜본 광경이
라 그런지 이젠 익숙한 편이었다.

심장 없이도 살아 있던 오크는 파울에게 계속해서 장기를
적출당하며 여러 가지 실험을 받았다. 결국 잠시 후 오크는
조용히 죽었다. 오크의 해부는 며칠마다 한 번씩 이루어진다.
그리고 적출된 장기들은 또 다른 수많은 실험에 이용되는 중
요한 재료가 된다.

"휴우, 이제야 어느 정도 마무리가 되었군."

파울은 반나절 동안 계속된 오크의 해부와 실험을 멈추고
휴식을 취하였다. 아론도 파울과 마찬가지로 옆에 앉았다.

쪼르르.

퐁퐁퐁퐁퐁.

실험실에는 돌탁자 위에 놓인 오크에게서 흘러나온 피가

한쪽 모서리로 모여서 바닥에 놓아둔 커다란 용기에 떨어지는 소리가 울려 퍼지고 있었다. 오크의 피도 아주 중요한 실험 재료라 담아두는 것이다.

혈향이 가득할 것 같은 실험실이지만 전혀 냄새가 나지 않는다. 마법을 실험하기 위한 장소답게 바닥을 비롯해 모든 벽면에 여러 가지 효과를 나타내는 마법진이 설치되어 있는데, 그중 하나의 효과가 혈향을 없애는 것이다. 아론은 고민 끝에 생각하고 있던 걱정거리를 털어놓았다.

"스승님, 한 가지 여쭤봐도 되겠습니까?"

"뭐든지 궁금한 게 있으면 말해."

"지난 한 달 동안이나 저는 대부분의 수업에 불참하였습니다. 스승님께서 아카데미를 계속 다닐 수 있도록 약속하셨지만 저는 걱정입니다. 어떻게 해결하여 주실 건지 말씀해 주시면 안 되겠습니까?"

시간이 지날수록 걱정이 커질 것 같아서 속 시원히 마음을 털어놓았다. 의외로 파울의 반응은 어리둥절한 표정이었다.

"내가 말하지 않았었나? 허허."

"네."

허망하게도 파울은 잊고 있었던 모양인지 허탈한 웃음을 지어 보였다.

"알고 있는지 모르겠지만 내 나이가 올해로 110살이야. 마법사의 평균 수명을 생각한다면 아직도 몇십 년은 거뜬하겠지만 오크 학파의 계승자를 키우기엔 이미 늦었다고 할 수 있지.”

“흐억!”

아론은 파울의 나이에 놀라 탄성을 질렀다. 마법사의 수명이 범인들에 비해 적어도 2배 이상이라는 사실은 상식이지만, 그 대상을 바로 눈앞에서 보고 있자니 놀란 것이다. 아카데미의 선생도 학장을 제외하면 대부분 젊은 편이다.

“하하, 자네가 놀라니까 내가 무척이나 늙은 것 같군. 어쨌든 아직도 살날은 많지만 지금 내가 계승하고 있는 오크 학파는 명맥이 끊길 것이네. 그래서 어차피 내겐 쓸모없는 학파의 계승자란 위치를 이용해서 자네와 약속한 문제를 해결하기로 결정했다네. 바로 자네를 오크 학파의 계승자라고 길드에 등록시켜 놓았다는 소리지.”

“예?”

“학파를 계승하는 계승자에겐 마탑이나 마법 길드에서 여러 가지 특권을 주도록 되어 있네. 물론 우리 학파야 유명무실한 곳이라 특권을 주지 않겠지만, 적어도 아카데미에서는 학파의 계승자에게 마법 시험의 가산점을 부과하는 학칙이 그대로 유지되고 있어서 자네가 아무리 시험을 못 봐도 부여되는 가산점이 높아 절대로 쫓겨날 수 없는 거지.”

아론은 파울의 설명을 듣다가 주어지는 엄청난 가산점에

할 말을 잃었다. 시험에서 몇 개의 문제만 맞추면 쫓겨나지 않아도 되는 가산점이었던 것이다. 본래 모든 학파는 가장 뛰어난 자를 계승자로 선택하기에 불필요한 시험에 시간을 낭비하지 않도록 마련된 학칙이었다.

"정말 웃기는 학칙이네요, 스승님."

"뛰어난 자만을 위한 잘못된 학칙이지만 자네나 나에겐 아주 유용한 학칙이지."

아론과 파울은 사이좋게 웃었다. 시험에 대한 걱정이 사라진 아론은 파울에게 학파와 관련된 여러 가지 질문을 하였다. 파울에게 듣는 오크 학파의 역사는 무척이나 대단했다. 하지만 아론이 잠깐 배웠던 역사에서 누락된 사실이 많았다.

"스승님의 말씀이 옳다면……?"

"왜 역사를 왜곡시켰느냐고? 바로 마법사를 대단한 존재로 포장시키기 위해서야. 고작 오크에 대항하기 위해서 현자로 추앙받는 마법사들이 수많은 학파까지 창설하며 오크 연구에 매진한 사실을 알리고 싶지는 않았던 거지."

지금에 와서는 사실상 대부분의 오크 학파가 명맥이 끊어졌다. 더구나 나이가 많은 극소수의 마법사만이 오크 학파에 대한 진실 된 역사를 안다는 것이다. 그러면서 파울은 오크 학파에 숨겨진 엄청난 비밀을 말하였다.

여타 학파가 트롤이나 오우거처럼 특출한 능력을 지닌 몬스터를 이용해 포션이나 희귀한 약물을 끊임없이 개발할 때 오크 학파도 쉽게 구할 수 있는 오크를 이용해 놀랄 만한 성과를 이루었다. 물론 다른 학파의 성과에 미치지는 못하지만 말이다.

오크 학파에서는 자신들이 이룩한 성과물들을 밝히지 않았다. 세월이 흐르는 동안 마법사를 비롯해 모든 이들이 오크 학파에 대한 고마움을 잊어버렸기 때문이다. 더구나 오크 학파의 마법사를 칭송하던 오크마법사란 호칭도 치욕을 주는 뜻으로 변화되어 있었다.

모두가 놀랄 만한 오크를 이용한 성과물이지만 오크 학파는 이에 만족하지 않았다. 배신감으로 인해 대륙을 흔들릴 만한 더욱 강력한 성과물을 원했다. 그래서 모든 이들이 배신했던 오크마법사의 위대함을 예전처럼 알아주길 바랐던 것이다. 하지만 그런 성과물을 찾아내지 못했고, 세월이 흐르는 동안 학파는 점차적으로 명맥이 끊어졌다.

명맥이 끊겼다고 오크 학파의 성과물들이 사라진 것은 아니다. 명맥이 유지되는 오크 학파에 성과물이 넘어가 연구는 계속되었다. 그래서 지금의 파울에게는 과거에 존재하던 수백여 개의 오크 학파가 전해준 성과물들이 쌓여져 있다.

"도대체 어떠한 성과물들인가요?"

"앞으로 내 실험을 도와줄 테니 차차 알게 되겠지만, 우선 한 가지만 말해주지. 트롤의 피로 제작한 포션에는 미치지 못하지만 오크의 피를 이용하여 그 절반에 가까운 효과를 볼 수 있는 포션을 제작할 수 있다네. 물론 약간의 부작용이 있지만 해결 방안이 있어서 그리 문제되지는 않아.”

오크 학파의 성과물이 궁금하여 던진 아론의 질문에 파울은 충격적인 대답을 하였다. 포션의 제작 방법을 알린다면 마법의 일대 혁명이 일어나게 될 결과였다. 다른 성과물들까지 고려한다면 정말 두려울 만한 진실이다.

“지금까지 대륙에서 명맥을 유지한 오크 학파가 모두 이러한 성과물들을 가지고 있나요?’

“전혀 그렇지가 않아. 고작해야 한두 가지의 성과물만 가지고 있을 거야. 내가 계승한 학파에 이러한 성과물들이 몰리게 된 이유는 네크로멘서 계열이었기 때문이지. 다른 계열에 비해서 네크로멘서는 오크에 대한 연구를 쉽게 진척시키고 발전시킬 수 있으니까.”

아론은 오크 학파에 대한 자긍심이 조금이나마 생겨났다. 하지만 수련 마법사로서의 비참한 자신을 생각하자 한숨이 절로 나왔다. 대단한 성과물들을 가지고 실험하는 스승도 4서클에 불과한 사실을 잊고서 말이다.

“과거에 오크 학파의 마법사님들께서 언급하신 대단한 성과물들은 이미 이루어진 게 아닐까요? 방금 언급하신 포션만 하더라도 엄청나잖아요.”

“지금의 성과물을 보자면 그럴지도. 나도 한때는 오크 학파의 성과물을 발표하여 대륙에 오크 학파의 위대함을 알리고 싶었어. 하지만 지금 이런다고 지난 세월 동안 무시당하며 겪었던 울분이 사라질까? 결국 변하는 건 없어. 차라리 오크 학파의 위대함을 알고 있는 소수의 마법사에게 이런 성과물을 전수하는 게 낫다고 생각하지. 어차피 다른 학파들도 예전과 다르게 성과물들을 공개하지 않으니까."

계열과 학파로 나뉘면서 마법사들의 지식은 공유되거나 그렇지 않은 것으로 구분되었다. 그로 인해 학파 간 싸움이 발생하기도 한다. 마탑이나 마법 길드에서 중재를 하지만 그들이 싸움에 관련되는 경우도 있다.

'마법사의 세계란 이런 것일까?

아론은 마법사들의 세계가 이렇게 복잡한지 몰랐다. 마법사는 오직 마법적인 능력만을 가지고 평가되는 줄 알았다.

"그런데 지금까지 말씀하신 중요한 비밀을 왜 제게 털어놓으셨나요?"

"자네가 오크 학파의 계승자이니까."

파울의 대답에 아론은 이해를 못했다. 아론이 계승자가 된 것은 형식적인, 아카데미의 학칙을 이용하느라 그렇게 된 것뿐이다.

"하지만 그건……."

"놀려서 미안하네. 솔직하게 말하면 지금 알게 된 사실을 자네가 어디 가서 떠벌린다고 그걸 누가 믿어주겠나? 설사 믿어준다 하더라도 과연 마법사들이 내게서 오크 학파의 성과물들을 빼앗아갈 수 있을 것 같은가? 천만에 말씀이지. 오크 학파를 계승한 마법사들은 절대 바보가 아니야. 위대한 성과물에 대한 지식은 오크 학파의 계승자가 허락한 마법사만이 접근할 수 있도록 조치를 취해두셨지.”

파울의 솔직한 대답에 아론은 무거웠던 마음이 가벼워졌다. 솔직히 실수라도 이러한 사실을 어디 가서 발설하지 않을까 걱정했던 것이다. 아론의 이러한 생각은 그가 어려서부터 말을 조심해야 하는 귀족으로 자라난 탓이었다.

“휴우, 그렇군요.”

“그나저나 자네는 체력이 무척이나 좋구먼. 마법으로 체력을 유지한 나보다도 체력이 좋으니 말이야.”

파울은 오크를 해부한 지 한참이 흐른 지금에서야 체력을 회복한 반면 아론은 처음부터 멀쩡한 모습이었다.

“저는 어릴 때부터 이곳에 오기 전까지 꾸준히 검술을 수련했으니까요.”

“앞으로 10년 이후를 생각한다면 검술의 수련을 계속하는 게 좋을 걸세. 나중에 3서클에 오르게 되어 진정한 마법사로서 생활하다 보면 기사나 용병의 모습으로 다녀야 하는 경우가 많으니까. 약한 체력이 마법사의 고질병이란 사실을 생각한다면 자네는 축복받은 거야.”

아론은 파울의 언질에 고마움을 느꼈다. 각박한 아카데미 생활에 잊고 있었던 페르민 검술이 떠올랐다. 마법사가 되었다고 검술을 펼치지 못할 이유는 없다. 단지 검술을 수련하는 모든 이들이 갖게 되는 꿈이 사라진 것뿐이다.

'내일부터 검술 수련을 다시 시작해야겠군.'

무엇인가 결단을 내리는 아론의 표정을 지켜본 파울이 자리에서 일어났다. 아론도 파울을 따라서 일어나 돌탁자로 다가가 마무리 작업이라 할 수 있는 혈맥의 해체 작업에 돌입했다. 오크 학파에게 있어서 오크는 버릴 게 하나도 없는 귀중한 보물이었다.

일찍 아침을 맞이한 아론은 운동을 시작했다. 본래 검술 수련을 하고 싶었지만 검을 구하기 전이라 다른 방법이 없었다. 운동이 끝나자 파울의 마법 교육이 이루어졌다. 열심히 실험을 도와주는 대가인지 파울은 열성적으로 가르치는 편이었다.

아론이 파울에게 지난 한 달간 지도받은 것은 마나의 속성을 바꾸는 작업이었다. 마법사라면 마나의 속성을 바꾸려 하지 않는다. 본래 지니고 있던 마나가 일부분 소실되기 때문이다. 하지만 처음 계열을 선택할 때는 어쩔 수 없기도 하다.

아론은 1년간 해오던 마나연공을 파울이 전수한 네크로멘서 계열의 방법으로 바꾸었다. 음의 마나를 쌓는 방법으로 평범한 연공법이었다. 한 달간의 노력으로 마나의 속성이 모두 바뀌게 되자 파울에게 대상자를 가사 상태로 빠뜨리는 페인 데스(Feign Death) 마법을 배웠다.

페인 데스 이외에는 그 어떤 마법도 전수받지 못했다. 네크로멘서 계열의 1서클 마법은 페인 데스 하나가 전부였기 때문이다. 음의 마나를 갖는 네크로멘서 계열의 단점 중에 하나라 할 수 있다.

파울과 함께한 아론의 생활은 대체적으로 실험 위주였다. 오크 학파에 전해진 지식에 따라 실험을 하고 그것이 정말인지 확인하는 작업이었다. 파울은 천재적인 재능의 마법사이지만 실험에 일평생을 보낸 위인이었다.

실험을 함께하면서 아론은 오크 학파에 전해진 성과물에 대해 조금씩 알 수 있었다. 파울이 오크 학파의 위대함을 알리기 위해 언급했던 오크의 피로 제작하는 포션은 아무것도 아니었다. 그에 버금가는 성과물들이 엄청났던 것이다.

아론이 파울과 생활을 시작한 지 반년이 훌쩍 지나가 버렸다. 파울은 아론의 도움으로 실험 진행을 몇 배나 빠르게 진행시켰다. 아론도 파울의 적극적인 도움으로 1서클에 필요한 기초적인 마법 이론을 마스터할 수 있었다. 정상적인 수련 마법사보다도 한참이나 늦은 교육이지만 아론의 재능과 목표를 감안하면 빠른 편이었다.

"아론! 아론!"

지하 실험실에서 파울이 계속 소리치고 있었다.

"스승님, 당장 내려가긴 곤란해요!"

"빨리 좀 내려와!"

아론은 지하에서 재촉하는 파울의 목소리에 답답함을 금치 못했다. 지금 하고 있는 실험도 방금 전 지하로 내려가기 전에 지시한 것이기 때문이다. 그만큼 아론은 실험에 없어서는 안 될 존재가 되어가고 있었다.

마법이 필요하지 않는 실험은 아론이 거의 전담하고 있었다. 대부분의 실험은 오래전 오크 학파에 전해진 성과물의 지식을 다시 구현하여 확인하는 절차이다. 수백여 개의 오크 학파가 남긴 지식이 너무나 많아 파울이 수십 년 동안이나 진행해 왔던 것이다.

실험이 입증되면 실험 자료를 기록하여 따로 분류하는 작업이다. 지금까지 파울이 분류한 지식은 헤아릴 수조차 없을 만큼 대단한 분량이다. 아론은 그것을 구경조차 못했지만 반 년간 실험한 것만을 따져도 엄청났다.

"와우! 실험을 끝마치셨네요?"

아론이 실험을 마무리하고 지하로 내려오며 말했다.

"혼자 하려니까 힘들어. 다음 실험은 아론과 함께해야 되겠어."

"그나저나 간단한 실험이라고 저한테 모두 맡기지 마세요. 잘못되면 어쩌려고 그러세요?"

"책임지라고 하지 않을 테니까 걱정하지 마."

파울이 상관없다는 듯이 대답했다. 진행하는 실험이 많아 그중에 몇 가지가 잘못된다 하더라도 크게 상관하지 않았다.

"다음 실험은 무엇인가요?"

"잠깐만, 어디 보자."

파울은 10여 장의 종이가 엮어진 문서를 읽으면서 깊은 생각에 빠져들었다. 아론의 역할은 실험을 보조하는 역할이라 다음에 준비할 것이 무엇인지 챙기기 위해 물어본 것이다. 잠시 후 파울이 종이에서 시선을 떼었다.

"이런! 이번 실험은 진행할 수 없으니 유보해야겠는데?"

"왜요?"

가끔씩 실험할 수 없는 경우가 생긴다. 마법사들 사이에서 암묵적으로 금기시한 실험이거나 실험에 필요한 재료가 희귀하거나 값비싸면 유보시킬 수밖에 없다.

"오크의 혈맥을 사람에게 이식하는 실험이야. 사람의 사지 중 하나가 잘렸다면 오크의 혈맥으로 이어 붙여서 치료 마법이나 포션을 사용해 완치시키는 치료 방법의 하나야. 정말 대단하지만 별로 쓸모있지는 않아."

"대단한 실험인데 왜 쓸모가 없어요?"

아론은 즉각 반박하고 나섰다. 대륙에서 전쟁이나 몬스터의 위협으로 장애를 갖고 있는 경우를 쉽게 목격할 수 있기 때문이다.

"물 계열의 마법사들은 이것보다 더 훌륭한 방법들을 보유하고 있어. 치료만을 전문적으로 연구하는 학파까지 감안한다면 죽은 사람까지도 살려낼 수 있는 위인들이지. 단지 귀족과 같은 특권층이나 그러한 혜택을 받아서 평민들이 모르고 있을 뿐이지. 그래도 아주 쓸모 없지는 않아. 약간의 부작용이 있긴 하지만 아주 값싼 비용으로 치료할 수 있으니까."

"그런가요? 정말 쓸모가 없네요."

파울의 설명을 듣고서 아론은 인정할 수밖에 없었다. 아주 쓸모가 없지는 않지만 위험스럽게 실험을 진행할 이유가 없다. 그러나 아론은 그 방법이 궁금하여 파울에게 기록을 건네받아 자세히 들여다보았다.

'나도 할 수 있겠는데?'

아론은 기록을 살펴보며 자신도 그 설명대로 실행이 가능함을 짐작했다. 물론 까다로운 제약 조건이 많이 붙어 있었지만 수차례의 해부 경험을 쌓은 아론이라면 충분히 가능한 일이었다.

"이 실험으로 하지."

아론은 파울에게서 새로운 실험 기록을 건네받아 읽었다.

방금 전처럼 대단한 내용은 아니었지만 아무래도 실험을 오늘 진행하긴 어려운 문제점이 있었다.

"스승님, 실험에 필요한 재료가 부족해요. 창고에 다녀와야 할 것 같은데요?"

"그럼 다녀와."

간단한 대답에 아론은 어리둥절했다. 항상 창고에 다녀올 때는 파울이 혼자 다녀왔기 때문이다.

"저 혼자요?"

"그래. 그냥 창고에 가서 오크의 사체를 요청하는 서류에 사인만 하면 돼. 사체를 옮겨주는 것도 직원들이 다 알아서 해주거든."

아론은 그냥 사인만 해도 된다는 말에 가벼운 마음으로 아카데미의 마법 실험 재료를 보관하는 창고로 향했다. 아카데미의 분위기는 북쪽의 에이워드 제국 날씨처럼 싸늘한 분위기였다. 아카데미에서 반년마다 주최하는 시험 일자가 코앞으로 다가왔기 때문이다.

'오크 학파의 계승자가 나가신다. 후훗.'

시험에 대한 걱정이 없는 아론에겐 다른 세상의 이야기였다. 창고 앞에 도착하니 경비를 서고 있던 10여 명의 병사들이 앞을 막아섰다.

"무슨 일이십니까?"

"실험 재료를 요청하러 왔으니 담당자에게 안내해 주게."

병사의 질문에 아론은 귀족답게 대답하였다. 평민에 불과한 병사에게 일일이 대답하기가 싫은 아론이었다. 그동안 아카데미에서 받은 놀림 때문에 냉랭하게 대하고 있었다.

"안으로 들어가시면 됩니다."

"고맙네."

창고 안으로 들어가자 어마어마한 분량의 실험 재료가 보였다. 벽면에 여러 개의 마법진이 그려져 있다는 느낌을 받았다. 눈으로 보이진 않지만 마나를 느끼는 마법사라면 충분히 감지할 수 있는 느낌이다.

"안녕하세요. 창고 관리를 담당하고 있는 3서클의 레이시 플라웨이입니다."

"수련 마법사 아론 매크우드입니다."

구면이 아님에도 레이시는 아론을 멀뚱히 바라보았다. 아카데미에서 괴짜라 할 수 있는 아론의 이름을 듣게 되면 모든 이들이 레이시와 같은 반응을 보인다.

"무엇이 필요하신가요?"

"오크의 사체가 필요해서 왔습니다."

레이시는 벽면에 빼곡히 비치된 문서를 하나 뽑아서 아론에게 건네주었다. 문서에는 오크 학파에 배정된 예산과 사용 내역이 정리되어 있었다.

'어라? 배정된 예산을 모두 사용했네.'

문서를 뒤로 넘기자 작년도 사용 내역이 보였다. 계속 뒤를 넘겨가며 살피자 예산이 부족한 이유를 알게 되었다. 지난 몇 년간 일정한 금액을 사용했지만 금년에는 반년 만에 모든 예산을 사용한 것이다. 아론은 레이시에게 문서를 넘겨주었다.

"죄송하지만 금년에는 오크 학파에게 더 이상의 지원은 없습니다. 아카데미의 학칙에 의한 거라 저도 어쩔 수 없습니다."

"허참!"

아론은 오크의 사체도 받지 못한 채 파울에게 돌아갈 수밖에 없었다. 사정을 듣게 된 파울이 다시 레이시를 찾아가 말했지만 소용이 없었다. 파울은 학파의 지원 금액을 총괄하는 담당자를 찾아가기도 했지만 내년이나 가능하다는 대답뿐이었다.

"젠장맞을 행정 처리 같으니라구!"

"진정하세요, 스승님."

아론이 파울의 화를 진정시키려 노력했다. 파울은 마법 실험만을 몇십 년간 해와 세상 물정에 너무 어두웠다. 지금까지 문제가 없었던 이유는 그가 사용하는 금액이 일정했으며, 마법 실험 재료가 비싸지 않았던 탓이다. 아카데미에서는 전년도 사용한 실험 자금을 고려하여 예산을 편성해 왔다. 그런데 금년에는 아론의 도움으로 몇 배나 빨라진 실험 진행 탓에 지원 금액을 반년 만에 모두 사용한 것이다.

‘누가 세상 물정에 어두운 마법사 아니랄까 봐.’

아론은 마법사를 현자라 지칭하기도 하지만 바보라고도 하는 이유를 새삼 깨달았다. 모두가 모르는 세상의 이치를 알면서도 상식에 가까운 이치를 모르는 경우가 허다하기 때문이다. 폐쇄적인 생활에 익숙한 마법사의 고질병인 것이다.

‘잠깐, 그러고 보니 지원 금액이 결코 적지는 않았는데.’

아론은 창고에서 살펴본 오크 학파의 사용 내역을 떠올렸다. 오크 학파에 지원한 금액은 의외로 많은 편이었지만 그 사용 내역은 무척이나 단순했다. 기억을 떠올려 보니 오크의 사체에 책정한 금액이 너무 높았음을 떠올렸다.

‘사체의 운반 비용이나 보관비, 그리고 각종 세금까지 계산한 가격이었군.’

아론이 사용 내역에서 보았던 오크의 사체에 대한 가격은 무려 100골드였다. 너무나 터무니없는 가격이 아닐 수 없다. 수도라는 이유로 비싸긴 하지만 오크가 자주 출몰하는 지역에선 1골드만 쥐어줘도 쉽게 구할 수 있는 게 오크의 사체이다.

“스승님, 아카데미의 행정 처리를 탓하실 일이 아닌 듯싶습니다. 오크 학파에 지원된 금액을 살펴보니 상당히 많더군요. 이러한 문제가 발생한 이유는 아카데미에서 운영하는 창고에 여러 가지 세금이 부과되면서…….”

파울은 아론의 조리있는 설명을 자세히 들었다. 아무리 세상 물정을 모르는 파울이라도 상세한 설명을 듣고 이해하지 못할 리 없었다.

"이런 바보 같으니라구."

"스승님, 참으세요."

파울은 스스로에게 화를 내고 있었다. 근래에 파울은 엄청난 속도로 진행되는 실험 재미에 깊숙이 빠져든 상황이기 때문이다. 그 즐거움을 반년간 참으라는 것은 마법사에겐 엄청난 고통이다.

마법사가 아니라면 용병으로라도 생활해서 돈을 벌어 실험 자금을 마련하면 된다고 생각하겠지만, 마법사에게는 그 잠깐의 시간도 고통이다. 차라리 앞으로 남은 반년 동안 명상을 하면서 지내는 게 덜 고통스러울 것이다.

"스승님, 저희에게 필요한 실험 자금은 그렇게 큰 금액도 아니잖아요."

"뭐?"

"하다못해 스승님께서 실험실에 만들어놓은 포션을 가져다가 팔아도 오크의 사체를 여러 개 구할 수 있을걸요. 물론 아카데미의 창고에서 가져온 것처럼 멀쩡한 사체는 아니겠지만요. 그렇게까지 걱정하실 일은 아니에요."

파울은 아론의 말을 듣고서 그것이 정말인지 재차 물었다. 아론은 파울에게 마법사가 쉽게 돈 벌 수 있는 방법을 간단하게 몇 가지 소개해 주었다. 정말이지 마법사는 마음만 먹으면 언제든지 부자가 될 수 있는 여건을 가지고 있다.

마법사 스스로는 이러한 경제적인 상황에 대해 깊게 생각하지 않지만 아론처럼 어렵게 지내온 귀족이라면 돈에 대한 개념이 강한 편이다. 기사 아카데미의 학비가 귀족에게 저렴한 편인 데도 아론의 가문에겐 전혀 그렇지가 않았다. 아론에게 그러한 과거의 기억이 있기 때문에 경제적인 상황에 대처할 수 있는 여러 가지 방안이 머리 속에 있는 것이다.

"아론, 고마워. 실험 자금 문제는 아론에게 맡길 테니까 혼자서 해결해 봐. 그 문제에서만큼은 아론이 하라는 대로 따라 줄 테니까. 알았지?"

"네? 하하. 그거야 어려운 일은 아니지만."

아론은 떨떠름한 표정으로 웃었다. 사실 아론도 이론으로 생각한 것에 불과하다. 귀족이 직접적으로 자금 관리를 하는 경우가 얼마나 있겠는가. 단지 몰락 귀족이라 다른 귀족에 비해서 좀 더 현실적일 뿐이다.

Chapter 2

시험(試驗)

시험 試驗

　　파울과 비교해서 그렇지, 평민의 입장에서 보자면 아론도 세상 물정 모르기는 마찬가지이다. 그것은 아론 스스로도 인정하는 사실이다.

　'누구를 믿을 수 있을까?'

　아론은 믿을 수 있는 사람이 필요했다. 엄청난 실험 자금을 마련하기 위해서는 장기적으로 믿고 거래할 수 있는 사람이 필요한 것이다. 그런데 콘라드 제국에서 타국의 귀족인 아론에게 인맥이 있을 리 없었다.

　'마탑 혹은 마법 길드?'

　아론의 머리 속에 두 개의 단체가 떠올랐다. 마법사를 위해서 존재하는 마탑이나 마법 길드는 정말로 믿을 수 있는 곳이다. 하지만 오크 학파의 역사를 생각하면 거래를 피하고 싶은 곳이기도 하다.

‘귀족은 인맥이 없으니 안 되겠고, 결국은 상단과 거래를 해야 되겠군.’

별다른 선택의 기회가 없었다. 실험 자금의 액수를 감당할 단체는 그리 많지가 않다. 귀족이 아니라면 상단밖에 없는 것이다. 아론은 상인 길드를 찾아가 수많은 상단의 정보를 입수하였다. 학파의 계승자란 직위 덕분에 아카데미의 출입이 자유로워서 불편함이 없었다.

‘어떠한 상단이 좋을까?’

아론은 입수한 수백여 개의 상단 기록을 살펴보았다. 정보가 너무 많다 보니 어떤 상단이 좋은지 결정을 내리기가 쉽지 않았다.

‘신뢰를 바탕으로 운영되는 상단 중에서 더욱 신뢰할 수 있는 상단을 어떻게 찾아내지?’

외형적으로 드러난 정보만으로 어떠한 상단이 더 신뢰할 수 있는지를 판별하기란 불가능하다. 아론으로서는 오크 학파의 성과물 때문이라도 조심할 필요성이 있었다. 알려져도 문제될 것은 없지만 주목받아서 좋을 것 또한 없었다.

파울은 이미 각오를 하고 있었다. 오크 학파의 성과물에 대한 정보가 알려지면 귀찮게 될 것임을 말이다. 하지만 파울이 그 모든 것을 무시하면 그만이다. 오크 학파의 성과물은 유일한 계승자인 파울의 것이나 진배없기 때문이다.

'맞아, 역사가 있었지!'

끊임없는 고민 끝에 아론은 나름대로 신뢰할 수 있는 상단을 찾아낼 방도가 생각났다. 오크 학파의 위대한 역사를 생각하다가 상단도 그들만의 역사가 존재하고 있음을 깨달은 것이다. 오랜 역사를 지닌 상단은 그만한 이유가 있음을 말이다.

역사가 깊은 상단일수록 귀족처럼 명예와 자긍심이 대단하여 한순간의 이득을 위해서 거래하지 않았으리라 생각한 것이다. 그렇게 해오지 않았다면 오랜 역사를 갖지도 못했으리라.

'역사가 깊은 상단이라……'

아론은 역사가 깊은 상단만을 따로 추려냈다. 상단의 크기와 상관없이 대부분 삼대도 거치지 않은 신생 상단에 불과했다. 그렇게 신생 상단을 제외시키자 남게 된 상단이 많지가 않았다.

'찾았다!'

아론은 마음에 드는 상단을 찾아냈다. 크지는 않지만 귀족의 가문에 버금갈 정도로 엄청난 역사를 지닌 상단이었다. 이러한 상단이라면 왠지 믿고서 거래할 수 있을 것 같았다.

상단을 결정했지만 찾아가지는 않았다. 아직 상단과 거래할 물품을 결정하지 못했기 때문이다.

'무엇이 돈이 될까?'

오크 학파의 성과물들을 살펴보며 돈이 될 만한 것들을 찾아보았다. 마법 무구나 마법 스크롤이 가장 큰 돈이 되지만 그러한 것들은 마법진을 활성화시킬 수 있는 6서클의 컨틴젼시(Contingency) 마법 시전이 가능한 마도사에게나 가능한 일이다.

결국 파울의 마법에 맞추어 4서클 이상의 마법으로 제작할 수 있는 성과물들은 포기하였다. 또한 제작 기간이 너무 길거나 제작이 까다로우면 제외시켰다. 그 외에도 고려할 사항이 너무나 많았다. 그렇게 어려운 과정을 거쳐서 아론이 선택한 물품은 모두 다섯 종류였다.

오크의 피로 제작된 포션, 해독제나 체력회복제와 같은 약품들, 오크를 감지할 수 있는 마법 물품, 오크의 평형감각을 잃게 만드는 향수, 그리고 특수한 방법으로 가공된 오크의 가죽이다. 모두 오크를 이용한 물품으로 실험실에서 쉽게 만들 수 있는 것들이었다.

귀족을 대상으로 판매하기엔 문제가 있는 물품들이다. 포션은 마법 길드에서 판매하는 것과 비교해 절반의 효과에 불과하다. 더구나 약간의 부작용까지 있으니 저렴한 것을 찾는 부유한 평민에게 적합한 물품이라 할 수 있었다.

'어라? 모두 용병용으로 제작된 물품 같네?'

우연하게도 다섯 종류의 물품이 모두 용병에게 필요한 물품이었다. 아론은 물품을 선정하자 상단에 보여줄 만큼만 만들었다. 많이 만들고 싶어도 재료가 부족하여 그럴 수 없었다. 그나마 실험을 하느라 만들어 놓아둔 것들이 있어서 다행이었다.

"스승님, 상단에 함께 가시겠습니까?"

"아니다."

파울이 아론에게 거부 의사를 밝혔다. 아론은 혼자 찾아갈 생각을 하자니 부담이 생기지 않을 수 없었다.

'타국의 몰락 귀족이라고 무시하는 것은 아니겠지?'

상단의 사람과 만날 때 수련 마법사가 아닌 귀족 신분으로 만날 생각이었다. 사실 아카데미의 학생이란 사실부터 밝히면 비웃음당할 우려 때문에 파울이 함께 가길 바랐던 것이다. 아론은 선택한 물품을 바리바리 싸들고 자신이 선택한 상단으로 향했다.

'프랜스 상단이라……'

넓은 수도를 한참이나 헤매고서야 결국 상단을 찾았다. 상단은 크지 않았지만 많은 사람들이 바쁘게 드나들고 있었다. 활기차고 번잡스러운 분위기가 좋아 보였다. 아론은 귀족 신분을 밝히고 단주와의 만남을 요청하자 쉽게 받아들여졌다.

"반갑소. 바네 왕국의 아론 매크우드요."

"에노크입니다."

평민에게 굳이 존칭을 쓸 필요까지 없지만 거래를 생각해 아론은 조심스럽게 인사를 나눴다. 에노크는 의아한 눈빛으로 그를 바라보고 있었다. 타국의 귀족이 직접 상단까지 방문했으니 의문스러운 것은 당연했다.

"본론부터 말하지요. 저는 마법 물품을 거래하고 싶어서 찾아왔습니다."

"예에?"

에노크가 놀라자 말을 꺼냈던 아론마저도 당황스러웠다.

"뭐가 잘못되었나요?"

"죄송하게도 저희 상단에서는 마법 물품을 취급하지 않습니다."

"실례되는 질문이지만 무엇 때문인지 알 수 있을까요?"

물어보지 않을 수 없었다. 마법 물품을 거래하기 위해 찾아왔건만 그것을 취급하지 않는다니 황당했다. 대부분의 상단이 많은 이득을 보장하는 마법 물품에 조금이라도 손을 대기 마련이다. 당연히 프랜스 상단도 취급할 줄 알았다.

"휴우, 비밀도 아니니 알려드리지요. 저희 상단에서는 물품에 이상이 있을 경우 10배로 보상하는 수칙이 제정되어 있습니다. 저희 상단의 500년 역사가 담긴 자랑스러운 수칙이지만, 그 때문에 마법 물품은 거래하지 않습니다."

"정말 대단하네요."

아론으로서는 정말 상상도 할 수 없는 일이었다. 거래한 마법 물품이 잘못되기라도 한다면 10배로 보상해야 된다니 끔찍했다. 더구나 그러한 수칙으로 500년이나 상단을 유지했다는 사실이 놀라웠다.

'그렇다면 다른 상단과 문제라도 생기면?'

누군가 악의적으로 상단에 해악을 끼치려고 한다면 쉽게 망할 수 있는 위험이 존재한다. 그런데도 지금까지 상단이 유지되었다는 것은 철저한 관리와 관계를 맺은 대부분의 사람들에게 원한을 산 경우가 없음을 의미하는 것이다.

"처음으로 저희 상단의 수칙을 듣게 되면 이러한 생각을 한답니다. 악의적으로 보상을 노리고 물품에 해악을 끼치지 않겠느냐는 의문이요. 하지만 그러한 문제는 별로 없습니다. 저희 상단의 고객은 적어도 10년 이상을 거래하던 분들을 위주로 운영되니까요."

"그렇군요."

아론이 보인 표정만으로 에노크 단주는 그가 무슨 생각을 하는지 짐작하고 상단에 대해 이야기를 늘어놓았다. 에노크의 말을 듣게 되자 아론은 더욱더 신뢰감이 생겨났다.

'솔직한 게 최선이지.'

아론은 에노크의 상단과 거래를 하기 위해서는 진실로 호소하는 게 최선임을 알고 있었다.

"다시 한 번 저를 소개해야겠군요. 드레이얼 마법 아카데미의 학생이자 오크 학파의 계승자이기도 한 아론 매크우드입니다. 물론 바네 왕국의 귀족이기도 합니다."

"정말입니까?"

지금까지 침착한 성격의 에노크가 당황한 표정을 지었다. 아론이 2서클도 아닌 1서클이란 사실까지 알게 된다면 황당하다고 생각할 것이 분명했다.

"작년에 입학하였습니다. 재능이 없다는 사실을 알면서도……."

비밀이랄 것도 아니기에 마나를 느끼고 아카데미에 입학하여 지금까지 있었던 일을 모두 알려주었다. 무척이나 창피했지만 부정할 수 없는 사실이다. 에노크는 상당히 웃기는 이야기임에도 절대 웃지 않았다.

"마법 물품이라면 마법 길드를 이용하는 게 편한데 저희 상단에는 무슨 일로?"

"어찌하다 보니 저희 오크 학파의 실험 자금이 모두 바닥난 상태입니다. 그래서 실험 자금을 마련하기 위해 찾아온 것입니다. 길드를 찾지 않았던 이유는 저희 학파의 문제를 다른 학파나 마법사들이 알지 못하길 바라기 때문이지요. 그러니 저희 학파에서 만든 마법 물품을 프랜스 상단에서 구입해 주셨으면 좋겠습니다."

에노크는 흥미를 보이기는커녕 어두운 표정이었다.

"아까 말씀드렸다시피 저희 상단은 마법 물품을 취급하지 않습니다. 적어도 마법 물품을 거래할 자금력 이외에도 10배에 달하는 보상금의 자금까지 추가로 보유하고 있어야만이 취급이 가능합니다. 저희 상단의 자금력이 좋으면 모르겠지만 지금의 형편으로서는 불가능합니다. 그리고 무리해서 취급을 하더라도 귀족이나 겨우 구입할 수 있는 물품일 테니 귀족과의 관계가 적은 저희 상단으로서는 거래가 어려울 것입니다."

"저희 학파의 제안을 끝까지 들으시고 다시 선택하시기 바랍니다."

에노크의 자세한 설명을 깃들인 거부 의사에도 불구하고 아론은 포기할 생각이 없었다. 거부를 할수록 믿음이 가는 상단임을 마음으로 느낄 수 있었다. 다른 상단이었다면 현실적인 설명보다는 마법 물품이 무엇인지 먼저 보기를 희망했을 것이다.

아론은 어렵게 짊어지며 가져온 마법 물품을 에노크의 앞에 하나씩 펼쳐 놓았다. 그리고 마법 물품에 대해 자세히 설명하였다. 설명을 들을수록 에노크의 얼굴은 조금씩 밝아지는 것과 동시에 안타까움이 함께 나타났다.

"대단한 마법 물품들이군요. 설명하신 효능이 정말이라면 주인을 찾기가 어렵지도 않겠네요. 관리가 까다롭고 부작용까지 있지만, 아론님께서 말씀하신 가격으로 판매한다면 서로 구입하려고 난리겠습니다."

에노크의 표정에 욕심이 드러나고 있었다. 에노크의 말마

따나 마법 물품의 가격이 아무리 낮게 책정되어도 비싸기는
마찬가지이다. 취급하게 된다면 많은 이득을 보장하는 물품
이니 욕심이 생기는 것은 당연하다.

“프랜스 상단에서 저희 학파의 마법 물품을 취급해 주세
요. 물품에 이상이 생기면 10배의 보상 문제를 저희 학파가
모두 떠맡도록 하겠습니다. 어떻습니까?”

“저, 저, 정말입니까?”

에노크가 말을 더듬거리며 반문하였다. 에노크는 발목을
잡고 있던 문제를 상대방이 떠맡는다고 하자 거절할 이유가
없었다. 보물을 통째로 던져 주는 것과 진배없는 것이다. 방
금 전까지 에노크가 욕심이 나면서도 받아들이지 못한 이유
는 그의 상단에 수백여 명의 밥줄이 걸린 문제라 모험을 할
수 없기 때문이었다.

“방금 설명한 마법 물품을 위주로 거래할 생각입니다. 그
리고 저희는 실험 자금이 필요해 거래하는 것이니 그에 맞추
어 물품을 공급하게 될 것입니다. 그럼 며칠 후에 다시 찾아
뵐 테니 그때 자세한 사항을 논의하고 계약을 체결하지요.”

“감사합니다. 정말 감사드립니다.”

아론은 에노크의 인사를 받으며 자리에서 일어났다. 원하
던 거래가 이루어진 것이나 마찬가지라 돌아가려는 것이다.
에노크는 얼른 주위에 널려놓은 마법 물품을 주워 담았다. 돌
아가려는 아론에게 돌려주기 위해서였다.

“그건 상단에 드리는 샘플입니다. 앞으로 똑같은 물품을 지속적으로 공급하게 될 텐데 효능을 파악해야지요.”

“아하, 그렇군요.”

장기적인 거래를 위해서라도 상단이 물품에 대해 자세히 알아야 한다. 설명만으로는 제대로 물품을 판매할 수 없으니 말이다. 물론 마법 물품은 값어치가 대단하여 샘플이 있을 리 없지만 신뢰를 위해서 손해를 충분히 감수할 가치가 있었다.

“참고로 마법 물품의 출처에 대해서는 비밀을 지켜주시기 바랍니다. 저희 학파가 처한 상황을 알리고 싶지 않습니다. 그렇다고 목숨을 버려가면서까지 지켜야 할 비밀은 아닙니다. 그저 저희 학파의 자존심 문제라고 생각하십시오.”

“알겠습니다. 철저하게 비밀을 유지하도록 하겠습니다.”

에노크는 아론을 정문까지 배웅하였다. 에노크는 아론의 모습이 멀리 사라질 때까지 정문에서 떠나지 않았다. 아카데미에 돌아온 아론은 에노크와 있었던 일들을 파울에게 간단히 설명했다. 파울은 거래 사실보다는 며칠 후 실험을 재개할 수 있다는 것에 기뻐하였다.

에노크는 북받치는 마음을 가누지 못하고 아론을 배웅한 자리에서 한참을 떠나지 못하였다. 아론과의 대화가 모두 꿈만 같았다. 한 명의 마법사도 아닌 하나의 마법 학파와 거래를 하게 된 역사적인 순간을 어찌 잊을 수 있겠는가.

'오크 학파라……'

실험 자금이 부족할 정도로 역량이 부족한 학파이지만 에노크에겐 평생토록 찾아오기 힘든 기회를 준 곳이다. 아무리 거대한 상단이라도 소수의 마법사들과 거래를 할 뿐 학파와 직접적으로 거래하지 않는다. 마법사들은 모두 마법 길드와 거래를 하기 때문이다.

'실험 자금도 중요하겠지만 학파의 명예를 위해서라도 철저한 비밀 유지가 필수겠구나.'

에노크는 아론이 언급한 말을 떠올리며 잊지 않도록 각인하였다. 보상 문제를 떠맡기로 한 고마움을 위해서라도 그들이 중요하게 생각한 것들을 보호할 필요성이 있다. 비밀 유지를 비롯해 확실하게 물품을 판매하여 학파의 실험 자금을 마련해 주어야 하는 것이다.

'물품을 판매하기 위해서는 당연히……'

감추어두었던 상인으로서의 정신이 에노크를 긴장시켰다. 마법 물품의 가치를 생각하자면 다른 사람에게 맡길 수 없었다. 오크 학파에 보답할 수 있는 방법이기도 하겠지만, 프랜스 상단을 위해서도 실수가 절대적으로 없어야 한다.

'먼저 판매할 물품이 무엇인지를 알아야겠지?'

에노크는 정신없이 방으로 돌아와 널려 있는 물품들을 조심스럽게 모았다. 그리고 아론의 설명을 떠올리며 확인할 수 있는 방도를 구상했다. 며칠 후 다시 계약 체결을 위해 방문하기 전에 물품의 상태를 확인해야 하는 것이다.

아론이 설명한 마법 물품의 효능과 에노크가 이해한 효능이 다를 수 있었다. 그 차이를 느끼기 위해서는 직접적으로 사용해서 확인하는 방법이 최고이다. 무척이나 아까운 물품이지만 장기적인 거래를 위해 꼭 필요한 확인 절차였다.

'물품의 특성을 알아야 판매할 수 있으니까.'

에노크에게도 아주 고통스러운 결정이었다. 특성을 확인하기 위해 엄청난 값어치가 지닌 마법 물품을 사용해야 되니 말이다. 아론이 샘플로 건네준 물품들의 가치는 상단의 자금력과 맞먹을 정도로 엄청났다.

에노크는 프랜스 상단의 부단주이자 자신의 아들인 피에스를 불러서 오늘 있었던 사실을 알렸다. 그리고 아들 피에스에게 상단의 모든 업무를 맡겼다. 마법 물품의 중요성을 감안하면 경험 많은 에노크가 직접 챙겨야 하는 상황임을 아들인 피에스도 찬성하였다.

다음날 프랜스 상단은 갑작스러운 변화를 맞이했다. 단주의 직위가 에노크에서 아들인 피에스로 넘어간 것이다. 새로운 단주기 된 피에스는 상단이 미법 물품을 취급할 것임을 밝혔다. 그리고 그 책임자로 아버지인 에노크를 선정하였다.

마법 물품에 몰두하기 위해서 에노크가 피에스와 함께 결정한 사항이었다. 후속 조치로 전격적인 인사 조치도 단행되었다. 최소한 30년 이상을 상단에 몸담으면서 입이 무겁다고 알려진 사람들을 에노크의 휘하로 두었다. 물론 인사 조치에 따른 충분한 보상이 약속되었다.

에노크는 자신에게 배속된 사람들에게 마법 학파와의 관계를 밝혔다. 물론 오크 학파와 아론의 존재를 절대 언급하지 않았다. 모두들 잔뼈가 굵고 상단에 은혜를 많이 입은 사람들이라 축하의 말을 잊지 않았다.

"에노크님, 무엇부터 확인하지요?"

모두의 시선이 에노크에게 집중되었다. 그들의 중심에는 아론이 남기고 간 마법 물품의 샘플이 놓여 있었다.

"확인하기 쉬운 포션부터 시작하지."

"그러도록 하지요. 그런데 어떻게 확인하지요?"

에노크의 휘하로 배속된 직원들이 서로 논의를 하였다. 절반 이상이 에노크보다 나이가 많았다. 그만큼 믿을 수 있는 사람들이라서 배속된 것이다.

"동물을 대상으로 실험하면 되지 않습니까?"

"몬스터가 낫지 않겠습니까?"

"사람이 직접 체험해야 효능을 알 수 있는 거 아닙니까?"

다양한 의견이 제시되었지만 역시나 사람이 대상이어야 제대로 확인할 수 있다고 의견이 모아졌다. 그런데 문제는 누군가 그것을 확인하느냐이다. 다행히 에노크가 나서자 간단히 해결되었다. 포션을 시험하는 와중에 잘못되면 상단이 긴급할 때를 대비해 보관하고 있던 포션을 사용하기로 결정한 것이다.

포션의 가격이 너무 비싸서 겨우 하나를 비치하고 있을 뿐이다. 그 포션은 상단에 위급한 일이 방생했을 때 사용하기 위해서 보관하던 것이다. 너무 귀해서 중한 상처를 입었을 때도 아끼던 포션이었다.

"으악!"

프랜스 상단의 외진 곳에서 누군가의 비명이 울렸다. 에노크의 휘하로 배속된 직원 중에서 가장 젊은 사람의 비명 소리였다. 그는 동료가 찌른 단검에 의해서 허벅지에 큰 상처를 입었다. 포션의 효능을 확인하기 위해서 허락하에 자행된 일이었다.

"에노크님!"

"에노크님, 서두르십시오!"

단검에 찔린 직원이 고통을 참지 못하고 계속해서 비명을 지르자 모두가 에노크를 재촉하였다. 에노크도 긴장하기는 마찬가지였다. 잔인하지만 효능을 확인하기 위해서는 무턱대고 상처에 포션을 사용할 수 없는 노릇이었다.

"효능을 확인해야 되니까 피부터 닦아!"

"으아아아!"

상처의 피를 깨끗이 닦아내는 동안 상처 입은 직원의 비명

은 점점 높아졌다. 피가 철철 흘러내리는 상처의 부위를 닦아
내느라 건드리는데 고통스러운 것은 당연하다.

쪼르르르.

에노크가 병마개를 열고서 상처 부위에 포션을 조금씩 흘
려보냈다. 절반만 뿌리고서 잠시 병마개를 닫고 상처를 주의
깊게 살펴보았다. 다른 직원들도 자세히 살펴보려고 상처 입
은 직원이 움직이지 못하도록 꽉 붙잡았다.

"상처가 사라집니다. 치료가……."

"정말로 상처가 조금씩 사라집니다."

"히야, 정말로 포션이군요!"

직원들이 치료되는 과정을 살펴보며 감탄하였다. 에노크
를 비롯해 모두들 포션의 효능을 목격하기란 처음이었던 것
이다. 귀족이나 겨우 사용할 수 있는 포션의 사용 모습을 언
제 구경해 봤겠는가 말이다.

"이제 멈추었네요. 흉터가 남았는데요?"

"완벽히 치료되는 게 포션 아닌가요?"

잠시 후 상처가 모두 사라졌지만 흉터가 약간 남았다. 에노
크가 포션을 조금 더 뿌려보았지만 흉터가 사라지진 않았다.
상처를 입었던 직원은 포션의 사용으로 인한 심한 두통과 모
든 체력이 소모되는 부작용을 절실히 느꼈다.

그럼에도 에노크와 직원들은 포션의 효능에 만족하였다.
그리고 포션 이외의 약품들도 모두 시험하여 효능을 확인했

다. 마법 물품의 효능을 모두 확인하느라 며칠간 직원들은 제대로 쉬지도 못하였다. 그들은 상단을 위해서 최선을 다하고 있었다.

특수한 처리를 한 오크의 가죽을 시험하기 위해 날카로운 무기로 수없이 내려쳐 성질을 확인했다. 평범한 오크의 가죽이 보기와 다르게 화살이나 검도 튕겨낼 정도로 강했다. 오우거나 와이번의 가죽에 버금가는 특성이었다.

오크와 관련된 물품은 확인을 위해 거금을 들여서 음성적으로 진행되는 검투장까지 방문했다. 그곳에서 검투를 위해 길들인 오크에게 시험하였다. 오크 향수를 몸에 뿌리고 접근하자 정말로 오크가 순간적으로 평형감각을 잃었다. 또한 오크를 감지하는 단검도 제대로 된 효과를 보여주었다.

에노크와 직원들로서는 아론이 언제 찾아올지 몰라 밤을 새워가며 물품에 대한 효능을 확인할 수밖에 없었다. 대부분의 효능이 아론이 설명한 것보다 뛰어났다. 모든 효능을 확인하자 에노크는 아론이 방문하길 애타게 기다렸다.

한편 아론은 에노크의 마음도 모른 채 코앞으로 다가온 시험을 준비하고 있었다. 모든 시험에 가산점이 부과되어 쫓겨나지 않는다 하더라도 창피당하고 싶지는 않은 탓이다. 이론 시험은 문제가 없지만 실기 시험으로 상대방과 약속 대련을 하는 부분이 아론에겐 부담이었다.

시험장은 전쟁이라도 치르는 듯 냉막한 분위기가 흐르고 있었다. 감시하는 인원이 많음에도 누구 하나 소리 내지 않았다. 아론도 철저한 감시 아래 시험을 치르기는 매한가지였지만 마땅히 할 일이 없었다.

'뭐, 아는 게 있어야 문제를 풀지.'

아무리 문제를 들여다봐도 아는 게 없었다. 아론에게는 시험 문제의 난이도가 너무나 높았다. 지난 반년간 대부분의 수업을 불참했으며, 그나마 배웠던 것도 기초적인 부분뿐이었다.

'와우! 이건 알겠는데.'

가끔씩 아는 문제가 나왔지만 불과 몇 개에 불과했다. 결국 조용히 앉아서 시간을 보내다가 깨끗한 시험지를 제출하고 말았다.

"푸하하!"

"아저씨는 나보다 더하네?"

주변에서 아론의 시험지를 엿보게 된 아이들이 놀려댔다. 아카데미에 입학한 이후로 항상 당해왔던 일이라 아론에겐 익숙한 일이었다. 이러한 놀림조차 견뎌내지 못할 정도로 아론의 마음은 약하지 않았다.

이론 시험은 별 탈 없이 끝났다. 본격적인 시험은 실기 시험으로 마법 구현에 필요한 총체적인 능력을 측정한다. 보유한 마나의 속성과 양, 마나의 제어 수준, 수식 계산의 속도, 마법 성공률, 그리고 마법 대련이 진행된다.

대련을 제외한 모든 실기 시험은 마법 물품으로 성적이 책정되기 때문에 매우 공평하다고 할 수 있다. 마도사가 제작한 마법 물품으로 학생들의 수준을 측정하기 때문에 불만을 갖는 학생은 아무도 없는 것이다.

아카데미의 역사를 자랑하듯 시험은 순탄하게 진행되었다. 하지만 마지막 대련은 전혀 간단하지 않았다. 아카데미의 설립 취지에 영향을 받은 탓에 대련이 차지한 점수가 상당히 높은 편이기 때문이다.

제국은 실질적으로 마법을 구현하여 전쟁에서 싸울 수 있는 마법사가 필요하다. 제국의 지원을 받는 입장에서 아카데미는 그쪽에 치중하지 않을 수 없었다. 그래서 대련에 많은 점수를 부과하고 있는 것이다.

거창하게 대련이라고 말하지만 정말로 대련을 하는 것은 아니다. 수련 마법사의 마법 구현 시간을 감안하면 대련이란 자체가 불가능하다. 결국 마법 선생의 지도 아래 한쪽이 공격하면 다른 학생이 방어하는 약속 대련으로 진행되는 것이다.

'대련을 해야 하다니!'

아론은 대련을 지켜보며 걱정이 되었다.

"시작!"

마법 선생의 외침에 대련을 준비하던 두 명의 학생이 마주 선 채 마법을 구현하기 위해서 안간힘을 쓰기 시작했다. 당장이라도 마법을 구현시킬 것 같았지만 수련 마법사답게 한참이 지나서야 어렵게 마법을 완성시켰다.

약속 대련이라 공격과 방어의 기회가 양편에 공평하게 주어진다. 마법 구현의 속도와 상관없이 두 학생이 모두 마법을 구현해야 대결이 시작된다. 물론 마법 구현의 속도가 빠르면 그에 따르는 추가 점수를 받게 된다.

"실드(Shield)!"

"파이어 에로우(Fire Arrow)!"

방어하는 학생은 실드를 시전하였고, 나머지 학생은 불속성의 에로우 마법로 공격하였다. 대부분의 학생이 불 속성 계열의 학파에 가입되어 있어서 가장 흔하게 보는 마법이다. 가장 단순한 마법이면서도 마나를 집중시키기 좋아서 파괴력이 높았다.

"파아앙!"

"크윽!"

마법 화살이 실드에 부딪치며 둔탁한 소리가 흘러나와 시험을 앞둔 학생들에게 두려움을 안겨주었다. 마법 화살이 실드와 충돌하는 소리도 놀랍지만, 마법에 충격을 받은 학생이 죽을 듯한 비명 소리를 뱉어내며 나동그라졌기 때문이다.

잠시 후, 공격과 방어의 입장이 바뀌어 또다시 대련이 시작되었다. 대련은 비슷한 수준의 학생들끼리 이루어지는 것이라 큰 문제가 생기진 않았다. 더구나 마법 선생을 비롯해 대련을 위해 초빙된 신관까지 대기하고 있었다.

결국 아론의 차례가 되었다. 아론의 대련에 많은 학생들이 관심을 보였다. 아카데미에서 아론은 다양한 별명을 얻었듯이 지대한 관심을 받는 유명인이다. 대부분의 별명이 늙었음을 의미하여 듣기 거북하지만 말이다.

"시작!"

마법 선생의 시작 소리가 들리자 아론은 실드를 구현하기 위해서 노력했다. 아론이 가장 걱정하는 것은 마법 구현에 실패하는 것이다. 마나를 음의 속성으로 바꾼 지 오래되지 않아서 실패할 가능성이 있었다.

'휴우, 다행이다.'

아론의 걱정과 다르게 마법은 성공적으로 완성되었다. 적어도 마법을 실패하여 창피당할 위기는 넘긴 것이다.

"실드!"

"파이어 에로우!"

핏빛 색깔을 지닌 마법 화살이 아론의 정면으로 날아와 부딪쳤다.

"파앙!"

"우아악! 퍼억!"

아론은 실드를 뚫고 다가온 마법 화살에 맞아 정신을 잃고 쓰러졌다. 구경하고 있던 학생들도 의외의 상황에 놀랐다. 그동안 아론은 파울의 지도 아래 독특한 방법으로 마법 교육을 해왔던 탓이라 마법 수련을 꾸준히 하지 않아서 벌어진 사건이었다.

잠시 후 아론은 정신을 차렸지만 마법에 맞은 후유증으로 가슴에 커다란 멍이 생겼다. 고통이 심한 상처였지만 신관의 치료를 거절했다. 너무도 창피하여 아론은 얼굴을 들 수가 없었다. 대련 상대가 아론보다 20살은 적었으니 말이다.

"뭐야, 나잇값도 못하고 정신을 잃다니!"

"깜짝 놀랐잖아!"

"늙은이, 너희 나라로 돌아가라!"

학생들은 정신 차린 아론을 바라보며 다시금 놀리기 시작했다. 정신을 잃고 쓰러졌을 때는 죽지는 않았나 걱정하던 학생들은 수련 마법사의 마법에 사람이 죽을 리 없다는 사실을 뒤늦게 깨닫고 놀리는 것이다.

'멍청한 놈!'

아론은 그 누구도 아닌 자신에게 욕을 하였다.

'왜 사냐? 몰락 귀족 주제에 마법사라도 되겠다고 타국의 제국까지 와서는…….'

자신의 한심한 모습에 아론은 스스로에게 분노하였다. 그리고 잠시나마 오크 학파에 소속된 자신을 위대하게 생각한 사실에 부끄러움을 느꼈다. 오크 학파의 성과물을 접하면서 그 대단함에 취해 있었던 것이다.

오크 학파의 위대한 성과물은 아론과 전혀 상관이 없다. 오크 학파에 소속되어 있지만 거래를 위해서 그렇게 된 것이기 때문이다. 실질적으로 아론은 오크 학파의 마법사도 아닌 것이다. 그런데 아론은 그 위대함에 취해 있었다. 자신이 위대한 오크 학파의 마법사라도 된 것처럼 말이다.

'나는 시험을 못 봐도 쫓겨나지 않는 특별한 존재라고 생각했으니까.'

아론은 가산점에 대한 생각으로 시험에 대한 부담감이 없었다. 자신이 남들과 다른 특별한 존재라고 생각한 것을 아론은 부끄럽게 생각했다. 그런 생각은 아론이 어릴 때부터 경멸해 왔던 생각이기도 하다.

세상의 모든 사람들이 능력만으로 평가받기를 원했다. 그런데 자신도 그 비난하던 사람들 중에 하나라는 사실에 분노한 것이다. 고작 1서클의 마법에 정신을 잃어버리자 그동안 떠올리지 못했던 부끄러운 생각들을 깨달을 수 있었다.

머칠 후, 시험 결과가 발표되어 일부 학생들이 아카데미에서 쫓겨났다. 비록 쫓겨났지만 그들은 충분히 마법사로서의 재능을 가지고 있다. 단지 드레이얼 아카데미를 다니는 학생들보다 재능이 떨어질 뿐인 것이다.

아카데미에서는 성적을 기준으로 학생들을 관리하기 시작했다. 지금까지는 함께 입학한 학생들끼리 지냈지만 이제는 그렇지가 않았다. 선후배와 상관없이 성적에 따라서 비슷한 수준의 학생이라면 같은 수업을 들어야만 했다.

'가산점 때문에 수업 편성이 이렇게 된 것인가?'

아론의 수업은 가산점의 영향으로 고학년과 함께 편성되었다. 어차피 참석하지도 않을 수업이지만 일부의 수업은 참석해야 한다는 것이 문제였다. 아카데미에서 특별히 지정한 수업과 파울이 지정한 수업은 참석하지 않을 수 없다.

파울이 앞으로 고난스러울 아론의 아카데미 생활을 위로하였다. 평소에도 미움을 받던 아론이 편법을 동원하여 남게 된 사실은 곧이어 알려지게 될 것이 분명했다. 인내심이 강한 아론으로서도 무척이나 부담되는 일이었다.

스르륵.

아론이 수업에 참석하기 위해서 들어서자 모두의 시선이 집중되었다.

"늙다리!"

"어떻게 남아 있는 거지?"

"어떻게 된 거야!"

학생들이 아론을 목격하고 수다를 떨었다. 이런 상황을 짐작하고 있었던 아론은 아무렇지도 않은 듯 남은 자리를 찾아가 앉았다. 곧이어 아론의 주위로 학생들이 벌 떼같이 모여들어 대답할 시간도 주지 않고 질문을 쏟아냈다.

"모두 앉지 못해! 거기는 왜 모여 있는 거야?"

아론의 대답도 듣지 못하고 선생의 우렁찬 목소리가 울려퍼졌다. 학생들은 그제야 선생이 온 사실을 알아채고 재빨리 자리로 돌아갔다. 하지만 대답을 듣지 못한 학생들의 시선은 아론을 떠나지 못하고 있었다.

"왜 모여 있었는지 대답하지 못하겠어?"

"저기, 그러니까 저희는 아론 아저씨가 아직까지 아카데미에 남아 있는 이유를 물어보고 있었습니다. 너무 궁금해서……."

선생이 목소리를 키워가며 계속 닦달하자 한 명이 일어나 대답했다. 그제야 선생도 아론을 바라보며 고개를 갸우뚱거렸다. 아론의 상황을 모르는 선생은 없다. 수업에도 계속 불참하여 당연히 아카데미 생활을 포기했다고 생각했는데 아직도 남아 있으니 이상한 것이다.

"모두 잠깐만 기다리도록!"

선생이 나가 버리자 또다시 아론의 주위로 학생들이 몰려들었다. 아론은 어떠한 질문에도 대답을 하지 않았다. 자신의 치부나 다름없는 사실을 벌 떼같이 달려든 학생들에게 떠벌리고 싶을 리 만무했다.

선생은 한참이 지나서야 학생들에게 돌아왔다. 아론은 선생의 따가운 시선을 받아야만 했다. 그 눈빛이 무엇을 말하는지 아론이 몰를 리 없었다. 그나마 호의를 가졌던 일부의 선생들마저 아론에게 등을 돌렸다는 것을 의미하는 시선이었다.

"모두 조용히 하도록! 아론이 남게 된 이유는 수업이 끝나고 알려주겠다."

"……."

학생들은 심상치 않은 선생의 표정을 주목하고 조용한 분위기를 유지하였다. 수업이 끝나자 아론은 조용히 자리를 피했다.

"드레이얼 아카데미는 오래전부터 학파의 계승자에게 특혜를 주는 학칙이……."

아론의 귓가로 선생이 학생들에게 설명하는 소리가 들려왔다. 아론이 아카데미에 남게 된 사실을 알려주는 것이다. 학생들은 잘못되었다며 반발하였지만, 수백 년간 내려온 학칙을 한 사람으로 인해 바꿀 수도 없는 노릇이다.

오스워드는 비슷한 처지의 친구들과 공평하지 못한 처사에 성토했다. 친구들도 오스워드의 주장에 적극적으로 찬성했다.

"그렇게 비겁한 짓까지 하면서 남으려 하다니!"

"조막만 한 왕국에서 유학까지 온 놈이 위대한 드레이얼 아카데미의 물을 흐리다니!"

"도저히 묵과할 수 없어!"

눈앞에 아론이라도 있다면 당장 죽일 것 같은 분위기였다. 오스워드의 의견에 찬성하여 성토하는 친구들은 함께 공부하던 친구를 떠나보낸 경험자들이었다. 그런데 아론이 편법을 동원하여 남았다는 사실을 알게 되자 분노한 것이다.

"오스워드, 나와 함께 학장에게 찾아가서 따지자!"

"글레디, 너는 역시 영원한 나의 친구다!"

오스워드와 글레디는 단순히 친구를 떠나보낸 것이 아니다. 그들이 떠나보낸 사람은 바로 피를 나눈 형제였다.

'쫓겨나면 아카데미를 옮기면 그만이야.'

오스워드는 아카데미를 옮길 각오까지 하였다. 아론이 타국인만 아니었다면 진작에 어떠한 수를 내서라도 혼내줬을 것이다. 하지만 타국인이라 외교적인 문제가 불거져 가문에 누가 될까 봐 참고 있었을 뿐이다.

글레디를 제외한 친구들은 학장에게 따지자는 생각에 동참하지 않았다. 아카데미에서 불이익을 받고 싶지 않은 탓이다. 더구나 귀족이 아닌 평민이라면 더욱 그렇다. 평민이라면 쫓겨나서 다른 아카데미에 갈 수 없는 처지이니까 말이다.

오스워드와 글레디가 결심을 굳히고 학장에게 찾아가자 그곳에는 회의가 진행되고 있었다. 아론의 문제로 선생들끼리도 열띤 논쟁을 진행 중이었던 것이다. 오스워드는 오히려 잘됐다는 생각으로 말했다.

"학장님, 당장 아론이란 놈을 퇴학시키십시오!"

"퇴학시키십시오!"

글레디도 오스워드의 말에 용기를 얻어 함께 외쳤다. 선생들은 예기치 못한 말에 당황했지만 잠시 후에 분노를 터뜨렸다.

"여기가 감히 어디라고 소리치느냐!"

"당장 나가지 못하겠느냐?"

오스워드와 글레디는 선생들의 위엄에 기가 죽었지만 처음의 각오를 떠올리며 용기를 냈다.

"불공평한 처사이지 않습니까? 아론이란 놈을 퇴학시켜 주십시오!"

"저희는 무슨 수를 써서라도 그놈을 쫓아낼 겁니다!"

결국 선생들이 오스워드와 글레디를 강제로 쫓아냈다. 쫓겨나면서도 그들은 자신의 주장을 굽히지 않았다. 오스워드와 글레디가 쫓겨나자 학장을 비롯해 선생들의 입에서 동시다발적으로 한숨이 흘러나왔다.

"휴우."

"쯧쯧, 이런 방법으로 남으려 하다니⋯⋯."

탄식한다고 문제가 해결되진 않는다. 하지만 논쟁을 해봐도 선생들의 입에서 해결책은 나오지 않았다.

"이블린, 학칙은 변경할 수 없는 건가?"

학장이 잠잠한 목소리로 학칙 변경의 가능성을 타진했다.

"지난 수십 년간 학칙을 변경한 경우는 없습니다. 만약 학칙을 변경하려면 마탑과 마법 길드, 그리고 수많은 마법 학파에 암묵적으로 허가를 받아야 합니다."

"학칙을 변경하는 데 왜 그들의 동의가 필요한 거지?"

"아론이 남게 된 원인이 학파의 특혜와 관련된 학칙이기 때문입니다. 결론적으로 학칙을 변경하면 학파의 특혜를 빼앗는 것과 다름이 없습니다. 학파에게 특혜를 주는 학칙은 제국의 전력 강화와 마법의 발전을 위한 복잡한 이해 구조 관계에서 만들어졌습니다. 그러니 그런 특혜를 없애기 위해서는 당연히 허가가 필요한 것이지요."

아카데미를 감찰하는 이블린이 학장의 학칙 변경에 관해서 자세히 설명하였다. 결론적으로 학칙 변경은 불가능하다는 것이다. 그렇다고 아론을 쫓아낼 수도 없는 노릇이다. 강제로 쫓아내면 그것이 전례가 되어 아카데미의 역사에 기록될 것이기 때문이다.

귀족의 명예가 중요하듯 아카데미의 명예도 마법사들에게 아주 중요하다. 아카데미는 마법사의 양성을 위해서 신분 고하를 따지지 않는 신성한 곳이다. 불미스러운 사건이 하나 발생하면 그만큼 명예가 손상되는 것이다.

아론의 존재는 아카데미의 입장에서 아무것도 아니다. 솔직히 쫓아내려고 한다면 방법은 수없이 많다. 멀리 떨어진 손바닥만 한 왕국에서 온 타국인이라 더욱 방법은 쉽다. 하지만 한 명을 쫓아내려고 아카데미에 더 큰 손해를 입힐 수 없는 노릇 아닌가.

"그냥 두고 보는 수밖에 없겠습니다."

"이러지도 저러지도 못하다니……."

"어이가 없군요."

선생들도 뾰족한 방법을 찾지 못하고 탄식만 하였다. 결국 아론은 아카데미와 관련된 수많은 사람들에게 엄청난 고민을 안겨주었다. 그것도 해답을 찾을 수 없는 고민을 말이다.

아론은 아무것도 담기지 않은 다양한 크기의 병들을 바라보고 있었다. 실험 자금의 마련을 위해 그나마 남아 있던 재료들을 이용해 오크 가죽을 강화시키는 특수 용액을 대량으로 만드느라 모두 사용했기 때문이다.

'이 용액이 과연 얼마의 가치가 있을까?'

아론은 커다란 통에 담겨진 용액을 바라보며 그 가치를 생각했다. 파울과 아론이 이틀이나 고생해서 만든 것이다. 이 용액을 오크 가죽에 바르면 오우거 가죽에 맞먹는 특성을 지니게 된다. 물론 한 달에 한 번 정도씩 오크의 피를 발라주는 불편함이 있지만 말이다.

본래는 상단에서 오크 가죽을 구입하여 처리하려고 계획했지만, 다시 생각해 보니 불편한 점이 한두 가지가 아니다. 그래서 용액을 통째로 넘겨주기로 한 것이다. 용액이 다른 마법사에게 넘어가도 만드는 비법이 유출되지 않는다는 말을 믿었다.

'그런데 왜 아직도 돌아오시지 않는 거지?'

파울에 대한 생각으로 아론은 머리가 복잡했다. 며칠 전부

터 파울은 반강제적으로 아카데미 선생들과 자주 만나고 있
다. 파울을 압박하여 아론이 학파의 계승자로서 특혜를 누리
지 못하도록 하기 위해서이다.

똑똑똑! 똑똑똑!

생각에 잠긴 아론은 노크 소리를 듣고 의아했다.

"찾아올 사람이 없는데……."

파울의 거주지는 마법 실험의 재료를 가져다주는 병사들
이외에 아무도 모른다. 아론이 문을 열고서 주변을 둘러봤지
만 아무도 없었다. 바람 소리를 노크 소리로 잘못 들었다고
생각한 아론은 들어가기 위해서 돌아섰다.

부스럭.

"모두 지금이야!"

"지금이다!"

돌아선 순간, 주변에서 속삭이는 소리가 귓가에 들려왔다.
아론은 누군가 숨어 있음을 감지하여 돌아서려고 했지만 그
럴 수가 없었다.

"우욱!"

'라이트닝 에로우에 맞았다.'

아론은 자신의 입에서 비녕 소리를 내도록 만든 마법의 정
체를 떠올리며 의식을 잃었다. 누군가 마법을 시전했는지 목
격하지도 못한 채로 말이다. 잠시 후 근처에 숨어 있던 학생
들이 조심스럽게 아론의 주위로 모여들었다.

“역시 우리 라이트닝 학파의 장점은 적을 기절시키는 것이지. 어때, 대단하지?”

“너 혼자서 한 것도 아니잖아.”

“맞아, 잘난 척은!”

라이트닝 학파의 학생이 우쭐대자 나머지 학생들이 반발했다. 아론이 곧바로 기절한 이유는 여러 개의 라이트닝 에로우에 적중당한 탓이었다.

“너를 찾느라 얼마나 고생했는지 알아!”

“이곳에 숨어 있으면 우리가 못 찾을 줄 알았냐!”

“어디 맛 좀 봐라!

퍼어억!

의식이 없는 아론을 학생들은 돌아가며 강하게 걸어찼다. 학생들은 아론이 가끔씩 참석하던 수업마저 빠지자 편법으로 남게 된 사실 때문에 자신들을 피한다고 착각하였다. 그래서 파울의 거주지까지 어렵게 찾아와서 혼내준 것이다.

학생들의 착각과 다르게 아론은 학생들을 피할 생각이 전혀 없었다. 반년 전부터 예상하고 기다렸던 상황이라 피할 이유가 없는 것이다. 학생들은 한참이 지나도록 아론을 걸어차며 울분을 풀어냈다.

친했던 친구가 일부 쫓겨나고, 싫어했던 아론은 그렇지 않은 데다 그 방법이 편법이라 더욱 분노한 것이다. 그렇다고 아론이 남음으로써 쫓겨나게 된 학생들에게 영향을 준 것은 하나도 없다. 아카데미는 절대 평가를 이용하는 체제이기 때문이다. 성적이 낮아서 쫓겨난 게 아론의 탓은 아니지 않은가.

"그만 하자. 이러다 죽겠다."

"모두 그만."

학생들도 걱정이 되는지 걷어차는 걸 멈추었다. 아론은 얼굴을 비롯해 전신을 골고루 맞았다. 일반적으로 고통에 휩싸이면 정신을 차리기 마련이건만, 여러 개의 라이트닝 에로우에 맞은 후유증으로 학생들이 떠나가도 정신을 차리지 못했다.

"파울이 올 시간이니까 이만 피하자!"

"비밀을 지키는 거 잊지 마!"

학생들은 재빨리 자리를 떠났다. 마지막까지 남아서 뒷정리를 한 것은 오스워드와 글레디이다. 혹시라도 정체가 발각될 만한 흔적을 남겼는지 꼼꼼히 확인하기 위해서이다. 계획을 세웠던 주범자들답게 뒷처리도 깔끔했다.

"설마 마법으로 우리의 정체를 알아내지는 않겠지?"

"걱정하지 마. 그런 건 마도사나 가능한 일이야."

오스워드와 글레디는 완전 범죄나 다름없다고 생각하며 마지막으로 자리를 떠나자 처참한 몰골의 아론만이 땅바닥에 방치되어 있었다.

파울이 쓰러진 아론을 발견한 것은 많은 시간이 흐른 뒤였다.

파울은 아카데미의 압박에 전혀 흔들리지 않았다. 아론 덕분에 실험 자금이 마련되고, 실험 진행도 빠르게 진행되었기 때문이다. 예전이라면 아카데미의 자금 지원이 절대적으로 필요했지만 이제는 그렇지도 않다. 더구나 아론이 없어도 혼자서 상단과 거래할 수 있으니 아쉬울 게 없는 것이다.

"도대체 어떤 놈들이 이런 못된 짓을……."

찌이익!

파울은 탄식하면서도 아론을 치료하기 위해서 옷을 거침없이 찢었다. 치료 마법은 옷을 벗은 상태에서 더욱 효과가 높다. 네크로멘서 계열이라 치료 마법의 효과가 낮은 파울로서는 어쩔 수 없이 시행하는 자구책이었다.

"젠장할, 포션이라도 있었으면!"

만들어놓은 포션은 모두 상단에 샘플로 증정하여 남은 게 있을 리 없었다. 그렇다고 몇십 년간 안전한 실험실에만 살았던 파울이 포션을 예비용으로 간직하고 있을 리도 만무했다.

"큐어(Cure)!"

"큐어! 큐어! 큐어!……"

아론의 상태가 심각하여 파울은 마나가 모두 소모될 때까지 치료 마법을 시전하였다. 4서클의 파울이지만 네크로멘서라 효과가 너무 낮았다. 파울이 도움이라도 요청할까 고민하는데 아론이 정신을 차렸다.

"아론, 괜찮아? 괜찮은 거야?"

"괜. 찮. 지. 않. 아. 요."

아론은 어렵게 대답을 하였다. 몇 마디 하는 것마저도 아론에겐 벅찬 일이었던 모양이다. 다행히 아론은 자신이 어떠한 상황인지 인지하고 있었다.

"누가 그런 거야? 누구야?"

"너.무. 흔.들.지. 마.세.요. 아.파.요."

어느 정도 나아졌는지 아론의 말투가 많이 좋아졌다. 하지만 힘들어하기는 매한가지였다. 파울은 재차 아론에게 설명을 요구했지만 대답이 없었다. 파울도 아론이 당한 일들을 예상하지 못하는 것은 아니었다.

"스승님의 오늘 하루는 어떠셨어요?"

"으이구, 그 몸으로 내 걱정을 하니? 어제와 다를 건 없었어. 처음에는 너를 학파에서 축출하라고 하더니 계속 거부하니까 이제는 계승자의 직위만이라도 없애달라고 하더라. 나중에는 그마저도 안 되겠는지 오크 학파의 지원을 끊겠다고 협박까지 하던데……."

아론은 고통이 심각함에도 파울에게 고마움을 느꼈다. 시간이 지나도 고통은 사라지지 않았지만 별다른 해결책이 없었다. 내제직으로 다박상뿐이라 더 이상의 마법은 신체에 오히려 독이 될 수도 있는 것이다.

'다른 학파의 계승자들도 누리는 혜택인데…….'

예상을 했지만 설마 이렇게까지 할 줄은 몰랐다. 고통이 계속될수록 아론의 머리 속에는 빨리 3서클을 달성하여 아카데미를 떠나고 싶다는 생각뿐이었다. 천재적인 재능을 지닌 학생들 틈바구니에서의 생활은 지옥이었다.

제국과 왕국이라는 거대한 국적의 벽은 둘째 치고 재능적인 차이가 너무 심하다. 아론으로서는 절대 넘을 수 없는 벽이나 다름없었다. 그러한 벽을 넘거나 쓰러뜨리기란 불가능한 관계로 아론에겐 일찍 떠나는 방법이 최선인 것이다.

'얼마 전 살펴봤던 실험 목록 중에 마나 증가제란 것을 봤는데…….'

아론은 오크 학파의 대단한 성과물 중에 마나 증가제의 생산 방법이 있음을 떠올렸다. 마나 증가제를 복용하여 기사나 마법사가 마나를 증가시키는 엄청난 마법 물약이었다. 그런 것들을 복용하여 지금의 초라한 모습에서 벗어나고 싶었다.

"스승님, 안 되겠습니까?"

"네 심정을 이해 못하는 것은 아니지만 그 마나 증가제는 실패작이다. 오크의 심장에서 생명력을 뽑아내어 만든 마나 증가제이기 때문에 순수성이 떨어진다. 오크 학파의 마법사들이 순수하게 정제하려고 수없이 시도했지만 모두 실패했다. 만약 그것을 복용하게 된다면 어느 순간 마나 제어에 실패하여 마나 폭주에 이르고 말 것이다. 식물을 재료로 만들어진 순수한 마나 증가제만이 안전하다."

오크 학파의 성과물에도 실패작은 많다. 아론은 마나 증가제가 실패작의 하나일 줄은 몰랐다. 자고이래로 순수성이 결여된 마나 증가제를 복용하여 결말이 좋았던 마법사는 없다. 일시적으로 마법 서클을 올린 경우가 가끔 있었지만 모두 끔찍한 최후를 맞이했다.

"순수하지 않더라도 제어할 수 있을 만큼만 복용하면 되지 않을까요?"

"누구나 처음에는 그렇게 말하지. 하지만 10년, 20년, 30년이 지나면 어떤 마법사라도 마나가 조금씩 늘어나게 마련이야. 그로 인해 결국은 제어할 수 없는 마나를 얻게 되는 거지. 깨달음을 얻어 서클이 상승해도 위험하기는 매한가지야. 순수하지 못한 마나로 폭주를 피할 수 없게 되니까. 결국은 마나 증가제의 복용으로 처참하게 죽게 될 뿐이야."

절실하다 보니 아론은 위험한 발언을 서슴지 않았다. 마나 증가제의 위험성을 파울이 그렇게 피력했음에도 말이다. 아론은 고통을 느끼면서 습격을 했으리라 짐작되는 학생들이 우글거리고 있는 아카데미에서 빨리 떠나기 위한 생각들을 계속해서 떠올렸다.

"마나 폭주를 방지하는 마법 물품을 착용하면 되지 않나요?"

"그런 마법 물품을 구하지도 못하겠지만, 그것도 한계가 있기 마련이야. 불순한 마나는 마법사가 지닌 속성의 마나에까지 영향을 주게 되어 마법을 시전할 때마다 영향을 줄 가능성도 배제할 수 없으니까. 또한 마나를 제어하는 수식 계산도 정확하게 할 수 없지."

"네크로멘서 계열의 마법사는 다른 계열의 마법사와 뭔가 다르지 않을까요?"

아론의 질문이 끝도 없이 이어졌다. 오크 학파의 실패작인 마나 증가제이지만 복용하면 당장이라도 대단한 능력을 얻을 것만 같은 착각에 빠져든 탓이다. 수련 마법사라면 누구나 아론과 같은 잘못된 생각을 접하게 된다.

엄밀히 따지면 잘못된 생각이 아니라 욕심이다. 하지만 욕심이 지나치면 좋지 않은 결과를 초래하고 만다. 파울은 아론의 잘못된 생각을 고쳐 주기 위해서 자세히 대답을 하고 있었다. 그러다 보니 어느 순간 파울과 아론은 마나 증가제를 주제로 논쟁을 하고 있었다.

"네 생각대로 네크로멘서 계열의 마법사는 음의 속성을 지닌 마나로……."

"스승님, 왜 그러세요?"

파울이 대답을 하다 말고 어떠한 생각에 골몰하더니 헤어 나오지 않았다. 아론은 잠시 기다리면 파울이 어떠한 대답을 할 줄 알았지만 기다려도 대답은 없었다. 아론으로서도 마나 증가제의 복용 문제에 대해 꼭 듣고 싶은 대답이라 인내심을 갖고 기다렸다.

'뭔가 이상한데.'

아론은 파울에게서 뭔가 심상치 않은 분위기를 엿보았다. 파울이 마법을 시전하려는 움직임도 없었건만 마나 파동이 발생하고 있었기 때문이다.

"설마?"

아론은 무의식적으로 소리를 낸 자신의 입을 틀어막았다. 마법을 배울 때 마법사가 절대적으로 주의할 사항들을 가르치는 와중에 파울이 바로 그러한 모습을 보여주고 있었다. 장시간 생각에 잠기거나 마법을 시전하지도 않은 상태에서 마나 파동이 발생하는 모습을 말이다.

'스승님께서 5서클의 깨달음을 맞이하신 건가?

파울은 4서클을 달성한 이후로 몇십 년간 실험에만 매진하였기에 5서클의 깨달음을 얻기란 매우 요원했다. 그런데 아론과의 논쟁이 깊숙이 빠지다가 우연히 깨달음을 접하게 된 상황이 발생한 것이다.

아론과의 논쟁이 아니었다면 파울이 마나에 대한 생각에 깊게 빠져들 리 만무했다. 아론의 잘못된 생각을 깨우치기 위해서 계속 집중하다 벌어진 일이었다. 이것은 파울로서도 뜻밖의 행운이었다.

'스승님, 힘내셔서 5서클의 마법사가 되세요. 정말 대단하십니다.'

아론은 파울을 응원하며 숨소리도 내지 않으려고 노력했다. 조금이라도 움직이면 파울이 깨달음에서 벗어날까 조심하며.

'스승님에겐 자주 있는 기회가 아니야. 한 번에 끝내서야
해.'

깨달음이 찾아오면 대부분 그 기회를 환경적인 방해로 놓
치는 게 일반적이다. 그리고 그것이 큰 문제가 되지는 않는
다. 한 번 깨달음에 발을 들여놓으면 얼마 지나지 않아서 같
은 기회가 반복적으로 찾아오기 때문이다. 하지만 파울에게
는 그렇지 않을 가능성이 높다.

파울은 4서클에 오른 이후로 몇십 년간 오직 실험에만 매
진했기 때문에 5서클에 필요한 배움이 전혀 없었다. 그래서
다음의 기회가 다른 마법사에 비해서 몇 배 혹은 몇십 배나
늦어질 것이 분명했다. 그러니 이번에 찾아온 기회를 최대한
살려야 하는 것이다.

다행스럽게도 파울은 어떠한 방해도 받지 않았다. 밤이 지
나서 아침이 밝아왔음에도 파울은 여전히 깨달음에 빠져 있
었다. 아론은 혹시나 파울이 잘못된 것이 아닐까 노심초사하
며 곁에서 지켜보았다. 그렇게 시간은 계속 흘러갔다.

'졸려 죽겠네. 빨리 끝내세요.'

파울은 결국 하루를 꼬박 채우고서도 깨어나지 않았다. 아
론은 졸음을 참느라 너무 힘들었다. 지금 잠이 들면 코를 심
하게 골게 될 것임을 알기에 잠들지 않으려고 최선을 다했다.
몽롱한 정신으로 파울을 지켜보며 두 번째 아침을 맞이했다.

그래 봐야 하루에 반나절을 더한 시간밖에 되지 않지만 아론에겐 무척이나 힘든 시간이었다. 처음에 소리를 내지 않으려고 과도하게 긴장한 탓으로 피곤함이 중첩된 것이다. 아론이 거의 쓰러질 지경에 처하자 그제야 파울이 깨어났다.

"왜 이렇게 힘이 없지?"

"스승님, 축하드려요. 결국 5서클을……."

아론은 드디어 깨달음에서 벗어난 파울에게 축하 인사를 건네다가 잠이 들고 말았다. 너무나 피곤하여 말하는 도중에 잠들어 버린 것이다. 파울은 아론의 황당한 모습에 잠깐 어이없어하다가 잠시 후 자신의 심장에 생겨난 또 하나의 서클에 그 이유를 짐작할 수 있었다.

파울은 자신이 5서클의 깨달음을 얻게 된 사실이 믿기지 않았다. 축하해 줄 사람이라고는 아론밖에 없지만 그는 쓰러져서 잠들었다. 파울은 아론이 쓰러지게 된 원인을 짐작할 수 있었다. 분명히 오밤중에 논쟁을 벌이고 있었건만 지금은 낮이었다.

얼마 지나지 않아서 아론은 다시 깨어났다. 무려 하루 이상이나 생리적인 문제를 해결하지 못하여 깨어나지 않을 수 없었다. 긴장이 풀어졌으니 그 급박함이야 오죽하겠는가 말이다. 생리 문제를 해결하자 아론은 기다리고 있었던 파울과 이야기를 나눴다.

아론은 파울이 왜 깨달음에 들어섰는지 그 이유를 듣고 어이없어 하였다. 거창한 이유라도 있으리라 생각했건만 고작 마나 증가제에 대한 논쟁을 통해서 깨달음에 들어섰다고 털어놓았기 때문이다.

"내게 깨달음을 선사한 아론도 그에 못지않은 것을 얻게 될 거야."

"네?"

아론은 깨달음보다 중요한 게 있다고 생각지 않았다.

"마나 증가제를 복용할 수 있는 방법이 있어. 어때, 놀랍지 않아?"

"그건 위험하잖아요. 어제는 제가 아파서 막무가내로 떠든 거니까 신경 쓰지 마세요. 제가 잠시 미쳤었나 봐요. 저도 바보가 아닌 이상에야 마나 증가제의 위험성은 알고 있어요. 미친 마법사가 아니고서야 누가 그런 걸 복용하겠어요. 안 그래요?"

"아니, 절대 그렇지 않아."

파울은 아론의 어깨를 부여잡고 눈을 지그시 바라보았다. 파울은 아론을 바라보며 몇 차례 한숨을 내쉬더니 5서클에 올랐던 기쁨의 표정을 어둡게 만들었다. 아론은 깨달음에서 벗어난 지 얼마 되지 않은 파울의 생각을 감히 방해하지 못했다.

아론은 조심스럽게 파울을 살폈다. 깨달음도 중요하지만 깨달음 이후에 부가적으로 무엇인가를 얻는 경우도 있기 때문이다. 하지만 파울은 아론이 생각하는 것과 다르게 그저 생각에 잠긴 것뿐이었다.

"스승님, 괜찮으세요?"

"아론, 너에게 사과를 해야겠구나."

파울이 너무 어두운 얼굴을 하고 있어서 아론은 아무 말도 하지 못했다.

"모든 진실을 알려줄 테니 나를 미워하지 않았으면 좋겠구나. 먼저 마나 증가제는 실패물이 아니다. 복용한 이후에 특별한 마나연공을 하게 되면 부작용에서 벗어날 수 있다. 물론 4서클 수준에 오르면 마나 증가제의 효과를 볼 수 없지만 말이다."

"그렇다면 거짓말을 하셨던 것인가요?"

"그게 사실은……."

파울은 대답을 하지 못했다.

'보물이 죄가 될까 봐?'

아론은 마나 증가제가 대단해서 숨겼다고 생각했다. 마나 증가제가 정말로 효과가 있다면 마법사들이 차지하려고 무슨 짓이든 할 것이다. 아무것도 아닌 마법 물품에도 목숨을 걸려는 사람들이 수두룩한 위험한 세상인 것을 감안하면 파울을 탓할 일도 아니다. 하지만 파울의 대답은 아론의 짐작과 전혀 달랐다.

"아론, 니를 이용하기 위해서였다. 사실은 졸업하는 그날까지 너를 이용하고 죽일 생각이었다."

"예에?!"

아론은 목구멍에 가시라도 걸린 듯 켁켁거리며 너무 놀라 최대한 확장이 된 눈동자로 파울의 얼굴을 바라보았다.

'나를 이용하고 죽이려 했다고? 그럴 리가 없어. 아닐 거야.'

아론의 머리 속에 별의별 생각들이 떠올랐다. 파울은 아론이 진정되길 기다렸다. 하지만 아론이 쉽게 진정될 리 없었다. 무려 반년이나 실험을 도와주며 동고동락한 사이였다. 시간이 지날수록 아론의 마음은 차갑게 식어갔다.

'처음부터 이상했어. 나와의 약속을 비롯해서 엄청난 오크 학파의 비밀까지 알려줄 때 눈치 챘어야 했는데. 엄청난 세월 동안 유지되던 비밀을 내게 너무나 쉽게 털어놓았지. 지금 생각해 보니 나는 정말로 바보였군. 그 모든 걸 일생일대의 행운이라 생각했다니……'

마음이 가라앉자 아론은 그동안 이상하다고 생각했던 의문이 풀려 나감을 느꼈다. 파울은 아론을 이용하고 정말로 죽일 생각이었던 것이다.

'그래서 중대한 비밀도 서슴없이 알려줬던 거군. 죽으면 비밀이 발설될 이유가 없으니까. 그렇다면 감시도 했을 것이 분명하겠군. 마지막 한 가지만 빼면 모든 게 설명이 되는데.'

아론은 착잡한 심정이었다. 그동안 3서클을 빨리 달성하기 위한 특별한 마법 교육도 진실인지 의문이었다. 하지만 이것만큼은 파울이 지켜야 하는 중요한 문제이다. 마법사의 이름을 걸고 약속했던 것이기 때문이다.

"스승님의 이름까지 거론하여 약속하지 않았나요?"

"마법사에게 약속은 아주 중요한 만큼 그것은 절대 거짓이 아니야. 약속대로 아론을 3서클의 마법사가 되도록 만들어줄 생각이었어. 물론 그 이후에 죽일 생각이었던 거지."

"이제 와서 진실을 털어놓는 이유가 뭐지요?"

아론은 파울에게서 배신감을 느꼈다. 더구나 5서클의 깨달음을 방해할까 자신이 하루 동안 고생한 것을 생각하면 울분을 참기도 힘들 지경이다.

"5서클의 깨달음을 얻고 나니까 모든 게 무의미해졌어. 오크 학파의 위대한 성과물을 확인하는 것보다 내 자신의 능력으로 6서클을 이룩하여 마도사로 불리고 싶다는 욕심이 생겼다고나 할까. 지금까지 포기했던 부분인데 적게나마 가능성이 생겼으니 포기할 수 없지."

"그렇다면 지금까지는……."

"솔직히 지난번에 아론에게 말했던 오크 학파의 성과물을 공개해도 세상이 변함없을 거라던 이야기는 모두 거짓이야. 나는 오크 학파의 성과물들의 정리가 끝나면 그것을 모두 밝혀서 세상을 뒤집으려고 계획했어. 그동안 오크 학파를 무시했던 마법사들에게 본때를 보여주려 한 것이지. 하지만 지금은 생각이 바뀌었어."

파울이 그동안 오크 학파의 성과물을 실험하며 분류하고 있었던 이유를 밝혔다. 아론은 엄청난 음모에 자신이 개입되어 있었다는 사실에 어이가 없었다. 그저 죽음의 위기에서 벗어난 것만으로도 감지덕지해야 할 순간이었다.

"생각이 어떻게 바뀌었는데요?"

"나를 알아주는 사람이 한 명이라도 있다면 세상을 뒤집을 필요까지 없다는 사실을 깨달았어. 지금의 내게는 깨달음을 방해하지 않기 위해서 정신을 잃을 만큼 노력해 주는 아론이 있으니까 그것으로 난 만족해. 이제부터는 삶의 목표를 마도사로 바꿀 생각이야."

파울이 본심을 솔직하게 털어놨지만 배신감을 느낀 아론의 마음이 풀어지진 않았다. 자신을 이용하고 죽이려 했던 사람을 쉽게 용서할 수 있는 사람이 어디 있겠는가 말이다. 하지만 아론은 너무나도 쉽게 파울을 용서할 수 있었다.

'마나 증가제가 실패작이 아니라면…….'

이유가 어찌 됐든 아론이 마나 증가제까지 복용한다면 3서클에 이르는 기간을 더욱 단축할 수 있다. 그렇다면 제국의 드레이얼 아카데미의 졸업장까지 얻어서 명예롭게 고향으로 돌아갈 수 있는 기회가 생겼다. 아론이 꿈꾸던 상황이 현실로 가능하게 된 것이다.

'파울과 내가 다를 건 없지. 나도 한때는 형님의 영지에서 몬스터 토벌에 참가하면 병사들 뒤에 숨어서 명령만 내리던 나쁜 놈이니까.'

파울의 계획을 비난하기보다는 이해하려고 노력했다. 앞으로 파울의 도움을 받아 아카데미의 졸업장까지 얻을 수 있게 된다고 생각하니 모든 것이 긍정적으로 보였다. 매우 이기적인 생각이지만 꿈으로나 생각하던 것을 얻을 수 있게 되었으니 더 바랄 게 없었다.

아론은 파울의 생각이 바뀌지 않을까 걱정되어 마나 증가제와 관련된 모든 정보를 곧바로 얻어냈다. 특별한 마법 교육이 아니더라도 마나 증가제만 복용하여 3서클을 앞당길 수 있기 때문이다. 문제는 파울의 도움 없이는 마나 증가제를 만들 수조차 없다는 것이다.

마나 증가제는 네크로멘서 계열의 마법사만이 시전할 수 있는 3서클의 매직 쟈 마법을 이용하여 오크의 심장에서 생명력을 뽑아내는 방식으로 만든다. 그러니 파울의 도움이 아니고서는 만들지도 못하는 것이다. 다른 마법사에게 찾아가 만들어 달라고 한다면 비법만 도둑맞으리라.

"나를 용서해 주겠나?"

"제가 스승님을 용서할 자격이나 있을까요? 저도 착한 놈은 아니에요. 솔직히 스승님의 마음이 바뀐 덕분에 결과적으로 마나 증가제를 사용할 수 있게 되어서 정말 기뻐요. 앞으로 계속 도와주신다면, 저는 아카데미의 졸업장을 얻어서 명예롭게 고향으로 돌아갈 수 있을 거예요. 제가 꿈꾸던 것이지요.”

파울은 아론의 대답에 만족스런 표정을 지으며 아론이 용서를 하기보다는 무엇인가로 보상받길 원한다는 것을 알아챘다. 그것이 서로에게도 마음 편한 일이었다. 그렇게 하여 아론과 파울의 동고동락은 계속될 수 있었다.

아론이 습격당한 사건은 파울이 털어놓은 진실에 묻혀 버렸다. 파울의 본심을 알게 된 직후 며칠 동안 아론은 제대로 수면을 취하지 못했다. 파울이 나타나 자신을 죽이는 악몽을 연속적으로 꾸었기 때문이다.

파울은 5서클의 마법에 심취하여 아론과 대화할 시간조차 없었다. 아론은 두려움을 잊을 만한 일거리가 필요했다. 하지만 아론이 할 일은 그다지 없었다. 그렇다고 끔찍한 마법 공부를 하기는 정말 싫었다.

‘아참, 상단과의 거래가 있었지.’

아론은 잊고 있었던 프랜스 상단의 단주인 에노크와의 약속이 생각났다. 며칠 후 다시 찾아가기로 약속해 놓고 지금까지 지키지 못한 것이다.

‘수레부터 빌려와야겠군.’

아론은 상단에 가져갈 통이 부담스러웠다. 가뜩이나 습격

사건으로 말미암아 전신이 욱신거려서 힘을 쓰고 싶지 않았다. 그렇다고 누군가의 도움을 받기도 어려웠다. 습격을 받을 만큼 아카데미에서 미움을 받는 처지였기 때문이다.

조용한 밤중에 수레를 이끌고 프랜스 상단으로 향했다. 아카데미의 학생들에게 수레 끄는 모습을 보여주고 싶지 않아 밤에 나선 것이다. 그렇다고 소문나지 않을 리는 없다. 적어도 경비를 담당한 병사들이 아론을 알아볼 테니 말이다.

"아론님, 어서 오십시오!"

프랜스 상단에 도착하여 신분을 밝히자 에노크가 금세 나타났다. 그동안 애타게 기다렸다는 것이 얼굴에 드러나 있었다.

"제가 좀 늦었습니다."

"괜찮습니다. 그런데 저건 뭔가요?"

전혀 괜찮지 않은 듯한 표정의 에노크가 아론이 끌고 온 수레를 바라보며 물었다. 대화를 하는 동안에도 아론이 수레에서 떨어지려고 하지 않아 물어본 것이다.

"들어가서 말씀드리겠습니다. 아주 중요한 거니까 조심스럽게 다뤄주세요."

"알겠습니다."

에노크는 자신의 휘하에 배정된 늙은 직원들에게 수레를 맡기고는 아론을 상단 내부의 외곽에 임시적으로 지어진 듯한 건물로 안내했다. 새로운 건물에는 마법 상점이란 커다란 문구가 붙어 있었다.

에노크는 며칠간 프랜스 상단의 변화에 대해 알려주었다. 아론에게는 별일이 아니지만 에노크에겐 일생일대의 중요한 사건이었다. 간단한 인사가 오가고 본격적인 거래 계약의 내용을 서로 말하기 시작했다.

"저희 학파는 저번에 샘플로 건네준 마법 물품들을 만들 수 있는 재료조차 보유하고 있지 못한 형편입니다. 그래서 일단은 기초적인 자금이라도 확보하기 위해서 학파의 모든 재료를 사용해서 저것을 만들어 왔습니다."

"저것이 무엇인가요?"

늙은 직원들이 수레에서 통을 내리고 있었다. 통이 흔들거려 내용물이 출렁거리는 소리를 모두가 듣고 있었다.

"특수 처리된 오크 가죽을 만드는 용액입니다. 저 용액을 평범한 오크 가죽에 바르고 햇볕에 잘 말리면 특수 처리된 오크 가죽을 얻을 수 있지요. 한 달 정도가 지나면 용액이 변질될 수 있으니 그동안 모두 사용하길 권하고 싶네요."

"정말입니까? 세상에나! 그런 귀중한 마법 용액을 아무런 호위도 없이 가져왔단 말입니까?"

에노크에게서 쉴 새 없이 탄성이 터져 나왔고, 통을 수레에서 내리던 늙은 직원들은 에노크의 닦달을 받아야만 했다. 잠시 후에는 상단의 모든 경비병들이 새롭게 지어진 마법 상점을 지키는 처지로 전락하고 말았다. 아론은 에노크의 바쁜 모습을 지켜보며 한참을 기다려야만 했다.

"아론님, 죄송합니다."

"늦었는데 일찍 끝내도록 하지요. 먼저 특수 처리된 오크 가죽부터 시작하지요."

앞으로 거래할 마법 물품의 가격을 결정하고 계약 체결을 할 순간이다. 공급자는 높은 가격을 받기 원하고 수요자는 그 반대이다. 하지만 아론은 대량 생산이 가능한 물품들이라 굳이 가격을 가지고 에노크와 협상할 필요는 없었다.

"실례인 것을 알면서도 저희에게 샘플로 주신 오크 가죽으로 만든 갑옷을 시험해 보았습니다. 안에 껴입는 가죽 갑옷이 검에도 뚫리지 않을 정도로 훌륭했습니다. 값비싼 오우거 가죽 갑옷에 버금간다고 판단되더군요. 물론 한 달에 한 번씩 오크의 피를 발라줘야 하는 번거로움이 있지만 그 정도야 누구나 감수하겠지요. 제 생각으로는 오우거 가죽 갑옷의 절반 가격인 50골드를 받으면 적당할 것 같습니다."

"10골드로 판매하세요. 효과도 덜하고 관리에 불편이 있는 만큼 비슷한 마법 물품의 십분지 일 수준으로 가격을 책정하고 싶습니다."

"그 가격에 판매한다면 저희야 좋지만, 너무 싼 게 아닐까요?"

오히려 에노크가 아론의 입장을 걱정하였다. 아론이 가격을 낮게 책정한 이유는 빠른 실험 자금의 확보를 위해서이다. 적당한 가격을 받으면 그만큼 자금 확보가 늦어진다. 어차피 제작이 쉽고 대량 생산이 가능한 것이라 별문제될 것은 없었다.

"상관없습니다. 나머지도 적정한 수준에서 십분지 일의 가격으로 책정하지요."

"그럼 다음으로 포션의 가격을 결정하지요. 포션의 효능은……."

오크 가죽에 이어서 포션, 그리고 나머지 마법 물품의 가격이 책정되었다. 프랜스 상단에 공급할 마법 물품의 가격을 모두 결정한 것이다. 공급량은 오크 학파의 자유 입장이라 실험 자금이 필요한 만큼만 공급하면 된다.

"그런데 가죽 문제는 앞으로도 저렇게 처리하실 건가요?"

에노크가 한쪽에 놓인 통을 바라보며 아론에게 물었다.

"저희가 직접 용액을 바르는 수고를 하기엔 너무나 할 일이 많습니다. 프랜스 상단과 장기적으로 거래할 텐데 그 정도야 믿고 맡겨 드려야죠."

"그 믿음에 보답하도록 약속드리지요."

프랜스 상단과의 거래는 모두 만족스러웠다. 하지만 거래가 끝난 것은 아니다. 오크 학파에서 필요한 것은 실험 자금만 있었던 것은 아니다.

'아카데미의 실험 재료는 너무나 비싸.'

쉽게 구할 수 있는 실험 재료들은 상단을 통해서도 충분히 공급받을 필요가 있다. 특히나 아론은 마나 증가제를 만들기 위해서라도 엄청난 수의 오크 심장이 필요했다. 게다가 그것은 절대 아카데미를 통해서 다량으로 구매할 수 없는 재료인 것이다.

"저희가 상단에 따로 요청할 물품이 있습니다. 저희 학파에서 실험 재료로 사용할 오크의 사체가 대량으로 필요합니다. 저희에게 필요한 목록을 간단히 말씀드리지요. 심장은 한 달에 1천 개까지 수용할 수 있으며, 간과 허파를 비롯하여……."

아론은 오크의 장기 이름과 필요한 수량을 에노크에게 말했다. 또한 장기별로 적당한 가격도 미리 산정해 놓았다. 아카데미에 지급하는 가격을 기준으로 산정한 덕분에 높은 가격으로 구매하는 것이었다.

어차피 마법 물품을 판매하면 엄청난 실험 자금이 확보되는 것이니 실험 재료 구매에 차질이 생길 이유는 없었다. 아론은 에노크에게 오크 심장만큼은 확실하게 구해 줄 것을 다짐받았다. 에노크도 구하는 게 어려운 것이 아니라 쉽게 허락했다. 대륙에서 오크는 너무나 흔한 몬스터이다. 아론이 산정한 가격이라면 몬스터 사냥꾼들이 벌 떼같이 달려들 만한 내용이었다.

프랜스 상단의 마법 물품은 엄청난 인기를 누렸다. 약간의 부작용과 관리의 문제까지 있는 마법 물품이지만 저렴한 가격과 실용적인 부분에서 극찬을 받은 것이다. 물론 상단의 특이한 판매 전략도 커다란 몫을 하였다.

프랜스 상단은 마법 물품의 가격을 절대 흥정하지 않았다. 마법 물품은 상당히 고가라서 경매나 흥정을 통해서 판매되는 경향이 있다. 하지만 프랜스 상단에서는 5년이 지난 근래에까지 같은 가격으로만 판매하고 있었다.

그것뿐만이 아니었다. 프랜스 상단은 마법 물품에 하자가 발생하면 보상하는 데 주저함이 없었다. 심각한 하자가 아니더라도 똑같은 물품으로 교환해 주었다. 더구나 심각한 하자인 경우에는 무려 10배의 보상으로 처리하였다.

그렇다고 프랜스 상단의 마법 상점에 순탄한 일만 있었던 것은 아니다. 이권을 노리는 사람들에 의해서 몇 차례 위험한 일도 있었다. 하지만 이권 다툼이 확대되기도 전에 프랜스 상단이 거대 상단으로 뿌리를 내리면서 그러한 문제는 금세 사라졌다.

그 과정에서 프랜스 상단은 몇십 명의 직원을 잃기도 하였다. 마법 상점을 담당한 직원이 어느 날 싸늘한 시신으로 발견되기도 하였고, 정체 모를 습격자들에 의해서 모든 마법 물품을 도둑맞은 경우도 있었다.

에노크는 여러 위험을 겪으면서도 오크 학파와의 비밀을

유지하기 위해서 모든 수단을 강구하였다. 값비싼 마법 주머니를 구매하여 삼자를 통해 거래를 유지하고 마법 상점의 직원들을 철저히 단속했다. 실질적으로 에노크 본인과 아들을 제외하면 그 누구도 오크 학파와 거래한다는 사실조차도 모르는데 말이다.

프랜스 상단이 소상단에서 대상단으로 거듭나기 위해 겪었던 아픔은 너무나 컸다. 그동안의 사건들을 모두 말하자면 몇 날 며칠을 밤새도 다 말할 수 없을 정도이다.

5년의 세월은 아론과 파울에게도 많은 영향을 주었다.

아카데미에서는 아론의 문제를 해결하기 위해서 오크 학파를 학파로서 인정하지 않고 쫓아낼 계획을 추진했다. 오크 학파는 이미 마탑과 길드에서 인정하지 않고 있어서 문제가 없었다. 하지만 파울이 5서클에 들어선 사실이 알려지자 상황이 복잡하게 변했다.

마도사가 될지도 모를 파울의 의사를 함부로 무시할 수 없었던 것이다. 그 덕분에 5년이 지난 지금에서야 오크 학파가 쫓겨날 위기에 봉착하였다. 파울이 5서클의 마법사가 아니었다면 진작에 쫓겨났으리라.

파울은 더 이상 실험에 연연하지 않는다. 오크 학파의 성과물에 대한 실험은 이미 종결되었기 때문이다. 그저 마도사를 목표로 하루하루를 마법 학문에 매진하였다. 마도사를 목표로 새로운 삶을 살아가는 파울이었다.

아론은 아카데미에 입학한 목표를 달성하였다. 아직은 초입이지만 드디어 3서클을 달성한 것이다. 아카데미에 입학한 지는 6년째이고, 마법에 입문한 지는 5년이 된 시기였다. 전적으로 파울의 도움으로 이룩한 성과였다.

파울의 특수한 마법 교육과 매일같이 복용한 마나 증가제의 효과로 몇십 년이 지나도 불가능한 일이 5년 만에 달성된 것이다. 마나 증가제는 더 이상 아론에게 영향을 주지 않는다. 오크의 심장에서 생명력을 뽑아내 만든 마나 증가제는 수련 마법사에게나 효과를 보일 뿐이다.

지난 5년간 아론은 아카데미에 숨어서 지냈다고 해도 과언이 아니었다. 학생들에 이어서 선생들에게까지 미움을 받게 되어 온갖 수모를 당해야만 했기 때문이다. 그 누구도 아론에게 도움이 되지 못했다.

아카데미에서 유일하게 도움이 될 만한 파울은 있으나마나였다. 마도사를 향한 삶에 빠져들어 아론의 생활에 신경 쓸 여유가 없었던 것이다. 짬짬이 마법을 가르쳐 주고, 마나 증가제라도 만들어주는 것을 다행이라고 생각할 정도였다.

아론이 마나 증가제의 복용으로 성장하고 있는 자신을 느끼지 못했더라면 아카데미에서의 끔찍한 생활을 견뎌내지 못했을 것이다. 매일마다 늘어난 마나를 느낄 수 있다는 것은 마법사에게는 축복이나 다름이 없다. 그런 축복이 계속

된다면 그 어떤 마법사라도 아론처럼 고통을 감내했을 것이
다.

'드디어 졸업 시험을 볼 수 있는 자격을 얻었다.'

아론은 가슴이 벅차다 못해 터질 것만 같았다. 3서클을 완
전하게 마스터한 것은 아니지만 졸업 시험에 도전할 정도의
수준은 되었다.

"저놈이 웬일로 나타났지?"

"히야, 오랜만에 위대한 오크마법사께서 행차하셨네!"

아론을 발견한 학생들의 야유가 쏟아졌다. 오크 학파의 계
승자란 사실이 알려진 이후부터 아론은 오크마법사라 불려지
고 있었다. 학파의 명칭이 앞에 붙어서 불려지면 존경받는 사
람을 뜻하지만 아론에겐 그 반대의 경우였다.

3서클에 도달한 학생들이 졸업 시험에 대한 자격을 검증
받고 있었다. 마나 서클이 3서클에 해당되는지 확인받기 위
해서이다. 확인을 받지 못하면 졸업 시험을 볼 수도 없는 것
이다. 졸업 시험을 누구나 볼 수 있다면 악의적으로 이용할
수 있기 때문에 그러한 사태를 방지하려고 생겨난 체제이
다.

"저리 꺼져라!"

"뭐야, 네놈도 졸업 시험을 보고 싶냐? 푸하하!"

"아이구, 웃겨 죽겠다!"

아론이 뒤에 줄을 서자 학생들이 어이없어 하였다. 학생들

이 뭐라 하든 아론은 묵묵히 제자리에서 차례를 기다렸다.

"아론, 이곳에는 무슨 일이냐?"

자격시험을 감독하던 선생 중에 하나가 아론에게 다가와 말했다. 선생은 소란을 피우는 학생들을 진정시키기보다는 아론을 쫓아버리는 게 낫다고 생각하였다.

"졸업 시험의 자격을 검증받으려고 찾아왔습니다."

"적어도 3서클의 초입이라도 들어서야 검증을 받는 걸 모른단 말이냐? 어서 돌아가라!"

선생은 매몰차게 말했다. 장시간 학생들의 마나 서클을 확인하느라 피곤한 하루인 것이다.

"얼마 전 3서클에 들어서는 행운을 얻었습니다."

"뭐야?"

선생과 아론의 대화를 지켜보던 학생들 모두가 어안이 벙벙한 표정이 되었다. 대부분 아론의 마법적 재능이 부족함을 알고 있기 때문이다. 그러한 아론이 3서클이 될 가능성은 전무하다고 해도 과언이 아니었다.

"거짓말이겠지?"

"에이, 그럴 리가 있겠어?"

학생들이 아론의 말을 부정했다. 그것은 아론의 옆에서 똑똑하게 들었던 선생도 마찬가지였지만, 선생은 아론이 거짓말을 할 이유가 없다고 생각했다. 마법 서클에 대한 거짓말은 장난으로도 하지 않는다.

“따라와라!”

“선생님, 따라갈게요. 손 좀……..”

선생은 아론의 손을 부여잡고 죄인을 대하듯 끌고 갔다. 여러 선생들이 한 명의 학생을 앞에 세워놓고 마나 서클을 직접 확인하고 있었다.

“아니, 그 애를 왜 데려오는 겁니까?”

“글쎄, 이 녀석이 3서클의 문턱을 밟았다고 합니다. 하도 어이가 없어서…….”

설마 하면서 선생들이 아론의 마나 서클을 확인하였다. 그리고 선생들은 단체로 벙어리라도 된 것처럼 아무 말도 하지 못하였다. 선생들은 재능이 부족하여 편법으로 아카데미에 남아 있는 아론을 쫓아내기 위해서 얼마 전 오크 학파를 아카데미에서 퇴출시킨다는 통보까지 내린 상황이었다.

방치하면 언젠가 명맥이 끊어져 아카데미에서 사라질 오크 학파를 고의로 퇴출시켜 버린 선생들로서는 허망한 일이 아닐 수 없었다. 편법을 이용한 아론을 더 이상 두고 볼 수가 없어 벌인 일이었다. 그런데 내쫓김을 당할 아론이 천재적인 재능을 지닌 학생들보다도 3서클을 일찍 달성한 것이다. 물론 아론보다 뛰어난 학생이 아예 없지는 않았지만 전혀 의외인 경우라 모두들 놀랐다.

아론에 대한 소문은 급속도로 퍼져 나갔다. 재능을 노력으로 극복한 인간 승리의 전형적인 경우라고 말이다. 아론에게 강한 적대감을 보이던 일부 선생들과 학생들은 쓸쓸함을 금치 못했다. 자신보다 못하다고 생각한 인물에게 뒤처졌다는 무력감을 느껴야만 했던 것이다.

무성한 소문 속에서 졸업 시험이 치러졌다. 아론이 과연 조기 졸업을 할 수 있느냐에 많은 관심이 집중되었다. 졸업 시험은 정기적으로 시행하는 시험과 전혀 성격이 다르다. 3서클의 문턱에 들어섰다는 자격이 있어야 시험을 볼 수 있기 때문에 축제와 같은 연례행사인 것이다.

졸업 시험은 이론을 배제한 실기를 위주로 진행되었다. 아론의 성적은 그다지 좋지 않았다. 전체적으로 마법 효과가 다른 학생들에 비해서 현격히 낮은 탓에 성적이 하위권에 머물고 만 것이다. 네크로멘서 계열의 특성으로 인한 현상이다.

"아론, 축하한다!"

파울이 졸업 시험을 마친 아론을 환영하였다. 졸업 시험이 아론에게 어떠한 의미를 갖는지 파울이 모를 리 없었다.

"고맙습니다, 스승님."

"졸업장을 받을 수 있을 것 같으냐?"

"하위권이라 어려울 것 같아요."

아론은 졸업장에 대한 기대를 버렸다. 지금의 실력이라면 자국으로 돌아가 마법 길드에서 3서클의 정식 마법사로 인정받을 수 있기에 아쉬울 게 없었다.

‘졸업장까지 받으면 좋겠지만 너무 많은 걸 바라지 말자.’

지금까지 얻은 것만으로도 과하다고 생각하는 아론이었다. 욕심이 없지는 않지만 최대한 자제하여 스스로 만족하려고 노력했다.

“만약 졸업장을 받지 못하면 다음 졸업 시험까지 기다릴 생각이냐?”

“아니요, 고향으로 돌아갈 생각입니다. 스승님은 앞으로도 여기서 계속 지내시겠지요?”

파울은 바로 대답하지 못했다. 얼마 전 아카데미에서 오크 학파의 퇴출을 정식으로 통보했지만 아직 그 사실을 아론에게 말하지 않았다. 아론이 졸업 시험을 앞두고 있는 상황에서 정신적으로 방해가 될 것 같아서였다.

“사실은 얼마 전에 아카데미로부터 오크 학파의 퇴출을……”

파울은 오크 학파가 퇴출당하게 되었음을 아론에게 말했다. 5년 전부터 이미 예견하던 일이라 그런지 아론은 담담했다. 파울과 아론은 스승과 제자이지만 그 사이에 그들만의 복잡한 사연이 얽혀 있기 때문이다.

“그러면 앞으로 어떻게 지내실 생각이십니까?”

“마도사의 길을 쫓아갈 예정이다. 방법까지 정한 것은 아니지만 마법 길드의 도움을 받아 목표를 향해 나아갈 생각이다. 마법 길드는 나와 같은 고위 마법사에게 매우 우호적이니까 말이다. 한 가지 아쉬운 점은 아카데미에서도 오크 학파의 이름이 지워지게 되었다는 사실이다. 매우 안타까운 현실이지.”

아론의 심정도 파울과 같았다. 파울의 도움과 오크 학파의 성과물이 없었다면 지금의 아론의 성과도 없었을 것이다.

“그래서 말인데, 네가 오크 학파를 계승해 주었으면 좋겠구나.”

“네?!”

아론에게는 하나도 달갑지 않은 제안이었다. 지금으로서는 고향으로 돌아가면 잘 먹고 잘사는 데 하등 지장이 없는 아론이다. 그런데 명맥이 끊어진 것이나 진배없는 학파를 계승하여 고생을 사서 하고 싶지는 않았다.

욕심이 없는 것도 아니다. 계승하게 되면 오크 학파의 위대한 성과물들을 접할 수 있을 테니 말이다. 하지만 파울의 곁에서 몇십 년이고 지내기는 싫었다. 고향으로 돌아가 프랜스 상단을 통해서 벌어들인 돈으로 귀족답게 여생을 즐길 계획이었다.

“네가 염려하는 일은 없다. 학파를 계승한다고 네 인생에 피해가 가는 일은 없을 테니 걱정하지 말아라. 그저 죽기 전에 오크 학파의 성과물을 계승해 주기만 하면 된다. 앞으로 나는 마도사의 길을 걷게 되어 제자를 들이지 못할 가능성이 높다. 무슨 말인지 이해하겠지?”

"그렇다면 저야 거절할 이유가 없지요, 스승님."

오크 학파의 성과물을 이용할 수 있으면서도 의무가 없으니 거절할 이유가 없다. 누구라도 아론처럼 오크 학파의 성과물에 대해 알게 된다면 욕심이 생길 것이다.

"이걸 받아라. 오크 학파의 전부나 다름없는 보물이다."

"정말로 주시는 건가요?"

아론은 파울이 내미는 팔찌를 덥석 받기가 어려웠다. 파울이 내민 팔찌에는 오크 학파의 역사가 담겨져 있다. 아공간을 생성시키는 마법 팔찌로, 오크 학파의 성과물을 비롯해 수많은 마법서와 실험 자료가 가득했다.

"잘 간직하거라. 그 아공간 팔찌는 오크 학파의 위명이 쟁쟁하던 시대에 만들어져서 지금까지 전해진 귀중한 유물이다. 별다른 능력은 없지만 착용 중에는 마도사도 감지가 불가능한 투명화 마법이 시전되기 때문에 주의만 한다면 도둑맞을 염려는 평생 없을 거다."

"와우!"

아론이 착용하자 팔찌가 손목의 크기에 맞추어 변했다. 그리고 점점 투명해지니 결국은 손목에서 자취를 감추었다. 아론의 손목을 만지지 않고서는 절대 팔찌의 존재를 알 수 없는 것이다.

"팔찌에 집착하지는 말아라. 중요한 것은 아공간에 담긴 내용물이다. 팔찌를 분실하면 내게 찾아와서 다시 받아 가면 그만이다. 그러니 어떠한 경우라도 지금부터 알려줄 팔찌의 사용법만큼은 발설하지 말아라. 알겠느냐?"

"명심하겠습니다."

파울은 아론에게 팔찌의 사용법을 알려줬다. 아공간을 여 닫는 방법은 무척이나 복잡했다. 착용자의 안전이 확보되지 않은 조건에서는 절대 사용이 불가능하도록 되어 있었다. 그 만큼 보안에 치중되어 만들어진 팔찌인 것이다.

'세상을 모두 얻은 것만 같군.'

아론은 부러울 것이 없는 기분이었다. 오크 학파의 성과물 은 계속해서 보물을 생산하는 드래곤의 레어와 같다. 아론은 아카데미의 졸업장에 대해서 약간이나마 남아 있던 미련조차 도 과감히 버릴 수 있을 만큼 기뻤다.

졸업 시험이 끝나자 선생들은 졸업 대상자를 선별하였다. 대상자를 선별함에 있어서는 그리 엄격하지 않았다. 마나 서 클이 이미 3서클에 해당하는 대상자들이라 실력이 부족해도 문제가 되지 않는다. 일 년 이내에 3서클을 마스터할 것이기 때문이다.

"다음 대상자는 아론입니다. 어떻게 할까요?"

아론의 이름이 튀어나오자 선생들은 진저리를 냈다.

"이젠 지겹다!"

"그 이름을 언제까지 들어야 되는 거야?"

"슬라임보다도 질기네!"

아론 때문에 자잘한 사고가 끊임없이 발생하였고, 그 수습은 선생들의 몫이었다. 정당하지 않은 방법으로 아론에게 적대감을 표현한 몇몇의 학생들이 아카데미에서 쫓겨난 사건도 있었다. 그러니 아론을 좋아할 선생은 거의 없었다.

더구나 얼마 전에는 아론을 쫓아내려고 아카데미에서 가장 역시가 깊은 오크 학파의 명맥을 끊어버리기까지 하였다. 그대로 방치해도 명맥이 끊어질 학파를 퇴출—합당한 절차라지만—하도록 조치했던 선생들로서는 기분이 좋을 리 없었다.

"여러분에게 정말 미안하오."

입학을 허가한 학장이 선생들에게 사과를 하였지만 실질적으로 학장만의 탓은 아니었다. 입학생을 선별하는 것은 선생들의 동의하에 처리된 사항이었기 때문이다.

"이것이 학장님만의 잘못이겠습니까? 우리 모두의 잘못이지요. 차라리 잘된 일인지도 모르겠습니다. 졸업장을 주어 아카데미에서 쫓아내면 어떻겠습니까? 그러면 아카데미에서 다시는 볼 일이 없을 겁니다."

"저는 찬성입니다."

"졸업 자격까지 얼추 갖추었으니 아무런 하자도 없습니다."

만장일치로 아론은 졸업 대상자 명단에 올라갈 수 있었다.

선생들은 3서클을 빠른 시일에 달성한 아론의 마법 성과에
관심이 없었다. 항상 천재적인 재능의 학생들만 접하다 보니
아론의 상황에 아무런 의문도 갖지 않은 것이다. 아카데미에
서는 일반적이지 않은 사실들이 당연시 받아들이는 곳이기
때문이다.

Chapter 3

졸업(卒業)

졸업 卒業

　　졸업자 명단이 발표되자 아론은 기뻐 어쩔 줄을 몰랐다. 졸업의 기쁨을 함께 나눌 사람은 없었지만 상관이 없었다. 아론은 며칠 전 파울이 아카데미에서 떠나 버려 혼자였다.

　　'가족들이 과연 이 사실을 믿어주기나 할까? 후후!'

　　아론은 고향에 있을 가족을 떠올렸다. 이 사실이 알려진다면 인근의 작은 영지에서 아론은 마법사로 출세한 유명 인사가 될 것이다. 또한 매크우드란 성을 가진 아론의 인척들은 목에 힘주고 다닐 수 있으리라.

　　'귀족의 신분을 세습할 수 있고, 영지를 하사받을 권리까지…….'

아론은 정식 마법사에게 주어지는 특권을 생각했다. 본래 마법사에게는 무거운 의무가 주어지지만 타국에서 아카데미를 다닌 아론으로서는 혜택만을 누려도 되는 것이다.

'모두 기다려요. 곧 달려갑니다.'

고향으로 돌아갈 생각만 하는 아론이었다. 매년 진행하는 졸업식이지만 아론에겐 상당히 낯설었다. 항상 학생들을 피해 파울의 실험실에서 생활했기 때문이다. 졸업식에 참관한 인물들은 콘라드 제국을 쥐고 흔드는 막강한 권력가들이었다.

"바네 왕국의 아론 매크우드!"

아론은 학장의 입에서 자신의 이름이 호명되자 씩씩하게 단상 위로 올라갔다. 이미 대부분의 학생은 졸업장을 받은 이후였다.

"앞으로 노력해서 마도사의 길을 향해서 나아가거라!"

"감사합니다."

학장은 졸업장과 함께 마법 지팡이를 건네주었다. 옆에 서 있는 마법 선생들은 축하해 주면서도 묘한 표정을 지었다. 아론은 마음속에서 우러나오는 감정을 참아내지 못하고 눈물을 흘렸다. 졸업을 하기까지 겪었던 고생들이 주마등처럼 스쳐갔다.

평소와 다르게 아론은 사람들의 시선을 받지 못했다. 오늘의 주인공은 졸업장을 수여받은 학생들 모두이기 때문이다.

오늘같이 즐거운 날에 누군가를 비방하려는 사람은 없었다.
평소에 사이가 좋지 않았던 학생들까지 아론에게 축하 인사
를 건넬 정도였다.

"마법사님, 혹시 저희 제국에 남아 있으실 건가요?"

"아닙니다. 고향으로 돌아가야지요."

"네, 죄송합니다."

아론에게 다가와 진로를 묻는 사람들이 많았다. 수련 마법
사의 딱지를 갓 떼어버린 초짜 마법사를 싼값에 고용하기 위
한 사람들이었다. 아론은 수련 마법사가 아닌 마법사로 불리
는 것만으로도 너무나 기뻤다.

그렇게 떠나고 싶었던 아카데미건만 막상 정문을 나서려
고 하니 지난 6년간의 기억이 떠올라 자꾸 뒤를 돌아보았다.
고향에서 가져온 짐이라고는 약간의 돈과 옷가지 몇 벌밖에
없었다. 떠나가는 지금도 달라진 것은 없지만 가슴속에는 그
무엇과도 바꿀 수 없는 졸업장이 있었다.

파울은 아카데미를 떠나가면서 실험실의 모든 물품을 아
공간에 넣어 가져갔다. 아공간 팔찌를 아론에게 주었지만 파
울도 마법 길드에서 구매한 비슷한 기능의 마법 물품이 있었
다. 프랜스 상단을 통해 벌어들인 수익의 일부분을 사용하여
구입했던 것이다.

'마지막으로 프랜스 상단을 방문해야 되겠지?'

프랜스 상단을 처음 방문한 이후로 지난 5년간의 만남은

손가락으로 꼽을 만큼 적었다. 비밀 유지를 위해서 만남을 자제했던 것이다. 값비싼 마법 주머니를 구매하여 이용할 정도로 비밀 유지를 위해 사용된 자금이 적지 않았다.

'정말로 엄청나구만.'

프랜스 상단의 규모는 5년 전보다 몇십 배, 아니, 몇백 배는 성장했다. 상단의 앞에 도착하자 그 규모에 기가 죽었다. 신분을 밝히고 곧장 에노크를 만나고 싶었지만 시선을 의식해서 다른 사람들처럼 줄을 서서 기다렸다.

"죄송하지만 얼마나 더 기다려야 하는지 아십니까?"

줄이 좀처럼 줄어들지 않자 아론은 앞사람에게 물어보았다.

"당신, 오늘이 무슨 날인지 알고 온 거요?"

"무슨 날인데요?"

"이 사람 정말 답답한 양반이네. 그것도 모르고 줄을 서서 기다렸단 말이오?"

아론에게 대답하던 사람은 오늘이 특별한 날이라도 되는 것처럼 말했다. 아론으로서는 영문을 모르니 답답할 뿐이었다.

"지방에서라도 올라온 모양이구먼. 오늘은 프랜스 상단의 마법 상점에서 하자가 발생한 마법 물품을 판매하는 날이오. 하자있는 마법 물품이지만 아주 싼값으로 판매하기 때문에 무료나 다름없다오."

"그런 것도 판매하나요?"

아론이 아무것도 모른다고 생각하자 남자의 말투가 금세 달라졌다. 아론이 딱해 보였는지 친구에게 말하듯 잘 알려주었다. 오랜 시간 줄을 서느라 입이 심심했던 모양이다. 그 덕분에 아론은 자세한 설명을 들을 수 있었다.

"허참! 이 사람 정말 아무것도 모르는군. 이번에 내가 구매하려는 게 그 유명한 오크 가죽으로 만든 가죽 갑옷이네. 그런데 새것으로 구입하면 무려 10골드나 줘야 하거든. 그래서 하자가 발생하여 반품된 물품을 구매하려는 거지. 그렇다고 프랜스 상단에서 아무에게나 하자품을 팔지는 않아. 프랜스 상단은 하자품을 판매하면 10배로 보상해 주는 원칙을 지켜야 되거든. 그래서 나처럼 10년 이상을 거래한 사람에게 무료나 다름없는 값으로 판매하는 거지."

아론과 대화를 나누던 사람은 자신을 용병단장이라 소개하였다. 용병들에게 프랜스 상단에서 판매하는 오크용 가죽 갑옷은 하자가 발생한 물품이라도 최고로 취급되고 있었다. 줄이 좀처럼 줄어들지 않자 아론은 어쩔 수 없이 앞으로 나섰다.

앞으로 다가가서 직원에게 귀족임을 밝히고 기다렸다. 오랜 시간 줄서서 기다리던 사람들이 따가운 눈초리를 받았지만 어차피 떠날 제국이라 신경 쓰지 않았다. 직원은 아론을 건물 내부로 안내하였다.

'저게 다 오크 가죽으로 만든 건가?

프랜스 상단의 주력 상품은 오크 가죽으로 만든 물품이다. 대량으로 생산하기 가장 쉬운 물품이기 때문이다. 마법 상점의 건물이 상당히 큰 데도 불구하고 창고 가득히 오크 가죽의 물품으로 채워져 있었다.

'어처구니가 없군.'

가끔씩 보내주는 오크 가죽의 특수 처리 약품 용액으로 이렇게 많이 만들 줄은 몰랐다. 어쩐지 에노크가 주기적으로 알려주는 오크 학파의 몫이 생각 외로 많다고 생각했다. 그런데 직접 목격하니 그럴 만한 이유가 있었다.

직원의 안내로 조용한 방으로 안내되자 그곳에 에노크가 기다리고 있었다. 안내한 직원이 나가자 에노크는 아론을 부모라도 만난 것처럼 반겼다. 아론이 에노크의 마음을 모르지 않는다. 상단에 새로운 역사를 창조하게끔 도와준 원인 제공자이니 말이다.

"상단의 규모가 엄청나군요. 말로는 들었지만 이렇게까지 번창할 줄은 몰랐습니다."

"모두 위대한 오크 학파의 마법사님들 덕분이지요."

에노크는 오크 학파의 이름을 추켜세웠다. 아론은 이미 에노크에게 오크 학파의 사정과 졸업에 대한 이야기를 통보했었다. 아론이 그동안의 인연을 끊으러 온 것임을 알면서도 에노크는 고마움을 잊지 않고 있었다.

"졸업을 축하드립니다. 6년 만에 졸업을 하시다니 대단하십니다.”

“이거 쑥스럽네요.”

에노크는 진심으로 축하해 주었다. 아론이 고향으로 돌아 간다는 말에 강한 아쉬움을 나타냈다. 아마도 아론을 떠나보 내는 것보다 오크 학파의 마법 물품을 더 이상 취급할 수 없 다는 것이 더욱 아쉬울 것이다.

에노크는 아론의 졸업을 축하하며 하급의 마나석을 선물 했다. 아론은 마나석에서 뿜어지는 엄청난 마나에 황홀감을 느꼈다. 마나석을 보유한 마법사는 부족한 마나를 보조하여 마법을 시전할 수 있기 때문에 대단한 선물이 아닐 수 없었 다.

‘적어도 1,000골드는 될 텐데.’

마나석의 값은 상상을 초월한다. 돈을 주고도 쉽게 구하지 못하는 게 마나석이다.

‘그러고 보니 나도 이제는 3서클이니까 마나석을 만들 수 도 있겠구나.’

본래 마나석은 마도사는 되어야 만들 수 있다. 하지만 오크 학파의 성과물에 3서클의 마법으로 마나석을 제조하는 비법 이 존재한다. 오크의 심장에서 생명력을 뽑아내어 마나 증가 제를 만들 듯 보석에 생명력을 집중시켜 만드는 비법이었다.

성공 여부에 따라서 하급과 중급, 그리고 운이 따른다면 상 급까지 만들 수 있다. 그 생각을 떠올리자 지금까지 하지 않아도 될 고생을 떠올렸다. 파울에게 마나석을 만들어 실험 자금을 확보하자고 했으면 프랜스 상단과 거래할 필요도 없었다.

'내가 고향으로 떠나가면 프랜스 상단의 마법 상점은 어떻게 되려나?'

아론이 상단에 마법 물품을 공급하고 싶어도 그럴 수 없다. 오크 학파의 성과물을 생산할 만한 실험 시설을 갖추려면 몇 개월의 시간은 필요하기 때문이다. 파울이 모든 실험 시설을 가져가서 아론은 자신만의 실험실을 만들어야 하는 상황이었다.

에노크는 지금까지 축적한 자금력을 이용하여 제대로 된 마법 상점을 운영한다고 말해주었다. 그리고 그 자신은 은퇴한다고 밝혔다. 이미 프랜스 상단의 규모가 커진 상황이라 약간 위축되어도 큰 문제는 없다는 것이다.

"그런데 아론님께서는 가족들의 선물은 장만하셨나요?"

"아차, 그걸 잊고 있었네요."

아론은 고향으로 돌아갈 생각에 들떠서 선물에 대한 생각을 못했다. 에노크가 그것을 깨우쳐 주자 너무나 고마웠다. 아론은 대단한 선물을 가져가서 자신이 성공했음을 가족들에게 자랑하고 싶었다.

"제가 약소하게나마 미리 준비했습니다. 최고의 손재주를 가진 장인에게 부탁해서 투구, 갑옷, 장갑, 신발까지 모든 무구를 각기 다른 사이즈로 수십 개씩 장만하였습니다. 그 외에 오크 학파의 모든 마법 물품들을 충분히 준비하였습니다. 또한 여인들이 좋아할 만한 보석 종류도 최고품으로 마련해 두었습니다."

"이렇게까지 신경 써주시다니 정말 고맙습니다."

에노크는 구석에 따로 마련한 물품들을 아론에게 보여주었다. 포장을 한 상자까지 흠집 하나 없이 깨끗했다. 얼마나 신경을 썼는지 알 수 있었다. 에노크에게 재차 고맙다고 인사하고 마지막 마무리에 대한 이야기를 나눴다.

"저희 상단에서 오크 학파에 지급할 금액은 대략 100만 골드입니다."

"허어!"

필요한 만큼만 상단에서 가져다 써서 실질적인 금액을 몰랐는데 지금 총체적인 금액을 알게 되자 그저 놀라웠다. 100만 골드라면 매크우드 가문의 장자이자 아론의 형이 아버지로부터 물려받은 영지를 여러 개나 구입할 수 있는 엄청난 거금이었다.

에노크는 한참 동안 100만 골드의 이익이 발생한 이유를 차례로 설명하였다. 대체적으로 오크 학파의 성과물들이 생산 원가가 없다시피 한 탓이었다. 생산 원가가 없는 마법 물품을 5년간 판매했으니 그 수익이 천문학적인 것이었다.

"10만 골드는 제가 가져가겠습니다. 나머지 90만 골드는 마법 길드에 파울님의 이름으로 전해주세요."

"알겠습니다, 아론님."

10만 골드만 가져가는 데도 심장이 두근거려 진정이 되지 않았다. 고향으로 돌아가면 평생 놀고먹어도 쓰지 못할 거금이 손안에 들어온 것이다. 에노크는 아론의 앞에 골드와 보석으로 가득 채워진 상자 이외에 여러 개의 마법 주머니도 올려놨다.

"이건 뭐지요?"

"제가 아론님께 드리는 뇌물입니다. 이것들을 담아 가시는 데 유용할 겁니다."

평소에 마법 물품을 상단에 전해주기 위해서 이용하던 마법 주머니라 쉽게 알아봤다. 에노크의 말마따나 골드와 보석을 직접 들고 갈 수도 없는 노릇이니 마법 주머니에 담아서 가져가면 편할 것이다.

'에노크는 아공간의 존재를 모르니까.'

배려하는 마음은 이해하지만 왜 뇌물이라고 했는지 의아했다.

"그런데 뇌물이라뇨?"

"혹시 실험 자금이 또 필요하시면 저희 상단을 이용해 달라는 의미에서 드리는 뇌물입니다. 바네 왕국에도 상단이 있겠지만 저희를 이용하시면 번거로움을 피할 수 있지 않겠습니까. 하하하!"

"그렇게 하지요."

아론에게 그럴 가능성은 정말로 낮았다. 지금 갖고 있는 돈으로도 많다고 생각하는 아론이다. 또한 자국으로 돌아가면 세습 귀족의 신분이라 영지까지 따로 하사받을 수 있다. 그러니 에노크가 바라는 일은 발생하지 않을 가능성이 높다.

아론은 여러 개의 마법 주머니에 골드와 보석을 쓸어 담았다. 에노크가 준비한 선물은 부피가 커서 마법 길드의 마법진을 통해서 고향으로 보내준다고 하였다. 아론이 아공간에 넣어서 가져가도 되지만 굳이 그러한 모습을 보여줄 순 없었다.

상단을 나선 아론은 여러 개의 마법 주머니를 아공간에 넣어두었다. 잃어버리기라도 할까 봐 걱정이 되었다. 그리고 사용할 만큼의 금액만 하나의 마법 주머니에 담아서 가슴에 품었다. 고향으로 돌아갈 생각에 아론의 마음은 날아갈 것만 같았다.

아론은 졸업장을 이용하여 콘라드 제국인임이 아님에도 마법 길드의 마법진을 이용할 수 있었다. 마법진을 이용하여 쉽게 바네 왕국의 수도에 도착한 아론은 당장이라도 고향으로 뛰어가고 싶었지만 그것보다 급한 일을 치리하기 위해 남았다.

진정한 마법사로 인정받기 위해서 자국의 마법 길드에 등록하는 절차였다. 또한 황궁에서 보관하는 매크우드 가문에 대한 기록을 갱신할 필요성이 있었다. 그래야 정식으로 귀족이자 마법사로 대우받을 수 있기 때문이다.

마법 길드 건물에 다가갈수록 만나기 힘들다는 마법사를 쉽게 목격할 수 있었다. 마법사는 수도가 아니면 구경하기 힘든 존재로, 특유의 옷차림만으로도 선망의 대상인 것이다. 그에 비해서 아론의 외형은 마법사하고는 거리가 멀었다.

걸음 자세와 옷차림, 그리고 허리가 착용한 검이 그가 귀족임을 나타내고 있었다. 그리고 어려서는 물론이고 마법을 배우면서도 계속해 온 검술 수련 덕분에 튼튼한 근육을 가졌다. 전체적인 외형으로는 전형적인 기사의 모습에 더 가까웠다.

아론은 복잡한 수도 생활에 익숙하지 않은 탓에 한참을 헤맸다. 기사 아카데미를 다니느라 수도에서 몇 년간 생활을 한 경험이 있지만 학비 부담으로 인해 기숙사를 벗어난 적이 없어 촌놈처럼 두리번거리고 다녔다.

"마법 길드에 가입하려는데 어떻게 해야 하나요?"

아론은 안내받은 마법사에게 등록 절차를 물었다. 로브를 입고 있어서 3서클 이상의 마법사임을 단번에 알아차릴 수 있었다.

"잘못 찾아온 거 아니야?"

"아닌데요."

4서클의 마법사이자 길드의 등록 절차를 담당하는 핸리가 어이없는 눈빛으로 아론의 전신을 훑어보았다. 마법사가 아닌 듯한 외형을 하고서 마법 길드에 가입한다고 찾아왔으니 핸리의 반응이 크게 이상한 것은 아니었다.

'마법사님의 기분을 상하게 했나 보네. 로브라도 사 입고 올 걸 그랬나?'

아론은 옷차림 때문에 미친 사람으로 보일 줄은 몰랐다. 핸리의 눈초리를 보고서야 사태의 심각성을 깨달았다.

"요즘은 별의별 놈들을 다 보게 되는군. 일단 여기에 비워진 공란을 하나도 빠짐없이 채워서 가져와. 그러면 나머지 부분을 설명해 줄 테니까."

"네, 마법사님."

아론은 핸리가 내어준 종이를 받아 들었다. 개인 신상부터 시작해서 마법을 어떻게 배웠는지 자세히 기록하도록 되어 있었다. 아론은 하나도 빠짐없이 적어나갔다. 의외로 기록할 내용이 무척이나 많았다.

"여기 있습니다."

"어디 살펴볼까?"

핸리는 아론에게 받아 든 종이를 매우 느긋하게 살펴봤다.

"오호라, 귀족이군. 그래서 옷차림이 그랬구만. 마법을 배운 곳은 콘라드 제국의 드레이얼 아카데미?! 이거 징밀인가?"

"네, 맞습니다."

핸리는 아론에서 재차 확인을 받았다. 아론이 매우 특이한 마법사임을 인지한 핸리는 나머지 기록까지 자세히 살펴보기 시작했다.

“네크로멘서 계열에 소속된 학파는 오크 학파? 드레이얼 아카데미에 그런 학파도 있나?”

“제가 오기 전에 명맥이 끊어진 학파입니다.”

핸리는 신기한지 아론에 대해 자세히 물어보았다. 타국에서 마법을 배운 것도 모자라 계열이나 학파까지 독특하니 호기심이 생기지 않을 리 없었다. 핸리는 콘라드 제국의 마법 아카데미에 대해서 여러 가지를 물어보았다. 하지만 아론은 제대로 대답을 하지 못하였다. 그 자신이 제대로 된 아카데미 생활을 한 적이 없으니 당연했다.

“콘라드 제국의 드레이얼 아카데미 졸업장이 있으니 등록 시험은 생략하겠네. 내일이면 왕국 내에 존재하는 마법 길드의 지점에 자네의 기록이 추가될 걸세. 정식 마법사로 활동할 수 있게 된 것을 축하하네.”

“감사합니다.”

“핸리라고 부르게. 정말 자네가 부럽군. 정말 부러워.”

핸리는 아론을 진심으로 부러워하고 있었다. 아론은 핸리도 과거에 자신과 같은 시간이 있었을 텐데 그러한 말을 계속하자 의아했다. 아론이 핸리와 다른 것이라고는 귀족 신분과 마법을 배운 출신이 다르다는 것뿐이었는데 말이다.

“그런데 저의 뭐가 부러운가요? 핸리님도 정식 마법사로 등록될 때가 있었잖아요."

"자네는 나라와 맺은 의무가 없잖아. 왕국에 전쟁이 발발해도 우리처럼 나가서 싸워야 할 의무도 없으니 얼마나 좋겠나. 내가 지금 책상에 앉아서 길드의 등록 절차를 담당하는 것도 그놈의 의무 때문이지. 이 짓을 몇 년이나 해야 되는지. 에휴, 고달픈 내 신세야."

아론은 핸리의 대답을 듣고서야 무슨 말인지 이해하였다. 아론은 핸리와의 대화를 통해서 마법사가 처한 현실적인 문제에 대해 자세히 알게 되었다. 아론에게는 마법사가 어떠한 환경에서 생활하는지 정보가 부족한 편이어서 많은 도움이 되었다.

마법 길드에서 등록 절차를 마치자 곧바로 황궁으로 향했다. 황궁에서 아론의 개인 기록을 갱신하기 위해서이다. 귀족에 대한 기록은 매우 엄격한 절차에 따라서 수정된다. 기록에 따라 신분이 상승하고 하락되기 때문이다.

아론은 마법 길드에서 발행한 증명서가 있기 때문에 자신의 기록을 갱신하는 데 문제가 없었다. 갱신을 끝내자 아론은 영지를 하사받을 권한을 갖게 되었다. 황궁에서는 빠르면 1년, 늦으면 10년 이내에 아론의 영지 문제를 해결할 것이다.

달라진 신분에 따라 그 권한을 곧바로 누릴 수 있는 것은 아니다. 그렇지만 아론은 늦어지더라도 전혀 섭섭하지 않았다. 거금이 있어서 영지를 원한다면 당장이라도 구입할 수도 있기 때문이다. 아론은 즐거운 마음으로 고향으로 향했다.

또다시 마법 길드의 마법진을 이용했다. 자국의 마법 길드 마법진을 이용하기 위한 비용이 높았지만 전혀 아깝지가 않았다. 6년 만에 돌아가는 고향을 하루라도 빨리 가고 싶은 마음뿐이었다.

과거에 가족들은 아론이 고향을 떠날 때 무척이나 말렸다. 절대 마법사가 될 수 없다고 말이다. 무려 30살의 나이에 마나를 느껴서 마법을 배우겠다고 제국으로 향했으니 말릴 만도 했다. 그런데 결국 성공하여 돌아가게 되었다.

가끔씩 편지로 소식을 전했지만 살아 있다는 것만 알렸을 뿐이니, 가족들은 아론이 성공하고 돌아올 줄은 꿈에도 모를 것이다.

'하하, 나의 인생은 성공인 것인가?'

늦었지만 마법사라도 되었으니 실패한 삶은 아니다. 기사가 되지 못해서 아쉽지만 그것은 아론의 탓만은 아니다. 아론의 가문에는 다른 가문처럼 뛰어난 마나연공법이 없으니 말이다. 같은 노력을 했다면 아론이 뒤처지는 것은 당연했다.

게일은 마법사의 자산 관리를 책임지는 마법 길드의 직원이다. 세상 물정에 어두운 마법사를 위해서 길드에서 채용한 직원은 상당히 많다. 특히 게일은 상단 출신이라서 유능하여 고위 마법사의 자산 관리만을 전담한다.

'누가 거지 마법사를 내게 배정한 거야?'

게일은 눈앞에 놓인 새롭게 영입한 파울의 자산 기록을 살펴보며 어이가 없었다. 파울의 자산은 길드에서 기본적으로 지원한 50골드가 전부였다.

'후원자도 없는 고위 마법사라니……'

고위 마법사라면 누구나 있는 후원자조차도 파울에겐 없었다. 그것뿐만이 아니었다. 고위 마법사라면 마법 실험에 목숨을 걸다시피 한다. 그런데 파울은 길드에서 보관하는 마법서나 실험 자료나 뒤적거릴 뿐이다.

'마법 실험을 할 자금이 없어서 그런가?'

게일에게 있어서 파울은 관리가 필요없는 마법사였다. 결국 게일은 일생일대의 실수인지도 모른 채 파울의 자산 관리를 다른 직원에게 넘겨 버렸다. 융통성은 눈곱만치도 없고, 원리원칙 주의자라서 게일은 물론 모두가 싫어하는 테오였다.

테오의 자산 관리 능력은 바닥 수준이다. 마법사의 자산은 매우 거금이라 상단에 맡겨두는 것만으로도 돈이 눈덩이처럼 불어난다. 하지만 테오는 지나치게 주심스럽게 자산을 관리하는 직원이었다.

자산의 현상 유지가 목표인 자산 관리에 부적합한 인물이었다. 그나마 지금까지 버티고 있는 것은 근면함 때문이다.

그러한 테오에게 게일은 자산 관리가 필요없다고 생각되는 파울의 자산 관리를 넘겨주었다.

자산 관리를 담당한 직원은 무거운 책임이 따르기 때문에 마법사와 계약으로 묶인 관계이다. 자산 관리의 직원이 바뀌는 과정에서 파울도 관여해야만 했다.

며칠 후 조용한 마법 길드에 구경거리가 생겼다. 테오의 앞에 골드와 보석으로 가득 채워진 상자가 배달되었기 때문이다. 엄청난 거금이라 기사들까지 호위에 나선 배달이었다.

"당신이 파울님의 자산 관리를 책임지고 있소?"

"네, 맞습니다만."

테오로서도 놀라서 다른 직원들처럼 상자가 쌓이는 모습을 멀뚱히 구경만 하던 상황이었다. 상자가 쌓이는 동안 어찌된 영문인지 물어볼 경향도 없었다.

"프랜스 상단에서 보내온 90만 골드요. 보내는 사람은 파울님의 제자라고 하더군요. 나도 이런 거금을 옮겨주는 게 처음이라 그런데 확인증이라도 주시겠소? 혹시 잘못될까 봐 걱정이 되어서 말이오."

"아, 네. 알겠습니다. 잠시 기다려 주십시오."

테오는 눈앞에 쌓인 상자를 바라보며 어떻게 이 모든 걸 확인해야 될지 암담했다. 그러나 그런 테오의 걱정은 순식간에 사라졌다. 구경을 하고 있던 직원들이 내용물이 궁금하여 테오의 일을 도와주었기 때문이다.

몇 시간이 지나서야 테오는 기사에게 확인증을 건네줄 수 있었다. 기사들은 마법 길드의 직원들이 상자에서 골드와 보석을 쏟아내어 헤아리는 모습을 끝까지 지켜보았다. 이런 기이한 구경을 기사들도 놓치기 싫었던 것이다.

테오는 평소에 낯설게 대하던 동료들의 따뜻함을 충분히 느꼈다. 앞으로 달라질 테오의 수익에 관심이 많은 동료들이었다. 마법사의 자산이 많을수록 자산 관리를 맡은 직원의 수익도 비례하여 많아진다.

앞으로 테오는 지금처럼만 자산을 유지해도 수익이 다른 직원들에 몇십 배나 된다. 너무나 큰 거금이라 그만한 수익이 보장되는 것이다. 게일은 테오의 앞에서 망연자실한 표정으로 움직이질 못했다.

자산 관리에 대한 사건을 계기로 파울에 대한 대우는 약간 달라졌다. 제자가 얼마나 대단하기에 그만한 거금을 보내주는지 온갖 소문이 떠돌았다. 오크 학파에 대한 진실을 모르는 그들로서는 파울의 제자에 관심을 가질 수밖에 없었다.

파울은 소문을 접하면서도 피식 웃어버리고 말았다. 파울이 소문에 대해 아무런 말도 하지 않아서 그의 제자에 대한 소문은 끝도 없이 퍼져 나갔다. 실질적으로 마법 길드에서 아론의 존재는 모른다. 아카데미를 졸업 후 고향으로 돌아갔으니 길드에 기록이 있을 리 만무한 것이다.

아론은 마법 길드의 마법진을 이용하고도 곧바로 고향에 도착하지 못했다. 북부는 왕국의 영향력이 작고, 척박한 지역이라 문화적으로 뒤처져 있다. 그러니 마법 길드의 분점이 작은 매크우드 영지에 있을 리 없었다.

그나마 군사적인 목적으로 북부 몇 곳에 마법 길드의 분점이 있어서 그것을 이용하였다. 북부는 척박한 환경 탓에 영주끼리의 다툼이 거의 없다. 싸움의 원인이 되는 탐욕을 일으킬 만한 것이 없기 때문이다. 그래서 매크우드 영지처럼 작은 영지들이 오랜 세월 존립할 수 있었다.

북부에 도착한 아론은 매크우드 영지를 향해서 걸어갔다. 가까워서 굳이 말까지 이용할 필요가 없었다. 그 와중에 아론은 집에 이미 자신의 소식이 전해졌음을 알았다. 빠르게 매크우드 영지로 향하는 마차들 중 하나를 얻어 타서 마부에게 듣고 알게 된 것이다.

아론이 수도에서 마법 길드에 등록하고, 황궁에서 기록을 갱신한 시일은 이틀에 불과했다. 그런데 정보를 취급하는 도둑 길드에서 아론의 정보를 북부 귀족들에게 팔아넘긴 것이다. 북부에서는 좀처럼 접할 수 없는 정치적인 사건이었다.

아론의 소식을 접한 북부의 귀족들은 재빨리 반응했다. 특히 아론과 조금이라도 인척 관계가 있다면 직접 방문하기 위해서 매크우드 영지로 향했다. 그래서 아론은 마차를 얻어 타기 직전에 자신을 지나치는 많은 마차들을 봤던 것이다.

무려 6년 만에 돌아온 고향이다. 아론은 매크우드 영지에 발을 들여놓으며 감격하지 않을 수 없었다. 떠나기 전에는 인생을 한탄하며 지겹다고 생각한 곳이지만, 막상 떠나니 너무나도 그리웠던 고향이었다.

'너도 낡았구나. 이참에 보수라도 해야겠어.'

아론은 당장이라도 무너질 것만 같은 영주 성 앞에 도착하여 생각에 잠겼다. 영지의 형편으로 덩치만 커다란 영주 성을 보수하기란 쉽지가 않다. 그러나 이제는 자금 걱정이 없으니 당장이라도 보수를 할 수 있다.

비록 아론 자신의 영지가 아닌 피를 나눈 첫째 형의 영지이지만, 가지고 있는 돈의 일부를 떼어주어도 아깝다는 생각이 들지 않는다. 그렇다고 자신의 모든 것을 주고 싶지는 않다. 사람인 이상에야 아론에게도 욕심이 있었다.

"도련님?"

반갑고도 놀라워서 감정을 주체 못한 격앙된 목소리가 영주 성을 바라보며 감상에 빠진 아론을 일깨웠다.

"정말 오랜만이구나."

"도, 도, 도련님! 잠시 기다려 주십시오."

아론은 오랜만에 보는 노예가 반가웠다. 하지만 노예는 말을 더듬거리며 뒤에서 몬스터가 따라오기라도 하는지 빠르게 사라졌다.

'허허, 그놈 참.'

노예의 당황하는 모습에 아론은 피식 웃음이 나왔다. 몰락하는 처지이지만 매크우드 가문에는 상당수의 노예들이 있다. 가문에 어떠한 어려움이 닥쳐도 귀족으로서의 자존심을 지키기 위해서 절대 처분하지 않던 귀중한 자산이었다.

천천히 발걸음을 옮기며 안으로 들어가는데 가족들이 아론을 맞이하러 나왔다. 무리를 지어 움직이는 고블린처럼 가족들이 떼로 다가왔다. 가족이라고 해봐야 고작 부모와 형제가 전부였건만 그보다 몇 배, 아니, 몇십 배는 많았다.

'저분은 어릴 때 이후로 한 번도 뵙지 못했는데……'

'어머님의 가문인 게르트루드가 사람까지 있네? 나와 어떻게 되는 사이더라……'

아론의 기억 속에서 잊혀질 만큼 왕래가 없던 인척들이었다. 아론의 성공으로 말미암아 앞날을 생각하여 방문한 사람들이었다. 정말로 아론을 축하하기 위한 사람도 있겠지만 절반은 그렇지가 못했다.

"드디어 돌아왔구나, 아론."

"어머니!"

주디스는 아론을 끌어안으며 아들과의 감격적인 재회를 맞았다. 정겨웠던 모자관계는 아니지만 6년 만의 만남이라 소중할 수밖에 없었다.

"큰 뜻을 품고 떠나더니만 결국 해냈구나!"

"고맙습니다, 아버지."

뜻밖에도 아버지에게까지 환영받자 아론은 기분이 좋았다. 사실 로란드는 아들인 아론의 성공에 비관적이었다. 누구보다 아들에 대해 잘 알고 있는 아버지로서 당연한 생각이었다. 가족의 의견을 뿌리치고 집을 떠났을 때는 한심하기까지 하였다. 하지만 막상 성공하여 돌아오자 무척이나 대견스러웠다.

아론은 한참 동안 부모인 로란드와 주디스를 부여잡고 눈빛만으로 대화를 나눴다. 그것을 지켜보는 아론의 인척들은 감히 끼어들지 못했다. 그들도 아론이 무려 6년 만에 부모와 만나는 것임을 모르지 않기 때문이다.

'내가 마법사가 되지 못했다면 어떻게 되었을까?

부모와의 감격적인 재회가 끝나자 아론은 인척들의 표정을 보며 사실을 말하기 싫었다. 제국에서의 비참했던 상황을 설명하고 싶지 않았던 것이다. 더구나 지금의 성공이 노력이라기보다는 행운이었다는 사실은 더더구나.

"아론, 마법사가 되어 돌아온 것을 축하한다!"

"아이작 형님!"

매크우드 가문의 장자이자 영주인 아이작이 반겼다. 아론의 아버지인 로란드는 일찍 영지를 아들에게 물려주었다. 가문의 상황상 다른 귀족에게 머리를 숙이는 경우가 많은데, 중년의 로란드에겐 힘든 일이었기 때문이다.

"축하한다, 아론!"

"감사합니다, 레슬 형님!"

아이작에 이어 아론의 둘째 형인 레슬의 축하 인사도 이어졌다. 그 뒤로는 두서없이 인척들이 나서서 축하 인사를 하였다. 태어나서 처음 본 인척이 대부분이지만 일단 축하를 해주고 있으니 기쁜 아론이었다.

"매크우드 가문에 마법사가 탄생하다니 자랑스러운 일이요!"

"몇십 년 후에 고위 마법사가 되어… 아니, 마도사가 되어 길이 빛날 줄 누가 알겠소?"

"당연히 그 정도 가능성이야 있고말고요."

좀 더 시간이 지나자 아론의 인척들이 자신들끼리 북 치고 장구 치며 상상의 나래를 펼치고 있었다. 한참을 그렇게 소동을 피우고서야 다 함께 응접실로 들어섰다. 이미 응접실에는 만찬이 준비되고 있었다.

매크우드 영지의 형편과 전혀 어울리지 않는 풍족한 만찬이었다. 모두들 자리에 앉자 아론에게 마법사가 되기까지 어떠한 일들이 있었는지 설명을 요구하였다. 당연히 아론은 아카데미의 일들을 말하고 싶지 않았다.

'뭐, 초반에 있었던 일들만 설명하면 되겠지.'

아론은 아카데미에 입학하여 1년 동안 있었던 일들만을 설명했다. 조금 과장하여 대소변도 못 가리는 아이들의 틈바구니에서 온갖 멸시와 수치스러움을 견뎌내며 열심히 마법을 배웠다고 말이다. 사실 몇 명의 아이들이 그렇기도 했으니 거짓말은 아니었다.

아론은 그저 어려웠던 것을 설명하려고 했던 것뿐인데 즐거웠던 분위기가 일순간에 눈물바다로 변하자 당황했다. 모두들 아론의 고난을 이해한다는 듯 위로하였다. 한술 더 떠 로란드와 주디스는 제국에까지 유학해야만 했던 아들에 대한 미안함으로 울분까지 토해냈다.

'이게 아닌데……'

가족들의 지나친 감격에 아론은 당황했다. 솔직히 초반의 생활은 아카데미 측의 많은 배려로 어렵지 않았다. 1년 이후에는 파울과 조용히 지냈다. 물론 파울에게 목숨을 잃을 뻔한 고비는 있었지만 결국 그것이 전화위복이 되어 고난이라고 할 것이 못 된다.

아론을 배려한답시고 모두가 한마음으로 아론이 마법사가 되기까지의 이야기를 묻지 않았다. 아론으로서는 거짓말할 필요가 없어서 다행이었다. 다른 사람도 아닌 가족에게끼지 거짓말을 계속하고 싶지는 않았기 때문이다.

마지막으로 가족의 관심사는 귀족도 이용료가 부담되어 쉽사리 이용하지 않는 마법 길드의 텔레포트 마법진을 이용해 배달된 많은 상자들이었다. 아론이 도착하기 하루 전에 영지에 배달되었지만 누구도 개봉할 수 없었다.

"여기 사인 좀 해주시겠습니까?"

"네, 물론이지요. 이곳까지 배달해 주셔서 감사합니다."

"오히려 저희가 감사하지요. 이런 배달 한 번으로 저희에게는 상당한 보수가 주어지거든요."

상자는 어제 배달이 되었지만 마법 길드의 직원은 떠나지 않고 아론을 기다려서 지금에서야 확인을 받았다. 아론은 상당수의 무장 경비가 응접실에 있기에 친척들이 데려온 사람들인 줄 알았다. 하지만 그들은 마법 길드의 직원들이었던 것이다.

'여기서 이걸 공개할 순 없는데.'

배달된 상자는 프랜스 상단에서 보내준 가족의 선물이다. 휘황찬란한 보석이 가득 담긴 상자를 비롯해 온갖 귀중한 무구들까지 들어 있다. 오직 부모와 형제들, 그리고 조카들을 위한 선물이다. 그것을 여기서 공개하면 시샘하는 친척이 생길 수 있는 것이다.

'찾아온 친척들이 섭섭해할 텐데.'

아론의 표정이 심하게 일그러지자 가족들이 그것을 눈치챘다.

"……."

모두들 아론의 신경을 거슬리지 않기 위해서 아무 말도 하지 않았다. 하지만 왜 그러느냐는 눈빛임을 아론이 모를 리 없었다. 어차피 친척들이 떠나간 이후에 공개해도 결국은 그들의 귀에 들어갈 것이고, 섭섭하게 생각하리라.

'섭섭하더라도 여기서 모두 말해야 되겠구나.'

결심을 하고 나서 어색하게 웃었다. 그리고 친척들을 향하여 솔직하게 부모와 형제들, 그리고 조카들만을 위한 선물이라고 밝혔다. 찾아온 분들에게는 선물을 준비하지 못했다고 말하여 선물로 인한 오해의 여지를 없앴다.

"아이구, 뭘 그런 거 가지고 고민하고 그러나."

"우리는 매크우드 가문의 마법사 탄생을 축하하기 위해서 방문한 것이지 고작 선물이나 받으려고 찾아온 게 아니야."

"당연하지."

별거 아니라며 모두들 웃어 넘겼다. 하지만 아론이 조심스럽게 상자를 하나씩 개봉할 때마다 그들의 얼굴은 자신들이 뱉어낸 말을 후회하였다. 상자에서 나온 선물 하나하나가 엄청난 값어치였으니 말이다.

이제 와서 뱉어낸 말을 주워 담을 수 없는 노릇이다. 귀족의 명예를 집어던져야 가능한 일이었다. 인척들끼리 선물 하나쯤이야 양보할 수 있지만, 감히 양보하라고 말할 분위기가 아닌 것이다.

"이게 도대체!"

"제국에서 드래곤 레어라도 털었느냐?"

너무나 어이가 없는지 가족들이 한마디씩 꺼냈다. 가족들은 아론이 개봉한 상자의 곁으로 천천히 다가가 그것이 환상이 아님을 직접 확인했다.

"골드로 가득 찬 상자들은 선물이라기보다는 매크우드 가문의 부흥을 위한 것이에요. 아이작 형님에게 맡기겠습니다."

아이작은 아론의 눈을 바라보며 왜 그것을 자신에게 맡기냐는 표정이었다. 감당하기 어려운 큰 거금이니 당연했다. 하지만 아론으로서는 그보다 많은 돈을 가지고 있기 때문에 사심없이 아이작에게 줄 수 있었다.

가족들만 있었다면 선물을 앞에 두고 파티라도 열며 즐겼겠지만, 친척들이 있어서 확실하게 주인을 가려야 했다. 그래서 아론은 선물 상자를 앞에 두고 세세한 설명을 시작했다. 그렇지 않으면 친척들이 달려들어 가족들을 곤란하게 할 것이 분명했다.

"보석으로 가득한 이 상자는 오직 어머니와 형수님들, 그리고 예쁜 조카들을 위한 선물이에요. 나머지 대부분의 상자에 가득 찬 것들은 마법 무구들이에요. 모두가 생각하는 고가의 마법 물품은 절대 아니에요. 요즈음 콘라드 제국에서 한창 유행하고 있는 저렴한 가격의 실용적인 마법 무구예요."

"혹시 오우거 가죽에 버금간다는 그 오크 가죽?"

아론이 이름도 기억하지 못하는 먼 친척이 알아채고 말

했다.

"맞아요, 그거예요."

"내가 알기로 그것도 상당히 비싼 것으로 알고 있는데."

콘라드 제국의 프랜스 상단이 취급한 오크 가죽에 대한 이야기는 이미 대륙에서 모르는 사람이 없다. 프랜스 상단이 타국에 밀반출하지는 않지만 이미 5년 전부터 대량으로 판매된 무구라서 타국에서 심심찮게 볼 수 있다.

아론은 자세한 설명을 끝내고 선물을 분배하기 시작했다. 먼저 골드가 담긴 상자는 아이작이 매크우드 가문의 비밀 금고로 직접 옮겼다. 그리고 보석은 아론의 어머니인 주디스가 주축이 되어 여자들끼리 웃으며 서로 분배하였다.

오크 가죽으로 제작된 다양한 무구들은 아버지를 비롯해 연장자순으로 각각 두 개씩 차지하였다. 무구가 많아서 여분까지 챙기는 욕심을 부려도 되었다. 가족들의 선물 분배는 끝났지만 아직도 선물은 많이 남았다.

당연히 인척들에게도 선물은 돌아갔다. 본래 오해의 소지가 남지 않길 바랐지만 어떻게 주지 않을 수 있겠는가. 주디스는 방문한 인척들에게 세 개씩의 보석을 골라서 주었다. 그들이 직접 고르게 한다면 어떤 불상사가 일어날지 모르기에.

또한 아론의 아버지 로란드도 마찬가지였다. 마법 무구들을 로란드가 임의로 선택하여 인척들의 손에 쥐어 주었다. 방문한 인척의 수가 만만치 않아서 많이 돌아가지 않았지만 그만큼이라도 나눠 준 것에 감격한 표정들이었다.

그 외에도 포션, 마법 물약, 오크 향수 등등 다양한 마법과 관련된 물품들이 있었는데 모두 아이작에게 맡겨졌다. 매크우드 가문을 이끄는 영주인 아이작에게 맡기는 게 당연했다. 선물 분배가 끝나자 아론을 위한 파티가 밤새 벌어졌다.

아론은 6년이란 세월을 보상받기라도 하듯이 흥청망청 즐겼다. 술을 잘 못하는 아론이지만 오늘만큼은 먹다가 죽어도 상관이 없을 만큼 들뜬 기분이었다. 더구나 파티에 사용된 술은 매크우드 가문에서 보관하던 가장 값비싼 것들이었다.

모두가 파티를 즐길 때 아이작은 그러지 못했다. 혹시라도 아론이 선물한 물품들이 도난당할까 우려하여 영지에 비상을 걸어 병사들을 모두 불러 모았다. 또한 영지민들에게 보상을 약속하고 영지에 낯선 사람들의 출입을 통제해 달라고 부탁했다.

영주가 약속한 보상에 욕심난 영지민들은 농사짓는 농기구를 손에 쥐고서 철통같이 영주 성을 지켰다. 아이작이 존경받을 정도의 영주는 아니지만 영지민에게 신뢰를 주어왔다. 그래서 영지민들은 영주의 말을 믿고 주저없이 행동하는 것이다.

아침이 거의 밝아왔을 즈음에야 아론을 위한 축하 파티는 끝을 맺었다. 그동안 아이작은 영주 성을 돌아다니며 혹시라도 있을 불민한 사태에 대비했다. 혈육일지라도 아론이 가져온 선물이라면 탐욕을 일으킬 가능성이 있었기 때문이다.

너무나 즐거워서 가족들은 아론이 어떻게 선물을 마련했는지 궁금하게 생각하지 않았다. 궁금하게 생각한 사람도 있지만 아론이 콘라드 제국의 아카데미에서 겪었던 생활을 들었기 때문에 함부로 물어보지 못했다.

아이작은 불민한 사태를 방지하기 위해 이틀 만에 유능한 병사들을 대거 맞이하였다. 매크우드 영지는 자금 문제로 최소한의 병사조차 없는 처지였지만, 이제는 그럴 필요가 없었다. 그렇다고 낭비라고 생각될 수준은 아니었다.

아이작이 걱정한 문제는 전혀 발생하지 않았다. 하지만 아론의 먼 친척들이 떠나고 가족만의 단란한 생활이 시작될 무렵에 한 가지 문제가 생겨났다. 아론을 초빙하기 위한 방문자가 하나둘 나타나기 시작한 것이다.

마탑, 마법 길드, 용병 길드, 상단 등의 거대한 단체에서 축하하는 의미로 예의상 초빙하는 서신은 아무런 문제가 되지 않는다. 그런 단체에서 보내는 서신은 정말로 아론이 필요해서 초대하려는 것이 아니었고, 당연히 답장을 보낼 필요도 없다.

문제는 귀족 가문에서 영지 마법사로 초빙한 경우였다. 초빙하려는 가문의 귀족이 북부에까지 직접 아론을 만나기 위해 방문한 것이다. 멀리서 왔으니 그에 상응하는 대접을 해야 했고, 아이작은 자신과 비교할 수 없는 상위 등급의 귀족에게 굽실거릴 수밖에 없었다.

그러한 방문이 있기 전까지는 아이작의 권한은 하늘을 찔렀다. 아론의 존재만으로 북부의 귀족 간 관계에서 상당한 입지를 확보한 셈이었다. 하지만 아론을 초빙하기 위해 북부 이외의 곳에서 방문하는 귀족들은 무척 부담스러웠다.

아론이 거부 의사를 밝히면 아론의 부모인 로란드와 주디스를 만나 설득하려고 하였다. 당연히 로란드와 주디스도 허리를 굽실거려야 했다. 한두 번쯤이야 충분히 그럴 수 있다지만 무려 한 달이 넘도록 계속되었다.

그동안 아론은 아무것도 하지 않은 채 시간을 흘려보냈다. 그토록 원하던 마법사가 되었으니 더 이상 바랄 게 없었다. 하지만 그의 초빙 문제를 두고 가족들이 고생하자 빠른 시일에 장래를 결정할 필요성이 있음을 알아챘다.

아론의 장래 문제에 가족들이 모두 관심을 보였다. 아론의 존재만으로도 상당한 도움이 되는데 그가 지금보다 큰 성공을 이룬다면 그 영향은 엄청날 것이다. 그래서 모든 가족들이 아론의 장래에 참견했다.

'선생이 될 수는 없지.'

아론은 초빙하는 서신을 읽으며 고개를 절레절레 흔들었다. 서신에는 바네 왕국의 왕립 아카데미에서 아론을 선생으로 초빙한다고 적혀 있었다.

'아는 게 있어야 가르치지.'

아론이 하고 싶어도 할 수 없는 자리였다. 재능이 부족하여 마법 이론도 모두 이수하지 못하고, 3서클에 필요한 이론만을 이수하였으니 당연하다. 하지만 초빙하는 서신 중 상당수가 마법 선생의 자리였다.

마법을 배운 배경이 대단하여 마법 선생으로의 초빙이 많았다. 콘라드 제국에서 마법의 명문으로 손꼽히는 드레이얼 마법 아카데미를 졸업했기 때문이다. 아론으로서는 실제의 능력이 들통날까 걱정되었다.

"얘야, 선생 자리가 그렇게도 싫으니?"

"네, 어머니."

주디스는 말을 꺼내자마자 곧바로 아론이 대답하자 한숨을 내쉬었다. 탁자에 둘러앉아 서신을 자세히 살펴보던 가족들도 주디스의 심정과 같았다.

"그것도 선생으로 초빙하는 거지?"

아론이 아이작을 째려보며 약간 짜증나는 목소리로 말했다. 아이작이 하나의 서신을 붙잡고 아깝다는 표정을 짓고 있자 아론이 눈치를 챈 것이다. 가족들은 대우도 좋고 마법사에게 영광스럽기까지 한 선생 자리를 마다하고 있는 아론이 이해되지 않았다.

"그, 그… 게 말이야. 지금까지 내가 살펴본 것 중에 가장 대우가 좋아.”

“그거 이리 내놔!'

아론은 아이작의 서신을 잡아채어 그대로 반으로 찢어 바닥에 던져 버렸다. 아이작은 어쩔 수 없이 다른 서신을 살펴볼 수밖에 없었다.

“아론, 고위 마법사의 실험 보조는 어떠니?”

“그것도 안 돼요, 아버지.”

로란드가 풀이 죽었다. 그렇다고 진심으로 그러한 것은 아니다. 가족들은 아론의 장래를 결정하는 데 도움을 주는 것이 너무나 즐거웠다. 더구나 초빙한 대부분의 자리가 몰락 귀족이라면 절대 주어지지 않는 높은 혜택과 대우를 약속하고 있기 때문이다.

솔직히 아론은 높은 혜택과 대우를 약속받은 곳에 가기가 두려웠다. 분명히 그런 곳에 간다면 반쪽짜리 마법사란 사실이 너무나 쉽게 탄로날 것이다. 모순이지만 사실 아론은 반쪽짜리 마법 능력으로 서신에 적힌 혜택과 대우를 모두 누리고 싶기도 하였다.

‘예전에는 마법사의 생활이 편한 줄만 알았는데…….’

아론은 어린 시절 기사 아카데미를 졸업한 직후에 나라를 위해 복무할 때의 기억을 떠올렸다. 왕국의 귀족이라면 누구나 짊어지는 의무에 따라 군대에서 복무를 하였다. 그곳에서 보았던 마법사들의 모습을 떠올린 것이다.

모두가 피땀 흘려 훈련할 때 너무나 편한 생활을 영위했던 마법사의 모습을 어떻게 잊을 수 있겠는가. 그들은 언제나 최고급의 대우를 받았으며, 어떠한 훈련도 받지 않았다. 훈련이라 봐야 전략에 따라서 마법 시전에 유의해야 할 사항을 숙지하는 과정이 전부였다.

'바로 그거야!'

추억을 생각하다 아론은 기막힌 생각이 떠올랐다. 왕국의 마법병단에 들어가면 아론이 원하는 것을 모두 얻을 수 있음을 눈치 챈 것이다. 모든 나라의 공통점이지만 군대에서 운용하는 마법병단의 마법사는 항상 부족하다.

의무적으로 복무하는 마법사들뿐이고, 스스로 자원한 마법사는 없다고 해도 과언이 아니다. 마법학문에 미친 그들이 자유를 억압하는 그런 자리에 자원할 리 없는 것이다. 하지만 의외로 전투만 없다면 마법사는 무척이나 자유로운 편이다.

군대에서는 아론에게 부족한 마법 이론에 대해 신경 쓰지 않는다. 마법사가 너무 부족하여 마법 시전만 가능하다면 상관없이 받아들일 것이다. 마법 능력의 부족으로 불편한 일이야 겪겠지만 소중한 전력이니 함부로 하지 못한다.

아론은 가족들에게 왕국의 이름으로 초빙한 서신만 분류해 달라고 부탁했다. 귀족으로서 의무적인 복무 기간을 모두 채웠지만 마법사로 계약하여 생활한다면 경력에도 도움이 될 것이다. 더구나 기사로 복무한 경험이 있어서 적응할 필요성도 없었다.

다행히 왕국에서도 예의상 초빙한 서신이 많이 있었다. 거창하게도 초빙하는 사람은 바네 왕국의 황제였다. 단순한 행정적인 처리로 마법병단에 필요한 마법사가 항상 부족하여 특별히 황제의 이름을 사용하는 것이다.

의외로 왕국의 마법병단에서 주어지는 혜택과 대우가 좋았다. 개인적으로 아론에게 주어지는 혜택과 대우는 낮았지만, 각종 세금의 면제와 가문에 여러 가지 혜택이 골고루 돌아가게 된다. 나라의 재정적인 문제가 약점이라 그러한 혜택으로 보완하는 것이다. 그마저도 없다면 어떤 마법사가 지원하겠는가.

"의무도 채웠는데 다시 군대에 간다는 거니?"

"군대라니……."

가족들은 엉뚱한 아론의 결정에 황당한 모습이었다. 하지만 아론의 자세한 설명이 시작되자 가족들의 표정이 밝아졌다. 결정적으로 군대에서 마법사가 기사보다 몇십 배나 귀한 존재로 대우받는 사실에 기뻐했다.

"맞아, 네 말대로 마법병단의 마법사는 군대에서 특별 대우를 받지."

"보수는 낮아도 일 년을 단위로 자유롭게 계약할 수 있고, 주어지는 해택도 좋잖아요. 비록 제가 누릴 수 있는 혜택은 아니지만 가족들이 누리게 되는 거니까 제가 받는 것이나 마찬가지예요."

아이작이 아론과 열띤 대화를 나눴다. 가족들은 왕국의 마법병단에서 초빙한 서신을 재차 읽으며 주어지는 혜택을 다시 한 번 살펴보았다. 각종 세금 면제부터 시작하여 군대에 복무한 기간만큼 가족 중 누군가가 왕국의 아카데미를 무료로 다닐 수 있는 교육 혜택도 주어진다.

아론의 조카들까지 누릴 수 있는 혜택이었다. 제대로 된 귀족 가문에게는 불필요한 혜택이지만 매크우드 가문에는 상당한 도움이 될 만한 혜택이었다. 가족들은 아론의 결정을 축하하며 서신에 답장을 보냈다.

가족들은 아론을 떠나보내게 되었다며 많이 아쉬워했다. 당장 떠나게 된 것은 아니지만 그래 봐야 한두 달이다. 아론은 답신이 오길 기다리며 3서클의 마법을 수련했다. 망신이라도 당하지 않으려면 3서클의 마법 시전이 능숙해야만 했다.

Chapter 4

파견(派遣)

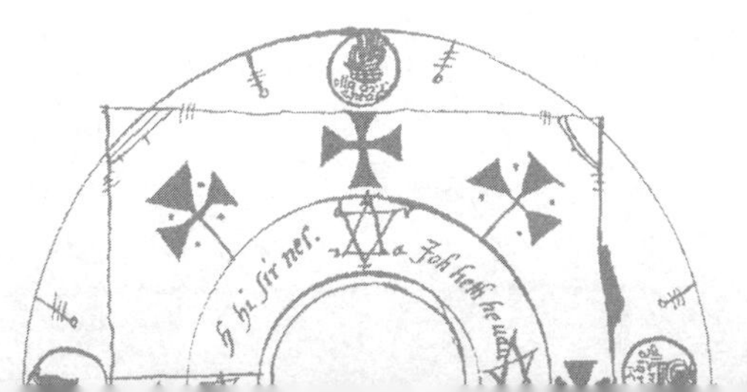

파견 派遣

　　오크 학파의 마법 물품을 취급하지 못하면서 프랜스 상단은 위기를 맞이하였다. 탄탄한 자금력과 신뢰를 바탕으로 극복하였지만 상단의 반열에 대한 평가가 낮아지는 건 막을 수 없었다.

　　5년간 승승장구하여 거대 상단이 되었지만 그 반열에서 내려오는 건 채 한 달도 걸리지 않았다. 5년 전에 비한다면 현재로서도 크게 성공한 거지만 정점에 올라섰던 상단외 입장에서는 아쉬울 수밖에 없었다.

　　오크 학파의 마법 물품을 직접적으로 사용한 사람들도 아쉬워했지만 그보다 더 상황을 심각하게 받아들이는 단체가 있었다. 있을 땐 몰랐지만 당장 오크 학파의 마법 물품이 사라지자 콘라드 제국의 군부는 큰 타격을 입었다.

오크 가죽의 마법 무구는 알게 모르게 병사들이 많이 애용해 왔다. 통일된 무구만을 사용하는 군부이지만 전력 상승의 효과를 고려하여 암묵적으로 사용을 권장하고 있었던 것이다. 그래서 프랜스 상단의 문제가 군부의 전력 손실로 이어지게 되었다.

이러한 군부의 문제는 곧바로 황궁에 보고되어 황제와 귀족들이 토론하는 지경에 이르렀다. 그리고 얼마 후 프랜스 상단의 단주인 피에스와 오크 학파의 마법 물품을 총괄하던 에노크는 죄인처럼 황궁으로 끌려가고 말았다.

에노크와 피에스는 황제와 귀족들 앞에서 오크 학파와의 관계를 털어놓을 수밖에 없었다. 상단에서 판매한 물품이 모두 오크 학파에서 생산된 마법 물품임을 밝힌 것이다. 황제와 귀족들은 생전 들도 보도 못한 학파의 이름을 듣고 어이없어 하였다.

마탑이나 마법 길드 혹은 유명한 학파, 그것도 아니면 그에 준하는 단체일 줄 알았건만 모두의 예상을 뒤엎었던 것이다. 조그만 학파가 프랜스 상단을 이용하여 콘라드 제국에 막대한 영향을 끼쳤으니 말이다.

마법 길드에서 조용히 지내던 파울은 곧바로 황제의 부름을 받았다. 황제의 칙명이라 파울은 거부할 수도 없었다. 황궁에 도착하여 에노크와 피에스를 만난 파울은 오크 학파의 비밀이 드러났음을 알아챘다. 상단과 인연을 맺으면서 예견 된 일이었지만 황궁에서까지 관여할 줄은 그로서도 예상치 못한 일이었다.

'어쩌면 잘된 일일지도 몰라.'

파울은 자신을 바라보는 황제와 귀족들을 바라보며 생각 에 잠겼다.

'이 기회를 이용하여 왜곡된 오크 학파의 역사를 조금이라 도 바로잡자.'

파울은 5서클이 된 이후, 오크 학파의 성과물로 대단함을 인정받기보다는 과거에 오크 학파의 마법사들이 인간을 위해 얼마나 노력하고 존경받았는지 세상에 떳떳이 밝히고 싶었 다. 또한 그렇게 존경받던 오크 학파의 마법사들이 금세 잊혀 져 버려 쓸데없는 것이나 연구하는 이상한 존재로 취급당한 잔혹한 역사까지 말이다.

"오크 학파의 마스터이자 네크로멘서 계열의 5서클 마법 사가 자네인가?"

"네, 그렇습니다."

파울은 황궁 마법사의 물음에 공손히 대답하였다. 황궁 마 법사는 대체적으로 6서클 이상의 마도사가 아니면 차지할 수 없는 직위라 최대한 공손하게 대답한 것이다.

"프랜스 상단의 단주를 통해서 자네에 대해 알게 되었네.

우리가 협박하여 알아낸 것이니 만약 누군가를 탓하려거든 여기 있는 우리를 탓하게. 그럼 우리가 그렇게 해야만 했던 이유를 밝히겠네."

황제를 대신하여 황제의 숙부이자 재상인 할버트 페르디드가 파울에게 자세히 현재의 상황을 설명하였다. 프랜스 상단에서 판매한 오크 학파의 마법 물품이 자국 내 군부의 전력을 상승시킨 효과를 낳았고, 지금은 구하지 못하여 전력 손실을 초래한다고 말이다.

'그래서 불러들인 거군.'

상황을 인지한 파울은 눈치를 살폈다. 황제를 위시하여 모두가 파울이 넘볼 수 없는 권력의 정점에 올라선 사람들이었다. 모두들 겉으로 드러나진 않았지만 오크 학파의 마법 물품에 상당한 탐욕을 드러내고 있었다.

"우리의 입장을 이해하겠는가?"

"물론입니다. 저도 콘라드 제국민인데 나라를 위해서 그 정도 희생을 감수하지 못하겠습니까."

황제와 귀족들이 파울의 대답을 듣고서 어떠한 방법으로 군부에 오크 학파의 마법 물품을 지원할 것인지 묻기 시작했다. 하지만 그들의 질문에 파울은 자신이 원하는 조건을 수락하여야만 도와준다고 반박하였다.

"먼저 제국 내 모든 마법 아카데미에서 가르치는 마법 역사 과정에 오크 학파의 왜곡된 역사를 바로잡아 주십시오."

“오크 학파의 왜곡된 역사?”

“그렇습니다. 사실 오크 학파는 과거에 많은 사람들로부터……”

파울은 황제와 귀족들을 향해서 오크 학파의 자랑스런 역사를 밝혔다. 그리고 그 이후에 잘못 전해져 왜곡된 역사까지 말이다. 황궁 마법사는 씁쓸한 표정으로 파울의 설명을 들으며 고개를 절레절레 흔들었다.

“사실인가?”

“부끄럽지만 사실입니다. 누구나 역사를 영광스럽게 포장하지 않습니까? 그렇다 보니 마법사인 저희도 수세기 동안 오크 학파의 진실을 감추었습니다.”

황제가 황궁 마법사를 바라보며 묻자 그가 진실을 밝혔다. 마도사 정도가 되면 오래된 고문서를 살펴볼 수 있는 자격이 주어지기 때문에 잘못된 역사에 대해 진실을 알고 있는 경우가 많았다. 황궁 마법사의 대답에 황제는 물론 귀족들도 대륙에 그런 사건이 있었다는 사실에 놀라워했다.

“그 정도는 내 손에서 해결할 수 있네. 그리고 또 무엇을 원하는가?”

대화가 더디게 진행되자 황제가 답답했는지 직접 피올을 향해 물었다.

“저의 하나뿐인 제자를 보호해 주셨으면 합니다. 저야 이미 알려지게 되었으니 상관은 없지만 저의 제자는 자국민이 아닙니다. 그러니 정치에 휘말리지 않도록 황제 폐하께서 철저하게 보호해 주셨으면 좋겠습니다."

"자네에게 제자가 있었나? 마법 길드에는 아무런 기록도 없던데."

황궁 마법사가 그럴 리 없다는 듯 파울을 향해 반문했다. 아론의 기록은 드레이얼 마법 아카데미에만 존재할 뿐이었다. 다행히도 에노크와 피에스도 아론에 대해서는 말하지 않았다. 그들도 아론이 어떠한 입장인지 알고 있었기 때문이다.

"황제 폐하와 황궁 마법사님에게만 말씀드리고 싶습니다. 허락해 주시겠습니까?"

"저런 건방진 작자가 감히!"

"여기가 어느 안전이라고!"

파울의 발언에 귀족들이 모두 반발하고 나섰다. 파울로서도 그러고 싶지 않았지만 아론을 보호하기 위해서 절대 양보할 수 없었다. 파울은 아론의 문제만큼은 누구에게라도 양보할 수 없는 입장이었다.

'잔인하게도 내가 죽이려고까지 했으니까.'

아론에 대해 생각하며 파울은 귀족들의 반발을 아무렇지도 않게 받아들였다.

"모두 물러가도록 하라."

다행히 황제가 직접 귀족들을 물리자 파울은 곤란한 상황에서 벗어날 수 있었다. 보통의 귀족이야 마법사와 동등한 입장이지만 방금 황제의 앞에 있었던 귀족들은 그렇지가 않았다. 그들은 콘라드 제국에서 실권을 휘두르는 엄청난 존재들이었다.

"저의 제자는 바네 왕국의 몰락 귀족입니다. 아마도 지금은 고향에서……."

"그렇군."

황제는 파울에게서 재능없는 제자인 아론에 대해 자세히 들을 수 있었다. 황제는 파울이 제자를 보호한다기에 특별한 능력의 마법사라도 될 줄 알았건만 그렇지 않자 약간은 허탈했다. 파울은 정말로 하나뿐인 제자를 보호하고 싶은 것뿐이었다.

"공식적으로 내가 자네의 후원자가 되겠네. 그리고 비공식적으로 자네의 제자까지 후원하지. 또한 자네가 원하는 대로 자네의 제자를 보호해 주겠네. 칙명으로 내려서 자네의 제자에 대한 기록을 나 외에 특별한 몇 명만이 볼 수 있도록 조치하겠네. 그럼 되겠나?"

"감사합니다, 황제 폐하!"

파울은 황제가 직접 자신의 후원자가 된다고 하자 무척 영광스러웠다. 마법사 대부분이 후원자를 두고 있지만 황제를 후원자로 둔 마법사가 얼마나 되겠는가. 황족에서 마법사가 탄생하지 않는 한 황제를 후원자로 둔 마법사는 없었다.

오크 학파의 마법 물품은 프랜스 상단에서 계속 취급하기로 결정이 났다. 단, 일정량을 군부에 납품하기로 결정이 되었다. 그리고 오크 학파의 마법 물품을 타국에 유출하지 못하도록 제국법까지 제정하였다.

며칠 후 드레이얼 마법 아카데미에 황궁 마법사가 직접 방문하여 아론의 기록을 7서클 이상의 마도사가 아니면 보지 못하도록 조치하였다. 또한 황제의 칙명으로 콘라드 제국의 모든 마법 아카데미에 오크 학파의 왜곡되지 않은 진실된 역사가 추가되었다.

프랜스 상단에서 다시금 오크 학파의 마법 물품을 취급하기 시작한 사건은 콘라드 제국의 이슈로 떠올랐다. 용병들이 가장 큰 환영을 하였지만 가장 큰 혜택은 군부가 받게 될 것임을 소수만이 알고 있었다. 이렇게 파울은 콘라드 제국에서 현자로 칭송받을 수준의 마법사가 되어가고 있었다.

아론의 마법병단 지원에 대한 답신은 보름도 되지 않아 도착하였다. 아론이 소속될 곳은 동맹국에 위급한 사항이 발생하면 지원하는 마법병단이었다.

'동맹국에 마법병단을 파견한 경우가 없을 텐데.'

군부에서 마법병단의 전력은 매우 중요한 비중을 차지한다. 자국에 필요한 마법사도 부족한 상황에서 타국에 파견을 이유가 없었다.

'정확한 소속은 가봐야 알겠군.'

군부에서는 소속과 상관없이 다른 일을 하는 경우가 자주 발생한다. 아론은 그러한 군부 체제를 생각하며 이제야 군부에 속하게 되었음을 실감하였다.

'이제부터 나의 새로운 인생이 시작되는 거다!'

아론은 마법사로서의 삶에 기대를 걸었다. 그리고 두 달 정도의 여유가 있는 입단 날짜를 감안하여 마법사다운 생활을 시작했다. 아직 아론에게는 개인적으로 마법 실험을 할 수 있는 여건이 마련되어 있지 않았다.

마법 실험에 필요한 기구나 재료가 전혀 없어 마법 길드의 분점을 통하여 필요한 기구와 재료를 잔뜩 주문하였다. 그리고 직접 오크 학파의 성과물을 하나씩 만들어보았다. 예전에도 파울의 도움 없이 하던 것이라 별다른 어려움은 없었다.

그렇다고 문제가 없지는 않았다. 일단 파울이 가진 기구와 달라서 직접 손봐야 할 것이 하나둘이 아니었다. 또한 파울의 실험실처럼 온도와 혈향을 제어하는 마법진이 없어서 가족은 물론 영지민의 원성까지 샀다. 직접 실험을 하다가 생기는 자잘한 문제도 상당히 많았다. 가족들은 누가 마법사 아니랄까봐 끔찍한 실험을 한다며 싫은 내색을 보였다.

그렇게 아론은 필요한 물품을 하나하나 장만하여 마법사에게 필요한 기본적인 실험 물품을 모두 갖추게 되었다. 또한 마법병단에서의 부족한 실력을 메우기 위해 많은 스크롤을 구매하여 혹시 모를 상황에 대비하였다.

‘모든 준비가 끝났군.’

아론은 아공간에 실험실의 모든 물품과 개인 물품까지 챙기자 마음이 홀가분했다. 이제는 떠나는 일만 남은 것이다. 오늘 밤 있을 송별 파티를 마지막으로 두 달이지만 처음으로 직접 꾸몄던 실험실을 떠나는 아론의 마음은 무척이나 심란했다.

“아론! 아론!”

“아이작 형님, 무슨 일이에요?”

아론은 헐레벌떡 들어오는 아이작의 부름에 대답하였다.

“마법 길드에서 또 찾아왔다!”

“한두 번 있는 일도 아닌데 왜 그러세요?”

두 달간 마법 길드를 통해서 주문한 물건이 한두 개가 아니었기에 놀랄 일도 아니건만 아이작이 야단법석을 떨자 아론은 약간 의아했다.

“콘라드 제국에서 보낸 물품인데, 당사자가 아니면 절대 물건을 전해줄 수 없다더라.”

“그래요? 누구지?”

아론은 파울이나 프랜스 상단에서 무엇인가를 보냈을 것이라 짐작하였다. 본래 타국 간의 거래는 엄격한 통제를 받는다. 하지만 콘라드 제국은 바네 왕국과 국경을 맞닿은 나라도 아닐뿐더러 동맹국이라 마법 길드 간의 왕래가 가능한 것이다.

응접실에 있는 마법 길드의 직원을 만나려는데 가족들까

지 모두 모여 있었다. 가족들은 콘라드 제국에서 배달된 물건이라고 하자 궁금하여 모여든 것이다. 아론의 선물 사건에 힘입어 뭔가 대단한 것을 기대하는 가족들이었다.

"여기 이 서신을 먼저 읽으십시오. 그래야 나머지 물품을 수령하실 수 있습니다."

"네, 그러죠."

아론은 마법 길드의 직원이 내미는 서신을 개봉하고 읽었다. 아론의 스승인 파울이 보낸 편지로, 콘라드 제국에서 황제와 있었던 사건을 설명하는 글이었다. 너무도 놀라운 사실이라 아론은 두 손이 마구 떨렸다.

'…그리고 모든 사실을 비밀로 하거라.'

마지막 문장까지 읽고 나자 아론은 파울의 서신을 불태웠다. 그리고 서신에 대한 내용을 다시 떠올리고는 마법 길드의 직원들이 가져온 직육면체의 기다란 상자를 바라보며 마음을 진정시켰다. 상자는 파울의 이름을 빌려서 콘라드 제국의 황제가 보낸 것이었다.

'콘라드 제국의 황제가 나의 비공식적인 후원자라니.'

아론은 뭐라 표현할 수 없는 황당함을 느꼈다. 대륙에 존재하는 네 개의 제국 중 하나인 콘라드 제국의 황제가 고작 3서클의 문턱을 겨우 넘어선 아론을 후원한다니 놀라지 않으면 그게 더 이상한 일이었다.

'비밀로 해야 하니까 상자도 가족들 앞에서 열어서는 안

되겠구나.’

마법 길드의 직원이 떠나가자 아론은 곧바로 상자를 자신이 두 달간 사용했던 실험실로 옮겼다. 그리고 가족들이 함부로 출입하지 못하도록 단단히 주의를 주었다. 호기심이 강한 가족들이지만 굳이 주의를 주지 않아도 혈향이 짙은 아론의 실험실에 들어갈 사람은 없었다.

아론은 재차 아무도 없음을 확인하고 조심스럽게 상자를 개봉하였다. 상자는 고위 마법으로 봉인되어 있었다. 파울이 보낸 서신에 봉인을 풀어내는 방법이 적혀 있지 않았다면 아론으로서는 개봉조차 불가능한 상자였다.

“허어억!”

상자를 개봉하고 너무 놀라서 아론은 헛바람을 들이켰다. 상자에는 20대 초반의 예쁘장한 여인이 누워 있었다. 사람의 시체가 상자에서 나올 줄은 상상도 못한 일이었다. 만약 오크의 해부를 다년간 경험하지 못했다면 놀라 기절했을 것이다.

‘옷이라도 입혀놓지.’

진정이 되자 아론은 홀딱 벗고 있는 여인의 모습이 마음에 들지 않았다. 적어도 중요한 부위 정도는 가려야 하지 않겠는가.

‘도대체 사람 시체를 왜 보낸 거야?’

아론은 여인의 가슴 위에 놓인 서신을 집어서 읽었다. 그 서신은 콘라드 제국의 황궁 마법사가 황제를 대신해 적은 것이다. 서신에는 여인에 대한 설명이 있었는데, 아론의 예상과 다르게 상자 안에 있는 것은 사람 시체가 아니었다.

'가디언?'

상자 안에 누워 있는 것은 가디언이었다. 가디언의 어원은 드래곤 레어의 침략을 막기 위한 존재를 가리키는 단어였다. 그것이 근래에 와서는 본래의 어원을 떠나 단순히 지키거나 보호하는 존재로 사용되고 있다. 하지만 마법사에게 가디언이란 단어는 중요한 의미를 지닌다.

귀족이 기사를 가디언으로 지정하는 일반적인 상황과 다르게 마법사에겐 드래곤 레어를 지키는 가디언처럼 마법사가 직접 탄생시킨 생물을 일컫는 말이다. 그러한 가디언이 아론 앞에 놓인 상자 안에서 누워 있었다.

가디언은 6서클의 마도사도 함부로 만들지 못한다. 적어도 셋 이상의 마도사와 한 명의 네크로멘서가 있어야 제작이 가능하다. 실질적으로 가디언이 키메라에 속하기 때문에 마도사 수준의 네크로멘서가 필요한 것이다.

황궁 마법사가 보낸 서신에는 아론에게는 파울처럼 직접적인 지원이 어려워 오랜 기간 황궁에서 보관 중이던 가디언을 보낸다는 내용이 있었다. 그 이외에는 모두 가디언의 능력과 생명을 주는 방법에 대한 설명으로 가득 차 있었다.

'3서클의 마법사인 내게 가디언이라고?'

목이 찢어져라 소리 내어 실컷 웃고 싶은 심정이었다. 하지만 가족들이 몰려올까 걱정되어 미소만을 지었다. 너무 웃고 있었는지 얼굴에 경련이 일어날 정도였다. 보물은 가디언 하나만이 아니었다.

가디언을 활성화시키려면 마법을 활성화시키는 6서클의 컨틴전시(Contingency) 마법 시전이 가능해야 한다. 그런데 아론에게는 그러한 능력이 없었다. 그러니 가디언에게 생명을 주는 게 불가능한 것이다.

이러한 문제를 감안했는지 가디언을 보관한 상자 밑바닥에는 3서클의 마법사가 6서클의 컨틴전시 마법 시전이 가능하도록 도와주는 마법진이 그려져 있었다. 일반적으로 마법진의 도움을 받으면 한 단계 높은 마법을 시전할 수도 있지만 두 단계 이상은 무리가 따른다. 그런데 한두 단계도 아닌, 무려 세 단계나 차이가 나는 데도 시전 가능한 마법진이었다.

적어도 7서클가량의 마도사가 아니고서는 절대 만들어낼 수 없는 마법진이었다. 마법진을 이용하여 3서클에 불과한 아론도 직접 스크롤을 제작할 수 있게 된 것이다. 아론은 가디언보다도 상자가 자신에게 더 값어치 있다고 생각했다.

'당장 시험해 봐야지.'

아론은 흥분된 마음을 진정시키고 가디언에게 생명을 주기 위하여 마법진을 활성화시키는 데 오랜 시간을 소비하였다.

"컨틴전시!"

'제발 성공해라.'

아론은 혹시 자신의 마나가 부족하여 마법이 성공하지 못할까 걱정이 되었다. 하지만 걱정한 것과 다르게 너무도 쉽게 마법이 성공하였다. 성공과 동시에 가디언에게서 엄청난 마나 파동이 발생하여 아론은 상자의 곁에서 튕겨졌다.

마나 파동이 강하게 발생한 이유는 고위 마법이라서가 아니라 가디언의 내부에 있던 최상급 마나석이 활성화되면서 벌어진 일이다. 골렘이야 하급 마나석으로 운용이 가능하지만 가디언은 약간의 이성까지 갖추어야 하기 때문에 최상급 마나석만을 사용한다.

"으어헉!"

갑자기 상체를 일으킨 가디언 때문에 아론은 잠깐 동안 심장마비를 경험했다. 다행히 상체를 일으킨 이후에는 더 이상 움직이지 않아 겨우 진정할 수 있었다.

"너는 아론 매크우드인 나의 가디언이다."

'어디 보자, 다음은 뭐였더라.'

아론은 서신에 적혀진 절차에 따라 가디언과의 맹약을 맺었다. 피를 한 방울 먹이고, 자신의 마나를 가디언의 심장에 잠깐 주입하는 등의 절차는 간단하면서도 복잡했다. 맹약이 모두 끝나자 가디언은 상자에서 일어나 스스로 움직였다.

'진짜 사람과 똑같네?

가디언은 보통 전투력 증강을 위해서 상당히 잔혹한 생김 새이지만 아론의 가디언은 그렇지 않았다. 아마도 황궁의 공주를 위해 만들어진 가디언임에 틀림이 없었다. 서신에 따르면 생식 기능을 제외한 모든 것이 인간과 같다고 하였다.

'남자와의 잠자리도 가능한 가디언이라니, 황당하군.'

가디언의 움직임을 살펴보며 아론은 야릇한 생각에 잠겼다. 아론은 나이가 30대 중반이지만 의외로 여자 경험이 적은 편이었다. 귀족의 명예를 생각하여 타지에 갈 때에만 직업여성과 즐기는 게 고작이었다. 하지만 이제는 마음껏 욕망을 해결할 대상이 있으니 야릇한 생각이 든 것이다.

서신에 적혀진 가디언의 능력은 기사가 꿈에 바라는 소드 익스퍼트에 준하는 전력이었다. 그러한 전력임에도 절대 지치지 않으며 상처가 생겨도 즉시 회복이 된다. 더욱 놀라운 것은 인간과 너무 비슷하여 고위 마법사가 아니고서야 가디언인지도 모른다는 것이다.

'말을 못하고 이성적인 판단이 부족한 게 흠이군.'

가디언은 만능이 아니다. 스스로 배울 수 있는 이성이 존재하지만 무척이나 느린 편이다. 적어도 1년 이상을 함께 지내야 기초적인 이성을 갖추고 가디언 스스로 여러 가지 명령을 수행할 수 있는 것이다.

갓 태어난 가디언이라 아론의 직접적인 명령에만 반응했

지만, 그러한 문제에도 불구하고 가디언은 여느 마도사도 가지기 힘든 보물임은 틀림이 없었다. 밤새도록 가디언을 바라보며 아론은 기쁨에 젖었다.

아론은 6서클의 컨틴전시 마법 시전이 가능하도록 한 마법진을 상자의 밑바닥에서 조심스럽게 떼어내어 아공간에 집어넣었다. 미스릴로 제작된 마법진이라 아론이 평생 사용한다 해도 문제가 없어 보였다. 아론은 가족들에게 가디언을 설명할 수 없어서 아공간에 잠시 넣어두었다.

아공간은 공기조차 존재하지 않아 생명체가 절대 살아갈 수 없지만 가디언에겐 해당되지 않는다. 물론 가디언도 아공간에서 영원히 지내면 죽음을 피하지 못한다. 몸속에 내재된 마나석의 마나가 고갈되어 버릴 수 있기 때문이다. 그러나 며칠 정도야 아무런 상관이 없다.

가디언 때문에 아론은 다음날이 되어서야 가족과 송별 파티를 하였다. 그리고 가족들의 열렬한 환송을 받으며 수도로 발걸음을 옮겼다. 이제부터 아론의 앞길은 탄탄대로나 다름없다. 이름을 날리진 못해도 마법병단에 소속되어 아론이 원하던 것을 얻으리라.

아론은 영지를 나서자 아공간에서 가디언을 꺼내어 직접 그 능력을 확인하였다. 서신에는 소드 익스퍼트 경지의 기사와 동급이라고 했지만 아론으로서는 직접 보지 않고서는 믿을 수 없었던 것이다.

아론은 가디언에게 자신의 검을 건네주고 검술을 시전하라고 하였다. 가디언은 충실히 명령을 수행하여 아론에게 놀라움을 선사했다. 가디언의 움직임이 너무 빨라서 아론은 가디언의 정확한 형체는 물론 사용한 검술도 알아보지 못했다.

그래서 다시 느리게 검술을 시전하도록 명령하고서야 아론은 제대로 볼 수 있었다. 가디언의 검술은 용병들이 흔히 사용하는 실전 검술이었다. 빠르게 검을 휘두른 자가 살아남는 위험한 검술이지만 효율적인 검술이기도 하다.

그 이외에 가디언의 다른 능력도 시험하였다. 오감이 얼마나 뛰어난지 일일이 시험하고, 육체에 고의적으로 검이나 마법으로 상처를 만들어 회복력이나 마법에 대한 저항력을 확인하였다. 시험 결과, 가디언은 아론의 예상을 한참 뛰어넘었다.

사람과 별반 차이 없는 부드러운 피부임에도 육체 내부에서의 끊임없는 마나 운용으로 상처가 거의 생기지 않았다. 평소에도 이럴진대 마나 운용이 몇십 배 높아지는 전투 시에는 과연 상처나 입을지 의문이다. 아론은 이틀 만에 가디언의 대략적인 능력을 모두 확인했다.

아론은 가디언에게 루시라는 평범한 이름을 지어주었다. 그리고 영지를 통과할 때마다 루시의 신분 증명으로 불편함을 겪자 자신을 보증인으로 두고 용병으로 등록하였다.

고작 이틀에 불과하지만 루시는 많은 것을 배웠다.

의류 상점에 반나절 이상 머무르며 옷 입는 방법도 배웠다. 물론 아론이 직접 가르친 것은 아니었고, 아론이 옷집 주인에게 몇 골드를 쥐어 주어 루시를 가르치도록 한 것이다. 그 결과 루시는 평범한 여성적인 모습을 갖추었다.

한 가지 흠이라면 허리에 검을 차고 있는 모습이 어울리지 않다는 것이지만, 표정 변화가 적어 냉소적인 여검사의 모습처럼 보였다. 아론은 루시의 모든 능력을 파악하자 마지막으로 확인하고 싶었던 것을 시행하기로 하였다.

아론은 마을이 가까이 있음을 알면서도 야숙을 결정하였다. 어두워지자 모닥불을 피워놓고 평소와 다르게 넓은 잠자리를 만들었다. 그리고 주변에 알람(Alarm) 마법까지 설치하여 무엇이든 접근하면 경보가 울리도록 조치하여 위험에 대비하였다.

수면이 필요없는 루시가 있어서 안전을 걱정할 필요는 없지만 오늘 밤은 루시와 할 일이 있었다. 아론은 신관이 아니다. 아름다운 여성을 옆에 두고서 욕망을 참을 만한 인내심을 가지고 있지 않다. 그나마 지금까지 참았던 이유는 루시가 키메라라는 거부감 때문이었다.

"하아아."

"후우우."

잠시 후 모닥불 주변에는 아론과 루시의 거친 숨소리만이

들렸다.

'이렇게 반응할 줄이야.'

아론은 루시의 거침 숨소리를 들으며 키메라를 제작한 콘라드 제국의 마도사들에게 경탄했다. 감정이 거의 없는 가디언에게 인간과의 육체관계에서 희열을 느끼도록 세세한 부분까지 신경 써서 만들었음을 직접 몸으로 체험하고 있으니 놀라지 않을 수 없었다.

말을 잘 못하는 문제와 선택을 요구하는 명령에 혼동을 일으키는 단점이 있지만, 그것도 시간이 지나면 자연스럽게 해결될 것이다. 스스로 배워가면서 이성적인 판단 능력이 높아져 시간이 지남에 따라 완벽한 가디언이 되어가는 것이다.

'이건?

루시와의 관계를 통해 희열을 느끼던 아론은 희미하게 마나의 움직임을 감지하였다. 그래서 혹시 누군가 접근하는 건 아닌지 주변을 둘러봤다. 하지만 아론은 아무것도 발견할 수 없었다.

'뭐야, 루시에게서 느껴지는 거잖아?

아론은 마나의 움직임이 루시의 육체에서 발생하고 있음을 알아챘다. 루시는 고위 마법사도 쉽게 감지하지 못하는 마나 제어 능력이 있다. 그럼에도 3서클에 불과한 아론이 알아챌 정도로 마나가 루시의 몸에서 꿈틀대고 있었다.

'뭐, 자연스러운 현상이겠지.'

아론은 루시가 키메라인 점을 고려하여 그냥 무시하였다. 그리고 계속해서 루시와의 육체관계에 빠져들었다. 하지만 그것은 아론의 잘못된 판단이었다. 좀 더 시간이 지나자 루시의 내부에서 더욱 심각한 마나의 움직임을 보인 것이다.

'에이, 짜증나.'

더 이상은 무리라고 판단한 아론은 루시와의 관계를 그만두려고 하였다. 하지만 그때 루시의 내부에서 마나의 움직임이 더 강하게 발생하더니 결국 외부적으로 마나 파동을 발생시키고 말았다.

퍼어억!

아론은 마나 파동의 영향으로 루시에게서 멀리 튕겨졌다. 아무것도 걸치지 않은 벌거벗은 모습으로 튕겨졌기에 엄청난 고통이 뒤따랐다. 마나 파동의 충격은 둘째 치고 바닥과의 충돌로 몸의 곳곳에 자잘한 상처가 생겼다.

"으윽, 젠장할!"

강한 마법에 맞은 것처럼 튕겨진 아론은 마법 주머니에서 포션을 꺼내어 복용하였다. 오크 학파의 포션이 아닌 신진에서 제작한 포션으로, 마법병단의 입단을 대비하여 자신을 위해 준비한 최고급 포션이었다.

아론은 루시에게 다가가 무슨 영문인지 따지고 싶었지만

말을 못하는 가디언에게 따질 순 없었다. 결국 아론은 아공간에서 온갖 마법서를 꺼내어 가디언에 관해 기록을 뒤적이며 원인 규명에 나섰다.

아론이 파울에게서 물려받은 팔찌는 오크 학파의 전부이다. 당연히 오크 학파의 중요한 성과물만 있는 것이 아니다. 오랜 세월 오크 학파의 마법사들이 저서한 마법서와 필요에 의해 보관한 마법 관련 서적이 많았다.

'이것 때문에 그런 거군.'

밤새 수많은 마법서를 뒤적거리고서야 원인을 밝혀낼 수 있었다. 마나 파동이 발생한 이유는 아론의 마나에 루시의 마나가 공명했기 때문이다.

"가디언의 마나를 운용하는 방법이라……."

아론은 마법서에 적힌 내용을 소리 내어 읽으며 기괴한 마나 운용법에 놀랐다. 이는 아론이 처음 알게 된 사실로, 마법사가 가디언의 마나를 이용하여 마법 시전을 할 수 있다는 것이다. 그런데 그것이 가능하려면 가디언이 마법사의 마나에 공명해야 한다는 전제가 붙는다.

일반적으로 가디언에게 생명을 주고서 10년가량이 지나면 자동적으로 공명이 이루진다고 기록되어 있다. 그런데 아론과 루시는 육체관계를 통하여 하루 만에 공명을 이룬 것이다. 내부적인 마나가 직접 접촉하여 발생한 현상이었다.

'다행이다.'

아론은 루시의 마나를 이용할 수 있게 되었다는 것에 관심이 없었다. 그저 육체관계가 앞으로도 계속 가능하다는 사실에 기뻐하였다. 아론에게는 새로운 가디언의 능력은 하등 필요가 없는 능력이다. 지금도 자신의 마나를 겨우 감당하는 실정이기 때문이다.

며칠 뒤, 아론은 루시와 함께 수도에 도착하였다. 루시에 관해 모두 알게 되었다고 생각되자 마법 길드의 텔레포트 마법진을 이용한 것이다. 수도에 도착하자 아론은 유명한 마법 상점에서 마법 배낭을 구입하였다.

마법 배낭은 루시의 개인 물품을 보관하기 위해서였다. 루시가 매번 옷을 갈아입을 때마다 아론의 아공간을 열어야 하는 불편함이 있었기 때문이다. 모든 준비가 끝났다고 생각되자 아론은 설레는 마음으로 최종 목적지로 향했다.

로브를 입은 수십여 명의 마법사들이 쇠사슬에 묶인 채 돌아다니고 있었다. 그리고 그들에겐 서너 명의 감사자가 따라다니는 중이었지만 모두 그러한 모습은 아니었다. 개중엔 일부 감시없이 자유롭게 돌아다니는 마법사도 있었다.

"여긴 뭐지?"

자신이 속하게 될 마법병단을 찾아온 아론으로서는 그런 괴상한 모습에 어리둥절하였다.

"무슨 일입니까?"

“마법병단에 지원하기로 했는데, 제가 잘못 찾아온 것 같습니다.”

아론은 묻는 기사에게 자신이 잘못 찾아왔음을 밝혔다. 이곳은 마법병단이라기보다는 죄인들을 보호하는 감옥에 가까웠다.

“지원서를 보여주시겠습니까?”

“여기요.”

얼떨떨한 기분으로 지원서를 보여주었다.

“제대로 찾아오셨습니다. 이곳이 당신께서 속하게 될 마법병단이 맞습니다.”

“예?”

“85번째 입단자다!”

아론이 어떻게 된 일인지 묻기도 전에 기사가 옆에서 대기 중이던 또 다른 기사들에게 소리쳤다. 그러자 네 명의 기사가 다가와서 아론의 주변을 둘러싸려고 하였다. 하지만 그들의 움직임은 검을 뽑아 든 채 아론의 앞을 막아선 루시에 의해서 저지되었다.

“이게 도대체 무슨 짓이오?”

“둘러싸라!”

기사는 아론의 질문에 대답하기보다는 대기하던 기사들에게 명령하여 아론과 루시를 포위하도록 하였다. 포위가 끝나자 무척이나 만만한 상대라고 생각되었는지 아론의 뒤에 위치한 기사가 빠르게 움직여 공격을 시도했다.

단순히 제압하기 위한 공격이지만 마나를 운용한 빠른 움직임이라 아론은 기사가 근접하고서야 감지할 수 있었다. 하지만 루시는 처음부터 기사의 움직임은 물론 주변의 모든 사람들을 감지하고 있었다. 단지 아론의 보호를 위해 뒤늦게 움직인 것뿐이다.

'아차, 루시!'

아론은 기사가 접근한 사실을 뒤늦게 알아채고, 자신이 공격당하기 이전에 벌어질 끔찍한 상황을 떠올렸다.

"죽이지 마!"

퍼어억!

루시는 아론을 보호하기 위해서 그를 공격하던 기사를 베어버리려는 도중 갑자기 들려온 소리에 검의 행보를 바꾸고 손으로 공격하였다. 아론의 외침이 아니었다면 기사는 목이 베어져 생을 마감할 뻔하였다.

"어어어, 피해!"

"이런!"

루시의 손에 가격당한 기사는 멀리 튕겨져 다른 기사들과 부딪쳤다. 실력있는 기사들이 아니있다면 동료를 찌를 뻔한 위기의 순간이었다.

"휴우, 십 년 감수했네."

아론은 기사가 죽지 않아서 정말 다행이라고 생각했다. 한

순간의 실수로 멀리 보이는 쇠사슬에 묶인 죄인과 같은 처지
가 될 뻔한 것이다.

“조심해라, 우리에 버금가는 실력자다!”

“물러서!”

좁게 둘러싼 간격이 루시의 행동으로 크게 넓어졌다. 루시
는 천천히 본래의 자세를 유지하며 처음 있었던 아론의 앞에
위치하였다.

“루시, 검을 집어넣어.”

“네, 아론님.”

루시는 아론의 명령에 검을 순순히 집어넣었다. 그렇다고
루시의 공격하려는 의지가 사라진 것은 아니다. 검이 검집
에 있거나 말거나 루시는 아론의 목숨이 위협받으면 다시
움직인다. 그것은 아론의 명령과는 별도인 루시의 의지이
다.

루시는 기본적인 이성을 갖추기 전까지는 키메라를 탄생
시킬 때 마도사가 주입시킨 임의적인 선택에 따라 움직인다.
그런데 루시에게 주입된 기억의 바탕은 자신에게 생명을 준
마법사의 보호가 모든 상황에서 우선시된다는 의지이다. 모
든 가디언이 갖는 성향이기도 하다.

“아, 죄송합니다. 도대체 무슨 일입니까?”

“……”

아론이 이해할 수 없는 지금의 상황에 대해 묻자 그 누구도

대답하지 않았다. 모두 다 루시의 행동에 신경을 쓰고 있었다.

"얘는 제 가디언입니다. 아직 잘 몰라서 그런 것이니 이해하세요."

"가디언?"

"네, 가디언입니다."

기사들은 아론에게 공격 의사가 없음을 알자 긴장을 풀었다. 하지만 루시의 움직임을 주시하는 건 마찬가지였다.

"대단한 가디언을 두셨군요. 기사에 버금가는 특급 용병을 호위로 두시다니."

"하하, 그것이……."

아론은 기사의 말에 진실을 알리고 싶지 않아 그냥 얼버무렸다. 기사들은 키메라 가디언이 아닌 호위한다란 의미를 지닌 가디언으로 착각하고 있었다. 아론이 아무런 대답도 하지 않자 모든 기사들이 루시에게 많은 관심을 보였다.

"아까 움직임 봤어?"

"아니, 난 못 봤는데. 눈 깜빡한 순간에 뒤에 나타나 있더라고."

"여자 특급 용병이라니……."

기사들이 서로 루시에 대해 말을 나눴다. 간긴이 루시에게 다가가 말을 걸어보는 기사도 있지만 고작 한마디만 할 줄 아는 루시가 대답을 할 리 만무했다.

'그나마 한마디라도 가르쳐 놓길 잘했네.'

　루시가 할 줄 아는 유일한 말은 '네, 아론님' 뿐이었다. 그 이외의 말은 아직 하지 못한다. 루시는 완벽하게 그 의미를 알아야만 말을 한다. 그나마 아론이 계속 자신의 이름을 말했기에 한마디라도 하는 것이다.

　"도대체 무슨 일입니까?"

　"일단 저를 소개하겠습니다. 저는 이번 마법병단의 보호를 맡게 된 단크라고 합니다. 아론님에게는 죄송한 말씀입니다만, 이번 마법병단은……."

　평민 기사 출신의 단크가 아론이 처한 상황을 자세히 설명하기 시작했다. 간단한 설명이 아니어서 한참을 들어야 했다. 단크의 설명을 들을수록 아론의 표정은 일그러지다 못해 벌겋게 달아올라 타오를 것만 같았다.

　설명인즉슨 이번 마법병단은 실제로 타국에 파견된다는 것이다. 또한 파견되는 나라가 바네 왕국이 적대하는 피렌스 왕국의 적국인 헤이렌 왕국이다. 적의 적은 아군이듯 국경을 마주하진 않았지만 같은 적을 둔 암묵적인 동맹국이어서 오래전부터 꾸준히 마법병단을 파견해 왔다는 것이다.

　문제는 파견되어 살아서 돌아온 마법사가 십분지 일도 되지 않을 만큼 위험하여 대부분 죄를 짓거나 자유 마법사처럼 없어도 나라의 전력에 이상이 없는 마법사로 구성된다는 사실이다. 단크가 이렇게 세세한 설명을 한 이유는 아론이 귀족임을 밝혔기 때문이다.

한쪽에서 쓰러졌던 기사가 일어나 루시에게 적대감을 보였다. 동료 기사들이 말리지 않았다면 아론으로서도 곤란했을 것이다. 다행히 단크가 눈짓으로 기사들을 조용히 시켰다.

"그럼 저들이 모두 마법병단에 소속될 마법사들입니까?"

"네, 그렇습니다."

아론은 당장이라도 바닥에 주저앉고 싶은 심정이었다. 이건 아론이 원한 마법병단의 모습이 아니었다. 당장이라도 마법병단에 지원한 사실을 물리고 싶지만 군부는 그런 것이 통용되지 않는 무지막지한 곳이다.

"루시, 따라와!"

"네, 아론님."

단크를 뒤로하고 아론은 빠른 발걸음으로 어떤 절차를 밟고 있는 듯한 마법사에게 다가갔다. 자신이 왜 이런 마법병단에 소속되었는지 이유를 따지려는 것이다. 누가 보더라도 억울한 일이 아닐 수 없었다.

5서클 마법사이자 마법병단의 지원서를 처리 중이던 자이넬은 씩씩거리며 투박한 발걸음으로 다가오는 아론의 모습에 눈살을 찌푸렸다. 자이넬은 마법병단을 책임진 마법사로, 그도 이런 일을 하고 싶어서 하는 게 아니었다.

고위 마법사인 자이넬도 범죄 경력이 있어 그 대가로 나라에 몸이 묶여 마법병단을 책임지고 있는 것이다. 문제는 그가 책임진 마법병단의 대부분이 죄를 짓거나 그에 준하는 마법사로 채워진다는 사실이다. 그러다 보니 문제가 한두 가지가 아니다.

특히 아론처럼 특별한 이유가 없음에도 운이 나빠서 들어온 경우가 있었다. 물론 아론이 몰락 귀족만 아니었다면 그러한 운은 생기지도 않았을 것이다. 마법병단을 모두 범죄자 부류로 채우면 대외적으로 문제가 생겨서 어쩔 수 없이 아론처럼 멀쩡한 마법사를 집어넣은 것이다.

아론이 자이넬의 앞에 도착하자 모두들 주의 깊게 바라보았다. 방금 전 입구에 있었던 사건으로 아론이 자신들과 뭔가 다른 마법사임을 알아챘기 때문이다. 대부분 쇠사슬에 묶여 있지만 아론은 그렇지 않은 것만으로 많이 달랐다.

"이유가 뭡니까?"

아론은 서두를 빼고 본론을 꺼냈다. 자이넬도 군이 미사여구를 첨가하여 아론의 기분을 맞춰줄 생각은 조금도 없었다.

"주위를 둘러봐. 적어도 일부는 멀쩡한 마법사로 채워야 된다고 생각되지 않아?"

"……."

자이넬은 아론에게 주위를 한 번 둘러보라고 손짓하였다.

"그래서 죄 없는 자유 마법사를 몇 명 잡아들여 입단시키고, 자네처럼 몰락 귀족 출신의 마법사도 입단시켜서 평민 출신 마법사들의 반발과 범죄자로 구성된 마법병단이란 소문을 막으려는 거지. 귀족 출신이 한 명만 들어와도 대외적으로 괜찮게 포장할 수 있거든."

"이런 젠장할! 하필이면! 망할 놈의 마법병단!"

아론은 허공에 대고 욕설을 퍼부었다. 마법사가 되면 좀 더 괜찮아지리라 생각했건만 세상은 전혀 만만하지 않았다. 아무짝에도 쓸모없는 자존심을 지키기 위해서 좋은 자리를 마다하고 마법병단에 지원하여 발생한 일이었다.

'누굴 탓하나.'

마땅히 탓할 대상도 없었다. 모두 아론이 선택하여 벌어진 일이다. 군부에서야 나라를 위해서 하는 것이니 탓할 수 없다. 자이넬은 아론의 미친 듯한 행동을 잠시 바라보다가 잠잠해지자 가까이 불렀다.

"한 번만 설명할 테니까 잘 듣게. 먼저 명심할 것은 반역자로 낙인찍히기 싫으면 군부에서 탈영할 생각은 꿈에도 하지 말란 충고일세. 탈영하면 자네의 가문에까지 영향을 미치게 될 테니까 말이야. 알아듣겠나?"

"네."

아론은 대답을 하면서 씁쓸한 마음을 감추지 못했다.

"우리는 헤이렌 왕국으로 파견되는 것일세. 자네도 알다시피 헤이렌 왕국은 미개한 여러 부족들이 연합하여 생긴 나라야. 그래서 우리가 파견되면 각 부족마다 한 명씩 배치되어 그곳에서 치료사로 활동하게 될 걸세. 그곳에는 자연 신앙에 의지하면 치료가 된다고 생각하는 미개한 사람들이 대부분이 거든."

"치료사요?"

"마법사가 왜 고작 치료사로 파견되는지 궁금하지? 나중에 가면 알게 되겠지만, 그곳에는 마법사가 아무짝에도 쓸모가 없어. 헤이렌 왕국의 사람들은 몬스터 천지인 숲에서 생존한 전사만이 널린 곳이야. 그들은 숲에 의지하여 작은 단위로 싸움을 하기 때문에 마법사가 제대로 활약을 못해. 차라리 한 명의 전사만도 못하지. 믿지 않겠지만 살아 돌아온 사람들이 그러더라고."

자이넬은 자세히 설명해 주었다. 아론이 귀족이란 신분만 아니었다면 그러한 설명도 듣지 못했을 것이다. 자이넬에서 이미 설명을 들었던 마법사까지 다가와 이야기를 듣는 것을 보면 아론처럼 세세하게 듣지 못한 게 확실했다.

설명이 끝나자 자이넬은 직책에 따라 아론의 신상을 조사했다. 마법 길드의 증명서가 있어서 추가로 묻는 질문은 몇 가지 없었다. 한 가지 난처한 것이 있다면 루시의 존재였다. 자이넬은 5서클임에도 루시의 정체를 알아채지 못하였다.

"아까 난리친 저 여자는 용병인가?"

"네, 제 가디언입니다. 앞으로 계속 함께할 것입니다."

"이거 곤란한데……."

자이넬이 인상을 쓰자 아론은 루시의 정체를 밝히려고 하였다. 하지만 이어진 자이넬의 발언에 그럴 필요가 없음을 알았다.

"뭐, 특별히 귀족은 노예를 데리고 다닐 자격이 있으니까 상관없겠지. 그건 그렇고, 자네는 다른 사람보다 억울한 점이 많으니까 특별히 분대장의 직위를 내리겠네. 10분대를 맡길 테니까 잘해보게. 후후후."

자이넬은 아론이 적임자라며 의미심장하게 웃었다. 하지만 아론은 마법사들을 관리할 자신이 없었다. 능력이 부족한 건 둘째 치고 범죄를 저지른 험악한 마법사들이 아론의 명령에 순순히 따를 리 없다고 생각한 것이다.

'나 살기도 바쁜 판에 다른 사람까지 책임지라니.'

아무리 위험해도 최대한 조심하면 살 수 있다고 생각하는 아론이었다. 더구나 곁에 루시까지 있으니 생존 가능성도 높았다. 그런데 책임질 직위가 되면 행동반경이 좁아져 생존에 치명적인 문제가 생긴다.

"고작 3서클인 제게 분대장을 맡기는 겁니까?"

"고작 3서클이라니. 아직 자네가 몰라서 그러는데, 여긴 절반 이상이 3서클도 안 된 수련 마법사들이야. 헤이렌 왕국에 치료사를 파견하는 거지 마법사를 파견하는 게 아니거든. 기초적인 마법 이론만 이수했으면 약초를 다루는 것쯤이야 수련 마법사에게도 어려운 일은 아니니까."

바네 왕국으로서도 자국의 전력에 중요한 마법사를 타국

에 보낼 이유가 없다. 당연히 자국에도 별반 도움이 안 되는 사람들로 구성한 것이다. 아론은 과연 이러한 수련 마법사들의 집단을 마법병단이라 부를 수 있는지 의심스러웠다.

'난 마법 서클만 높이느라 약초에 대해서는 잘 모르는데.'

정말로 큰일 난 것은 수련 마법사들이 아니라 아론이다. 아론은 약초에 대해서 범인에 가까울 정도로 무지하다. 마법서를 직접 뒤적이며 적용하면 되겠지만 아직 파견되지도 않은 상황에서 걱정할 필요는 없었다.

'포션이라도 제작할 수 있으니 다행이다.'

아론은 아공간에 포션을 제작할 수 있는 실험 기구가 있어 다행이라 생각했다. 그마저도 준비되어 있지 않았으면 헤이렌 왕국에 파견되어 고생할 수도 있었다. 아론은 꼬여 버린 자신의 인생이 한탄스러웠다.

며칠 후 마법병단의 구성이 발표되었다. 총인원은 100명이었다. 10명씩 10분대를 이루며 아론에게는 10분대장의 직위가 내려졌다. 고위 마법사는 서너 명이 전부여서 마법병단이란 단어가 무색할 정도였다.

마법병단의 구성이 발표되기 전까지 마법사들은 철저한 감시를 받았다. 한 명의 마법사와 세 명의 기사가 한 조를 이루어 감시하고 있어서 도망갈 방법은 어디에도 없었다. 물론 도망가려는 사람도 없었지만 말이다.

쇠사슬을 착용한 마법사들은 정도가 더 심했다. 그들은 죄인이기 때문에 항의도 할 수 없는 처지였다. 죄인들이 착용한 쇠사슬은 마나를 제어하는 마법 물품인데, 파견 날짜가 정해지면 제어가 손쉬운 물품으로 교체할 예정에 있었다.

아론의 10분대는 절반이 여성이었다. 자이넬이 의미심장하게 웃은 이유가 여기에 있었다. 또한 10분대의 인원은 대부분 죄인이 아닌 아론처럼 운이 없어서 들어오게 된 경우였다. 혹은 의무에 따라 반강제적으로 들어온 것이다.

아론은 헤이렌 왕국에 파견 시 국경을 마주 보고 있지 않으니 텔레포트의 마법진이라도 이용해서 이동할 줄 알았다. 하지만 그것은 아론의 착각이었다. 헤이렌 왕국에는 마도사가 없어서 텔레포트 마법진의 운용이 불가능한 것이다.

때문에 적대적인 피렌스 왕국의 국경을 거쳐서 헤이렌 왕국으로 가야 하는 어려움이 있었다. 그나마 바네 왕국의 북동쪽에 헤이렌 왕국과 가까운 국경 지역이 있어서 다행이었다. 하지만 그 지역은 피렌스 왕국에서 철저히 관리하는 지역이라 보통 위험한 게 아니었다.

파견 날짜가 다가오자 도망이 우려되는 마법사들에게 마나 제어용 팔찌를 착용시켰다. 평소에는 마나를 제어하지 않지만 마법병단의 단장과 각 분대장들이 언제든지 제어할 수 있도록 한 것이다. 물론 분대장은 자신의 분대원만을 제어할 수 있다.

마법병단 이외에 50명의 기사도 파견 인원에 포함되었다. 모두가 상당한 실력을 지닌 기사로서 그중 열 명은 특별히 다른 곳에서 차출되어 왔다. 각 분대마다 다섯 명의 기사가 배치되어 마법사들을 보호하기 위한 조치였다.

아론은 파견되기 직전에 많은 준비 물품을 챙겼다. 무려 일 년간이나 미개한 헤이렌 왕국에서 지내게 될 테니 필요한 생필품이 너무나 많았다. 대형 잡화점의 물품을 통째로 아공간에 넣어둔 것은 물론이거니와 일 년치의 식량, 그리고 의류까지 어마어마한 분량을 챙긴 것이다.

"이곳에서 잠시 대기한다!"

단장인 자이넬의 목소리가 들려오자 대부분의 마법사들이 그 자리에 털썩 주저앉았다. 오직 기사들만이 꿋꿋이 서서 주위를 살펴보고 있을 뿐이었다.

"아우, 죽겠다."

"죽을 맛이네."

"아이구, 다리야."

체력적으로 약한 마법사들이 불평을 늘어놓았다. 헤이렌 왕국과 근접한 북동쪽의 국경 지역을 넘어 피렌스 왕국의 영토로 들어선 지 반나절이 지났을 뿐인데 모두 다 지친 모습이었다.

"모두 조용히 못해? 이곳은 적국인 피렌스 왕국의 영토란 말이다!"

"……."

자이넬의 한마디에 모두들 조용히 입을 다물었다. 육체적으로 힘든 탓에 발각되면 목숨이 위태롭게 된다는 사실을 잠시 잊어버린 것이다.

'위험한 지역인만큼 빨리 벗어나야 되는 거 아닌가?'

아론은 지금의 상황이 얼마나 위험한지 알고 있었다. 군부에서의 지낼 때 국경 지역에 대한 위험성을 교육받은 적이 있기 때문이다.

"아론님은 체력이 대단하네요."

10분대에 배치된 기사인 단크가 고르게 숨을 쉬고 있는 아론의 모습에 관심을 보였다. 단크는 마법병단에 배치된 기사 중에서 손가락에 꼽힐 정도의 강자로 10분대의 마법사들을 위해 특별히 배치된 기사였다.

범죄자가 태반인 다른 분대와 다르게 10분대는 아론처럼 악운이 따른 마법사들인 데다 절반이 여성이라 마법병단의 단장 자이넬이 이끄는 1분대 다음으로 특별 대우를 받고 있다. 그래서 마법병단을 호위하는 책임자인 단크가 10분대에 배치된 것이다.

"별말씀을요. 그런데 이곳에서 이렇게 머물면 위험하지 않나요?"

"하하, 상당히 위험하지요. 하지만 그만한 가치가 있는 기다림입니다."

단크가 아론에게 대답하였다.

두 시간이 흐르자 헤이렌 왕국에서 파견한 열 명의 안내자가 나타났는데, 단크가 말한 기다림의 가치란 바로 이 안내자를 뜻하는 것이었다. 안내자가 있으면 피렌스 왕국의 영토를 지나 헤이렌 왕국의 국경을 넘는 일이 몇 배나 더 안전하기 때문이다.

"지금부터는 분대별로 일정한 간격을 유지하며 이동한다!"

"이동!"

단장인 자이넬이 속한 1분대에 이어서 꼬리를 물고 이동하기 시작했다. 아론이 이끄는 10분대는 다소 느리게 움직였다. 분대원의 절반이 여성이라 이동이 느릴 수밖에 없었다. 아무리 재촉해도 느린 속도는 여전했다.

퍼어엉! 콰아앙!

쿠엑! 푸어어어! 아우우우!

이동 중에 갑자기 앞쪽에서 괴성이 들려왔다. 마법을 시전하는 소리와 몬스터의 괴성이 어우러져 들려와 뒤처진 분대에게 두려움을 안겨주었다. 더구나 10분대는 전혀 앞쪽의 상황을 몰라서 더욱 당황스러웠다.

'무슨 일이지?'

들려온 소리만으로는 몬스터의 습격이라 생각되지만 확신

할 순 없었다. 국경 지역에서는 몬스터 몰이를 통해 싸움이 시작되기도 하기 때문이다.

10분대를 보호하고 있던 다섯 명의 기사 중 네 명이 재빨리 앞으로 달려갔다. 현재 전투가 가능한 인원은 각 분대마다 있는 다섯 명의 기사밖에 없으니 문제가 생기면 나머지 분대의 기사들이 서로 협조하는 게 최선책이었다.

"무, 무슨 일이지요?"

"혹시 피렌스 왕국의 병사들이 습격한 것인가요?"

호위 기사들이 떠나 버리자 수련 마법사들이 두려움을 참지 못하고 온갖 질문을 하였다. 여자들의 경우엔 더욱 심각하여 징징거리며 머리 속에서 떠오른 온갖 상상들을 말하고 있었다.

"모두 입 닥쳐!"

"……."

징징거리는 소리에 짜증이 난 아론이 매몰차게 소리치자 잠시 적막이 흘렀다. 지금까지 아론은 수련 마법사들과 거의 대화를 하지 않았다. 그들 모두가 평민이거나 범죄자이기 때문에 가까워지고 싶지 않았던 탓이다. 하지만 지금은 상황이 상황인만큼 관여한 것이다.

앞에서 들려오던 소리는 시간이 지날수록 점점 작아지더니 결국엔 조용해졌다. 군부에서 생활한 경험이 있던 아론은 지금과 같은 상황에서는 되도록 움직이지 않는 게 최선임을 알고 있었다. 그래서 차분하게 기다렸다.

위험한 상황이 발생하면 당황할수록 더 큰 문제를 야기시킨다. 일단 위험이 닥치면 도움이 되지 못할 바에야 얌전히 기다리는 게 최선인 것이다. 더구나 10분대는 절반이 여성이라 다른 분대와 입장이 달랐다.

"휴우, 모두 무사하셨군요."

잠시 후 네 명의 기사가 피칠을 한 모습으로 나타나 10분대의 무사함을 확인하였다.

"무슨 일이었나요?"

"아론님, 단순한 몬스터의 습격이었습니다."

단크가 아론의 질문에 간단히 대답하였다. 잠시 후 습격당한 장소에 각 분대가 모두 모였다. 습격당한 장소에서는 고블린과 코볼트, 그리고 오크까지 여러 몬스터들의 시체가 뒤섞여 있어 강한 피비린내가 진동하고 있었다.

'더럽게 재수도 없군.'

아론은 약간이나마 상황을 짐작했다. 단크가 말한 단순한 몬스터의 습격이 아니었다. 정확히 말하자면 몬스터의 습격이라기보다는 몬스터 간의 영역 다툼에 일행이 끼어든 상황이었다.

싸움의 피해는 심각했다. 실질적인 피해야 두 명의 마법사가 몬스터의 싸움에 휘말려 죽은 게 고작이지만 이런 상황을 경험해 보지 못한 마법사들이 공포심을 갖게 된 것이다. 그리고 그런 후유증은 벌써부터 나타나고 있었다.

"흑흑흑."

"우에엑!"

울거나 구역질은 기본이고 털썩 주저앉아 망연자실한 표정의 마법사가 태반이었다. 대부분이 수련 마법사들이라 눈앞에 보이는 잔혹한 장면을 봤을 리 만무했다. 더구나 아론이 이끄는 10분대의 경우엔 다른 분대보다 더 심각했다.

아론은 새파랗게 질린 얼굴로 몬스터 사체들을 바라보고 있는 분대원의 모습에 고개를 절레절레 흔들었다. 그가 도움을 주고 싶어도 마땅한 방법이 없었다. 이런 상황은 경험 이외에 별다른 해결책이 없는 것이다.

'앞으로가 걱정이군.'

다른 마법사에 비해 아론은 눈 하나 깜짝하지 않았다. 오크의 해부를 무려 5년간이나 해왔으니 오히려 익숙하기까지 하였다.

"아무래도 몬스터 간 영역 다툼에 휘말린 것 같습니다. 별일 아니었지만 대처가 좀 늦어서 두 명이나 죽게 된 것이지요."

"네."

단크가 아론에게 정확한 설명을 늘어놓았다. 분대를 책임졌으니 특별히 자세한 상황을 알려주는 것이다. 기사들의 책임은 마법사들을 보호하는 것이지 임무에 관여하는 것이 아니었다. 모든 지휘권은 마법병단의 단장인 자이넬에게 있었다.

그 때문에 기사들은 별로 기분이 좋지 않았다. 통상적인 상황이라면 기사의 수가 적더라도 기사가 지휘권을 갖기 마련이다. 더구나 마법병단의 단장을 비롯해 마법사들 대부분이 범죄자 출신이라면 더더욱 말이다.

이러한 상황에서 단크가 아론에게 호의적인 것은 단지 분대장이란 이유 때문만은 아니었다. 실질적인 이유는 아론이 귀족 신분이고 그에 못지않은 강자를 개인 호위로 부리고 있기 때문인 것이다.

단크는 아론에게 상황 설명을 끝내자 외부에서 파견되어 10분대에 배치된 도날리라는 기사에게 다가갔다. 외부에서 파견된 열 명의 기사는 겉보기에도 매우 강해 보였다. 같은 기사라서 단크가 나름대로 배려하고 있었다.

"방금 전 도날리님의 실력을 보니까 멋지더군요. 어느 기사단 출신이신가요?"

"별로 대답하고 싶지 않군."

도날리는 단크의 배려를 전혀 고마워하지 않았다. 단크는 도날리에게 무시를 당하자 상당히 기분이 나빴다. 평민 출신인 단크로서는 똑같이 상대하면 자신이 겪는 피해를 알기에 참을 수밖에 없었다. 하지만 단크의 동료들은 그와 같은 인내심이 없었다.

"이봐, 지금 내가 평민 출신이라 무시하는 거냐?"

"……."

다른 곳에서 단크의 동료들이 파견된 기사들과 마찰이 발생하였다. 몬스터를 처리하고 친목을 다지는 의미에서 서로 대화하는 데 외부에서 파견한 기사가 참여하지 않은 탓이다. 외부에서 파견된 기사들 전부 귀족 출신이라는 점이 상황을 악화시킨 결정적인 이유이기도 했다.

기사들의 언성이 높아지자 자이넬이 시끄럽다며 화를 냈다. 두 명의 마법사가 죽었기 때문에 지금 자이넬도 기분이 엉망이라 기사들의 다툼을 보아줄 만한 입장이 아니었다. 그렇지 않아도 두 명의 마법사가 죽어 그 뒷처리를 도맡아 처리해야 했으므로 짜증스러웠던 것이다.

자이넬은 죽은 마법사에게서 마나를 제어하던 마법 물품과 간직하고 있던 나머지 물품을 모두 수거하였다. 그리고 죽은 자리에 사체를 매장하고 곧바로 떠날 준비를 하였다. 많은 마법을 시전한 상황이라 떠나지 않으면 발각될 위험이 있었다.

그 후로도 이동 중에 몇 차례 몬스터의 습격이 있었지만 이미 몇 번 경험해서 그런지 아무런 피해 없이 막아내며 계속 이동할 수 있었다. 실력이 뛰어난 기사들이 있어서 강력한 몬스터가 나타나도 문제가 되지 못했다. 기사들이 몬스터를 막아주면 수많은 마법사들이 뒤에서 받쳐 주어 위험이 없었다.

대형 몬스터가 나타나도 쉽게 처리하기까지 하였다.

　피렌스 왕국의 영토를 거의 벗어나 헤이렌 왕국의 국경에 근접했을 즈음이 되자 각 분대 간의 거리가 많이 벌어져 있었다. 안내자가 더 이상 위협이 없을 거라고 하자 긴장감도 사그라진 상태이다. 하지만 도날리는 일행과 다르게 더욱 긴장감을 고조시키고 있었다.

　'방심하고 있는 지금이 기회일 텐데.'

　도날리는 지급받은 근거리 통신용 마법 물품인 목걸이를 만지작거리며 동료에게서 연락이 오길 기다렸다.

　'연락이 올 때가 됐는데.'

　도날리는 머리 속으로 네 명의 호위 기사를 쉽고 빠르게 처리할 수 있는 방법을 생각 중이었다. 비록 네 명의 기사보다 실력은 월등하지만 자칫 실수라도 하여 임무를 실패할 시엔 그 대가로 목숨을 내놓아야 했다.

　그런 생각을 하고 있을 때 드디어 도날리의 목걸이가 작게 진동했다. 1분대를 호위하던 도날리의 동료에게서 임무를 수행한다는 메시지였다. 그가 임무를 수행하면 연락받은 나머지 아홉 명의 동료가 함께 움직이기로 약속이 되어 있었다.

　'죽어라!'

　도날리는 지체없이 헤이렌 왕국에서 파견한 안내자에게 접근하여 입을 손으로 틀어막고 검으로 목을 베어버렸다. 그리고 그 옆에서 함께 걷고 있던 기사도 같은 방법으로 죽였다. 영문도 모른 채 도날리와 함께 10분대를 호위하던 기사가 조용히 죽어갔지만 찰나의 순간에 벌어진 일이라 그것을 목격한 사람은 한 명도 없었다.

털썩.

마지막으로 안내자가 죽어 바닥에 쓰러지고서야 그 방향으로 모두의 시선이 움직였다. 그리고 모두들 도날리가 검을 빼어 든 모습을 볼 수 있었다. 하지만 이미 안내자의 옆에 있었던 기사까지 모두 죽은 상황이었고, 도날리는 또 다른 기사를 향해 달려가며 검을 휘두르고 있었다. 마나를 운용한 빠른 움직임이었다.

"크아악!"

제대로 반항조차 하지 못하고 두 번째 기사가 도날리의 검에 죽음을 맞이했다. 모두들 도날리의 행동을 막연히 바라보기만 할 뿐이었다. 너무나 짧은 시간이 발생한 사건이라 아무런 생각도 하지 못한 것이다.

아무런 대응을 하지 못한 채 두 번째 기사도 죽고 말았다. 도날리의 공격을 발견했지만 대응할 시간의 여유가 없었던 것이다. 그린 후 도닐리는 재빨리 세 번째 기사를 공격하기 위해서 움직이고 있었다.

챙!

"크아아악!"

세 번째 기사는 적어도 한 번을 막아냈지만 연속적인 공격에 목이 달아나고 말았다. 충분히 대응할 만한 시간이 있었지만 도날리의 경지가 외부로 마나를 형상화시킬 수 있는 소드 익스퍼트의 수준이라 상대가 되지 못한 것이다.

'도대체 무슨 일이야?

다른 사람과 마찬가지로 아론도 현재의 상황에 당황스럽기는 매한가지였다. 본래는 아론에게 지휘권이 있어서 어떠한 조치를 취해야 하지만, 정확한 상황도 알지 못하고 싸움을 막을 만한 방법도 없었다. 고작 3서클에 불과한 아론으로서는 기사의 행동을 저지할 만한 방도가 없었던 것이다.

"꺄아아악!"

"꺄아악!"

"무슨 일이야?'

눈 깜짝할 사이에 안내자와 세 명의 기사가 처참히 죽어나가자 그 모습을 지켜본 여성 마법사들이 외치는 고음의 비명이 울려 퍼졌다. 두 번째 기사부터는 검에 베어졌기 때문에 그 모습이 무척이나 처참했다.

"이게 무슨 미친 짓이냐?"

"죽어라!"

도날리는 단크의 질문에 대답하기는커녕 죽인다고 외치며 그를 향해 달려들었다. 이제 유일한 호위 기사인 단크를 처치하기 위해 달려든 것이다. 하지만 단크도 소드 익스퍼트이긴 마찬가지이다. 비록 도날리보다는 못하지만 죽은 세 명의 기사와는 차원이 다른 실력자이다.

도날리가 휘두른 검을 단크는 어렵게 막아냈다. 수준 차이 때문이라기보다는 마나를 극도로 활성화시켜 준비된 상태의 도날리에 반해 단크는 긴장감이 풀어진 상태였기 때문이다. 단크도 마나를 최상의 상태로 끌어올리고 있지만 도날리가 그러한 시간을 줄 리 만무했다.

"아론님!"

단크는 도날리에게 계속 밀리자 아론의 이름을 부르며 도움을 요청하였다. 하지만 아론으로서도 도울 만한 방법이 당장 떠오르지 않았다. 냉정함을 유지하던 아론도 지금의 상황에서는 당황하지 않을 수 없었다. 눈앞에서 잠깐 사이에 네 명이 죽었기 때문이다.

"미사일(Missile)!"

뒤늦게 적당한 마법을 떠올린 아론은 1서클의 미사일 마법을 시전하였다. 좀 더 강력한 마법은 많지만 정확히 목표를 유도하는 마법은 종류가 많지 않았다.

퍼어엉!

이쉽게도 도날리의 움직임을 따라잡지 못한 마법은 애꿎은 땅에 명중하였다. 하지만 아론은 재차 미사일 마법을 시전하여 도날리의 움직임을 계속해서 방해하였다. 그 영향으로 단크는 여유를 되찾을 수 있었지만 도날리는 아론에게 강한 적대감을 보였다.

"네놈이 죽음을 재촉하는구나!"

"아론님, 피하세요!"

도날리가 갑자기 아론을 향하자 단크가 크게 외쳤다. 아론은 간단한 마법인 데도 연속적으로 시전하느라 정신적으로 무척 힘들었다. 그래서 단크의 외침을 듣고서야 도날리가 자신에게 다가오고 있음을 알게 되었다.

'루시?

그 순간, 아론은 갑자기 전면에 나타난 루시의 모습에 안도감을 가졌다. 상황이 긴박하게 돌아가자 잠시 루시를 잊고 있었던 것이다. 루시가 존재하는 한 소드 익스퍼트의 기사라도 아론에게 위협하긴 쉽지 않을 것이다.

'루시가 막아낼 수 있을까?

아론은 루시가 막아낼 수 있을지 의문이었다. 루시가 소드 익스퍼트의 수준과 비슷한 실력이라 하지만 실제적으로 싸워본 적이 없기 때문이다. 아론은 루시가 마나를 활성화하여 검에 주입하고 있음을 감지할 수 있었다.

육체적 관계를 통해 루시가 아론의 마나에 공명한 이후로 아론은 루시의 마나를 자세히 느낄 수 있게 되었다. 루시의 움직임을 눈으로 좇을 수는 없지만 아론은 마나를 감지하여 눈으로 보는 것처럼 지켜볼 수 있었다.

"저리 비키지 못해!"

파앙!

검과 검이 부딪쳤건만 마법이 작렬하는 굉음이 발생했다. 도날리의 마나 소드와 루시의 마나 소드가 마주치며 발생한 소리였다. 도날리의 마나 소드는 줄기차게 뿜어져 나오는 반면 루시의 마나 소드는 검의 주위만 둘러싸고 있는 모습이었다.

루시를 가볍게 처리하고 아론의 곁으로 다가서려던 도날리는 의외의 방해물에 분노하여 재차 루시에게 달려들었지만 상황은 별반 다르지 않았다. 오히려 루시의 공격에 상처를 입고 물러서는 상황이 생겼다.

"악마 같은 자식!"

단크가 상처 입은 도날리에게 같이 죽자는 듯 공격하였다. 단크는 잠깐의 여유를 갖자 고난을 함께한 세 명의 동료가 도날리에게 처참히 죽었음을 인지했다. 그리고 목숨을 도외시하고 도날리에게 달려든 것이다.

"젠장할, 상처만 아니면……."

"죽어라! 죽어! 죽어!"

단크는 전신의 마나를 모두 끌어올려 정신없이 도날리에게 검을 휘둘렀다. 루시에게 상처만 입지 않았다면 충분히 막아낼 수 있는 공격이었지만 지금의 도날리는 그러지 못했다.

"크아악! 내 팔!"

"후우우, 후우우, 후우우."

단크는 도날리의 오른팔을 잘라내고 가쁜 숨을 몰아쉬었
다. 잠시 이성을 잃고 복수심에 불타올라 막무가내로 공격하
다 도날리의 오른팔을 잘라내고서야 이성을 되찾은 것이다.
소드 익스퍼트의 경지에 오른 기사의 오른팔을 일순간에 잘
라냈기에.

"슬립(Sleep)!"

아론은 발광하는 도날리를 마법으로 잠재우고 임시적으로
상처를 치료하였다. 마나 운용이 가능한 기사는 3서클 이하
의 정신 마법에 영향을 받지 않지만 지금과 같은 상황이면 대
부분 성공한다.

"단크님, 어떻게 된 일입니까?"

"저도 영문을 모르겠습니다. 일단 다른 분대의 도움을 요
청하겠습니다."

단크는 지친 몸을 이끌고 앞의 분대로 향했다. 아론도 또
다른 위협이 있을까 걱정되어 분대원을 이끌고 앞으로 움직
였다. 단크를 제외한 기사가 모두 죽었기 때문에 먼저 간 분
대와 합류하는 게 가장 안전하다고 판단한 것이다.

'저놈은 죽거나 말거나.'

도날리가 쓰러져 있지만 그를 챙길 만큼 상황이 좋지 못했
다. 아론을 따라 움직이는 수련 마법사들은 멍한 표정이었다.
모두들 현재의 상황에 어안이 벙벙하기는 매한가지인 것이
다. 그나마 지금 살아 있다는 사실을 다행스럽게 생각하고 있

을 뿐이었다.

"설마?"

아론은 9분대와 합류하고 더욱 놀랐다. 어이없게 9분대의 상황은 10분대보다 더 처참했다. 안내자와 네 명의 기사가 모두 죽은 것이다. 아론의 분대와 마찬가지로 외부에서 파견한 기사가 벌인 사건이었다.

잠시 후 더욱 어처구니없는 사실을 접했다. 각 분대가 똑같은 상황에 처한 것이다. 마법병단 단장인 자이넬이 이끄는 1분대를 제외한 모든 분대의 분대장과 안내자, 그리고 호위 기사가 죽은 것이다. 그나마 1분대를 제외하고 아론의 분대인 10분대만이 분대장과 한 명의 기사가 살아났을 뿐이다.

각 분대가 약간의 거리를 유지하며 움직인 게 피해를 확대시키는 원인이 되었다. 어떤 분대는 마법사 전원이 죽기도 하였다. 모두 30여 명의 마법사가 죽었다. 대부분의 마법사가 죽었다고 해도 과언이 아니었다. 30여 명의 마법사에는 그나마 마법 실력이 출중한 각 분대장과 소수의 고위 마법사가 대부분 포함되어 있었기 때문이다.

기사의 피해는 더 극심했다. 살아남은 기사가 고작 여섯 명이었다. 단크를 제외하면 다섯 명 모두가 1분대를 보호하던 기사였다. 자이넬이 공격을 일찍 알아차렸기 때문에 다섯 명이 살아남을 수 있었던 것이다.

"정치적 음모로군."

자이넬이 모두가 모인 자리에서 조용하게 말했다. 자이넬은 범죄를 저질러 황궁이나 군부에 묶여 생활하며 수없이 많은 정치적 음모를 경험했다. 그렇기 때문에 지금의 상황이 정치적 음모임을 쉽게 짐작할 수 있었던 것이다.

아론도 어떤 음모가 개입되었음을 눈치 챘지만, 음모를 파악할 만한 입장이 아니었다. 깊이 개입할수록 위험한 일임을 모르지 않기 때문이다. 그저 조용히 지내는 게 최선인 것이다.

'절대 음모에 개입하지 말자.'

음모에 발을 담그고 싶은 생각은 추호도 없는 아론이다. 하지만 아론은 자신도 원하지 않았지만 음모에 깊숙이 빠진 상태임을 자각했다. 유일하게 분대장이면서 살아났고, 도날리를 생포하는 공적까지 쌓았기 때문이다.

"아참, 저희 10분대는 공격을 감행했던 기사를 사로잡았습니다!"

"뭐야? 왜 그걸 지금 말하는 거야?"

단크가 사로잡은 도날리에 대해 밝히자 자이넬이 길길이 날뛰며 소리쳤다. 자이넬이 비록 화를 내고 있었지만 그의 표정에서 안도함을 발견할 수 있었다. 자이넬의 닦달에 단크가 마법으로 잠이 든 도날리를 데려오자 모두들 분노감에 몸을 떨었다.

짜악!

자이넬은 도날리의 뺨을 후려쳐 깨웠다. 깨어난 도날리는 오른팔이 잘려진 끔찍한 현실을 받아들이지 못하고 발광을 하였다.

팍팍!

"으아아악! 살려줘!"

자이넬은 아론이 임시적으로 치료한 도날리의 잘려진 오른 어깨를 발로 밟았다. 도날리의 발광을 계속 지켜볼 만큼 자이넬의 기분은 좋지 않았다. 그도 기사의 공격에 목숨을 잃을 뻔했기 때문이다. 어느 누구도 자이넬의 행동을 심하다고 생각하지 않았다.

"왜 이런 일을 벌였는지 밝히면, 상처도 치료해 주고 오른팔도 원상태로 복구해서 보내주겠네."

"단장님!"

자이넬의 발언에 모두가 불만을 토로하였다. 아론도 자이넬의 말을 듣고서 놀라기는 마찬가지였다. 하지만 어림짐작으로 정말로 그럴 것이 아님을 알고 있었다. 하지만 도날리는 그 말을 믿는 눈치였다.

죽을지도 모른다는 두려움과 영원히 기사로서 생활하지 못할지도 모른다는 강박 관념이 겹쳐서 자이넬의 말을 믿는 눈치였다. 한마디로 제정신이 아니었다. 도날리는 강한 고통 속에서도 재차 자이넬에게 약속을 다짐받고 진실을 털어놓았다.

“오래전부터 저희 왕국에서는 지금처럼 헤이렌 왕국에 마법병단을 파견했는데, 피렌스 왕국에서는 그 사실을 알게 된 지 얼마 안 된 것 같더군요. 해서 피렌스 왕국에서는 헤이렌 왕국에 파견하는 저희 마법병단의 전력을 오해했던 것 같습니다. 그래서 저희 측 군부의 고위층 누군가에게 거래를 시도한 모양입니다. 마법병단이 파견되면 도움을 받은 헤이렌 왕국이 피렌스 왕국에 막대한 피해를 줄 수도 있다고 착각한 것이지요. 당연히 거래를 제안받은 저희 측 고위층 인사는 범죄자로 구성된 마법병단이야 있으나 없으나 그만이라고 판단했겠지요. 그래서 마법병단을 희생시키기로 결정하고 거래가 이루어진 것입니다. 그래서 이러한 일이 벌어진 것입니다.”

“우리를 희생시키기로 결정했다고?”

“이제 약속을 지키시오. 나는 그저 나라를 위해서 명령에 따랐을 뿐이오.”

모두들 도날리의 말에 분노하였다. 반역자인 군부의 고위층 한 명 때문에 아론을 포함한 모두가 나라를 위한 희생자로 전락한 것이다. 하지만 도날리의 말은 아직 끝나지 않았다. 자이넬이 도날리에게 자세한 계획을 털어놓도록 강요하자 계속된 설명에 모두들 할 말을 잃었다.

“저희가 중요 인물인 분대장과 호위 기사, 그리고 안내자를 처리하면, 이동 경로까지 알고 있는 피렌스 왕국에서 뒷처리를 한다는 계획입니다. 안내자만 없다면 마법병단의 모든 인원이 피렌스 왕국의 영토를 벗어나기란 불가능하니까요."

"그렇군."

아론은 도날리의 계획이 완벽하다고 생각했다. 안내자가 없다면 모두 다 범죄자이니 의견의 합일을 보지 못하고 뿔뿔이 도망쳤을 것이다. 그리고 숲에서 모두 죽어갔으리라. 수련 마법사들이 몬스터가 우글거리는 숲을 어떻게 빠져나가겠는가.

일부 빠져나간 마법사가 있다고 하더라도 범죄자의 말을 누가 믿을 것인가. 더군다나 음모에 대한 사실은 하나도 모른 채 말이다. 설사 음모의 증거라 할 수 있는 기사의 정체를 밝혀도 그가 부정한다면 그만인 것이다.

"계획을 알려줘서 정말 고맙네. 그럼 잘 가게나."

"약속이 틀리지 않습니까? 살려주시오!"

자이넬의 심정 변화를 눈치 챈 도날리가 살려달라 외쳤지만 소용이 없었다. 자이넬은 근접한 거리에서 마법을 준비하였다. 갑작스럽게 발생한 마나 파동을 감지하고 모두들 급하게 피하였다.

"라이트닝 볼트(Lightning Bolt)!"

"크아아악!"

도날리의 신체에 강력한 번개가 흐르자 그는 엄청난 고통을 느끼며 삶을 마감했다.

'유일한 음모의 증인을 죽이다니?'

아론은 자이넬의 행동이 이해되지 않았다. 도날리가 살아 있어야 현재의 음모를 증명하기 쉽기 때문이다.

"도대체 왜 죽이셨습니까? 이자가 있어야만……."

"그만!"

아론과 비슷한 생각을 하던 단크가 불만을 토로하자 자이넬이 그의 말을 막았다. 아론과 단크뿐만이 아니라 모두가 비슷한 생각을 하고 있었다. 오히려 음모를 밝혀 반역자를 찾아낸다면 범죄자의 신분을 벗을 만큼 큰 공적이라고 생각하는 마법사도 있었던 것이다.

"모두들 똑똑히 들어! 이자가 살아 있더라도 우리는 절대 음모를 밝혀내지 못한다. 왜냐하면 이자의 말이 사실이라도 대부분 추측에 불과하고, 명령을 받은 것뿐이니까. 설사 군부의 고위층 반역자를 찾아내도 범죄자에 불과한 우리의 말을 누가 믿어주겠나? 안 그래?"

"……."

누구도 자이넬의 설명에 반박하지 못했다. 자이넬의 말마따나 도날리 한 명의 말만으로 음모를 밝히기엔 불가능에 가까웠다.

"이런 말을 해서 안됐지만 현실을 직시해라. 우리는 이미 음모의 희생자이고, 살아남기 힘들게 되었다. 아마도 주변은 이미 피렌스 왕국의 기사단과 마법병단, 그리고 병사들이 우리를 포위하고 있을 거다."

“······.”

잔혹한 현실에 모두들 가슴이 무너져 내렸다. 아론도 직설적인 자이넬의 말에 분노가 생겼다. 엉뚱한 마법병단에 배치된 것에 이어서 이제는 음모까지 끼어들어 자신의 장래를 엉망으로 만들고 있었다.

“어렵겠지만 모두들 살아남아 헤이렌 왕국에서 다시 보기 바란다. 바보같이 피렌스 왕국에 투항할 생각은 하지 않는 게 좋을 거다. 피렌스 왕국에서도 추잡한 음모가 밝혀지길 원하지 않을 테니 여러분을 절대 살려주지 않을 것이다. 그러니 수단과 방법을 가리지 않고 이곳에서 빠져나가 헤이렌 왕국에 도착해라. 그 길만이 유일하게 살아남는 방법이다. 그럼 살아남아서 다시 보자.”

“······.”

자이넬의 충격적인 발언에 모두가 할 말을 잃었다. 자이넬은 마지막 인사로 말을 끝내 버린 것이다. 그것은 모든 사람들을 버리고 자신만 살아남겠다는 것과 다르지 않았다.

‘설마 우리를 버리겠다고?

마법사들이 자이넬에게 강력히 항의하기 시작했다. 다 같이 살아남을 궁리를 하자고 설득했지만 매정하게도 자이넬은 스스로 살길을 찾으라고 명령하였다. 자이넬은 단장이란 직함을 이용해 소수의 강자들만을 모았다.

살아남은 몇 명 안 되는 고위 마법사와 여섯 명의 기사를 모두 자신의 일행으로 결정하였다. 아론도 전체적으로 봤을 때 괜찮은 전력에 속했지만 자이넬이 일행에 포함시켜 주지 않았다. 고위 마법사는 그렇다 쳐도 정의를 실현하는 기사들이라면 거절할 줄 알았건만 전혀 그렇지 않았다. 기사에게 명령을 내릴 만한 권한이 자이넬에게 있었기 때문이다.

"당신이 그러고도 단장이야?"

"버러지 같은 자식!"

"콱! 죽어버려라!"

버림받은 마법사들이 자이넬에게 심한 폭언을 퍼부었지만 자이넬은 묵묵히 듣기만 하였다. 자이넬도 자신의 행동이 옳지 못함을 아는지 평소와 다르게 폭언에 아무런 대꾸도 하지 못했다. 그렇다고 끝까지 참고 있지만은 않았다.

"당신들이 나라면 어쩔 건데? 다 같이 죽을까? 난 죽고 싶지 않아!"

"젠장!"

"망할 자식!"

솔직한 자이넬의 발언에 모두들 욕설만 뱉어내고 말았다. 자이넬의 말마따나 작금의 현실에서 생존하기란 무척이나 어렵다. 강자들끼리 뭉친 자이넬의 일행이 생존 가능성이 높아 보이지만 그것도 확실한 것은 아니었다.

'어이가 없군.'

아론도 자이넬의 치졸한 선택에 분노했지만 마지막 발언

을 듣고 다른 마법사들처럼 절반가량은 이해하였다. 비록 범죄자로 구성된 마법병단이지만 음모에 휘말려 죽을 위기에 처한 희생자인 것이다.

"모두에게 미안하오! 가자!"

"미안하오!"

"정말 미안하오!"

자이넬이 움직이자 그의 일행이 한마디씩 사죄의 말을 하고서 떠나갔다. 음모에 휘말려 100명의 마법사와 50명의 기사로 구성된 일행이 각각 70명과 6명으로 줄었다. 그리고 자이넬을 포함한 고위 마법사와 여섯 명의 기사로 구성된 일행이 떠났다.

"우린 어쩌지?"

"어떻게 이곳을 벗어나지?"

자이넬의 일행이 떠나가자 남겨진 마법사들은 공황 상태에 빠졌다. 한 명 남았던 안내자를 자이넬이 데려가 그 누구도 헤이렌 왕국으로 향하는 길을 몰랐다. 대략적인 방향은 알지만 숲에서는 몬스터의 영역을 피해 움직여야 한다.

당장이라도 피렌스 왕국의 기사나 마법사가 나타나 죽이려 할 것 같은 분위기에서 몬스터까지 피하기란 불가능에 가까웠다. 모두 함께한다면 몬스터야 문제되지 않겠지만 그렇게 되면 발각당하기 쉬워진다.

어떠한 선택도 하지 못한 채 마법사들은 공황 상태에 빠졌다. 하지만 그것은 그리 오래되지 않았다. 작금의 현실이 얼마나 긴박한지 모두들 모르지 않기 때문이다. 그리곤 곧 서로 눈치를 보며 살아남을 궁리를 하기 시작했다.

자이넬의 일행처럼 서로 마음에 맞는 마법사들끼리 뭉치기 시작했다. 대부분 강한 동료를 원하고 있었다. 당연히 10분대의 여성들은 어디에서도 받아주지 않았다. 아론은 높은 인기를 구가하여 모두들 일행이 되길 원하고 있었다.

기사 못지않은 실력의 보호자인 루시를 데리고 있는 데다 아론 개인의 실력도 남은 마법사들에 비해서 무척 높은 편에 속했기 때문이다. 하지만 아론은 그들의 초대를 모두 거절하였다. 생존을 위해서 아론도 나름대로 생각한 것이 있었기에.

'텔레포트 스크롤을 연속적으로 사용한다면…….'

아론은 스크롤을 이용해 도주할 생각이었다. 텔레포트는 5서클의 고위 마법으로 스크롤의 가격이 무척이나 고가이다. 그런 고가의 스크롤을 아론은 수십여 장이나 가지고 있다. 헤이렌 왕국에 파견한 마법병단의 마법사들이 대부분 죽는다고 해서 어렵게 구한 스크롤이었다.

아론은 텔레포트 스크롤 이외에 3서클 수준의 스크롤도 수백여 장을 보유하고 있다. 그것을 모두 이용한다면 아론 자신만큼은 살아날 수 있다고 생각하였다. 스크롤이라 마법진을 이용한 텔레포트와 같이 장거리 이동을 할 수는 없지만 기사나 고위 마법사를 만나면 빠져나갈 정도는 충분히 되고도 남는다.

　'모두들 발악을 하는구나.'

　다섯 명가량의 일행으로 뭉친 마법사들이 하나둘 헤이렌 왕국이 있는 북동쪽으로 움직였다. 시간이 흐를수록 남겨진 인원이 줄어들더니 결국 아론과 여성들만이 남았다. 어떤 일행도 여성들을 일행으로 받아들이지 않았다.

　'데려가지 않을 만도 하지.'

　아론으로서는 충분히 이해할 만하였다. 여자들은 체력이 너무나 약해서 10분대장을 맡은 아론을 짜증나게까지 만들었다. 앞서 간 분대를 쫓아가야 하는데 여자들 때문에 함께 뒤처져 고생했기 때문이다.

　"흑흑흑."

　"엉엉엉. 난 죽기 싫어."

　"우린 어떡하지?"

　아론을 제외한 모든 남자들이 사라지자 여자들은 결국 울음을 터뜨렸다. 평소 때라면 여자들을 위한다는 남자가 한두 명쯤은 나타났을 것이다. 하지만 목숨이 달린 현실에서는 상황이 전혀 달랐다.

　모두 다 범죄 경력이 있는 마법사들이라 정신력이 강한 편이었다. 생존을 위해서 주저없이 떠나 버리고 다른 계획을 지닌 아론만이 남은 것이다. 다섯 명의 여자는 서로를 부여잡고 슬프게 울기 시작했다.

‘너무 아까운데.’

아론은 여유분의 스크롤을 몇 개 줄까 하고 생각했지만 아무런 연관도 없는 관계라 솔직히 주기가 아까웠다. 자신을 위해서라면 전혀 아깝지 않지만 타인을 위해서라면 아까운 것이다. 텔레포트 스크롤의 가격이 엄청난 고가이기 때문이다.

‘참내, 내가 죽을지도 모르는 상황에서 남이나 걱정하고 있다니!’

자신의 처지도 별반 다르지 않은 상황임을 자각한 아론은 스스로가 한심했다. 지금은 타인을 걱정할 처지가 아니었다. 냉정한 현실을 자각했지만 아론은 전혀 서두를 기세가 아니었다. 그의 계획에는 시간이 필요했다.

텔레포트 스크롤을 이용해 이동하려면 고위 마법사가 여러 명 모여 있으면 방해받을 가능성이 높았다. 마나 파동을 감지하여 마법 시전이 실패하도록 만들 수 있기 때문이다. 그래서 미리 떠나간 일행이 고위 마법사들을 분산시키길 기다렸던 것이다.

‘모두 죽겠지?’

아론은 울고 있는 다섯 명의 여자를 바라보며 잠시 엉뚱한 생각에 잠겼다. 마나의 영향인지 다섯 명 모두가 예쁜 편이다. 다른 마법사들이야 마법에 미친 자들이라 육체적 욕망에 관심이 없지만 아론은 전혀 그렇지 않았다.

아론은 아직도 마법사보다는 기사를 꿈꾼다. 기사가 되어 공주 같은 여성을 받아들여 아름다운 삶을 원한다. 물론 그것이 얼마나 허망한지 잘 알고 있지만 말이다. 그런데 죽을 수도 있는 상황에서 변태적이라고도 할 수 있는 엉뚱한 생각이 떠오른 것이다.

'까짓거 한 번 말은 꺼내보자. 어차피 죽을 테니 뭐 어때?

콘라드 제국에서도 뻔뻔하게 지냈던 아론이다. 아론은 주변 사람에게 절대 알려지지 않는다고 생각하면 뻔뻔한 짓이라도 충분히 할 수 있었다. 드레이얼 마법 아카데미를 다니며 갈고닦은 뻔뻔함이었다.

"살고 싶지 않아?"

"……."

아론의 말에 일순간 다섯 명의 여자 모두가 울음을 그쳤다. 아직도 주변에 사람이 남아 있다는 사실에 놀란 것이다. 하지만 그녀들은 아론이 말한 내용에 더욱더 놀라야만 했다. 여자에게 무척이나 치욕적인 거래를 요구했기 때문이다.

"나한테 텔레포트와 플라이(Fly) 스크롤이 여러 장 있다. 이거라면 살아서 이곳을 벗어날 가능성이 무척이나 높다는 사실을 알지? 만약 너희가 지금 이 자리에서 나와의 육체관계를 허락하면 그 대가로 주도록 하지. 어때?"

"이런 미친 자식!"

"쓰레기 같은 놈!"

아론도 충분히 예상한 반응이라 눈 하나 깜짝하지 않았다.

그리고 전혀 창피한 마음이 들지도 않았다. 어차피 그녀들은 죽을 운명이고, 아론이 했던 제안은 그 누구도 알지 못할 것이기 때문이다. 아론의 제안이 충격적인지 그녀들은 한동안 울지 않고 아론에게 온갖 욕설을 뱉어냈다.

'휴우, 아직까지 조용하군.'

아론은 여자들에게 신경을 끄고 마나를 감지하기 위해 정신을 집중하였다. 고위 마법사의 마법에서 발생한 마나 파동은 3서클의 아론도 감지할 정도로 넓게 퍼지기 마련이다. 그런데 아직까지 조용한 것을 보면 떠나간 일행 중에 누구도 발각되지 않은 것이다.

"당신이 스크롤을 가지고 있다는 사실을 우리가 어떻게 믿지?"

"여기 확인해 봐라!"

마음속으로 아론은 기뻤다. 그리고 가슴속에서 하나의 텔레포트 스크롤을 꺼내어 그녀들에게 던졌다.

"경고하는데 한 번만 더 반말하면 죽는다!"

"쳇!"

아론의 눈짓에 루시가 공격적인 자세를 취하자 여자들이 움찔하였다. 그녀들은 루시만 아니었다면 방금 전 아론의 제안을 들었을 당시 공격 마법이라도 시전했을 것이다. 하지만 루시의 실력을 이동 중에 여러 번 확인한 이상 함부로 적대적인 행동을 할 수 없었다.

"참고로 너희의 실력으로는 그거 한 장은 아무짝에도 쓸모 없다. 적을 만나서 텔레포트 스크롤을 사용하려면 플라이 스크롤도 함께 필요하니까. 정확한 좌표를 모르는 상황에서는 멀리 보이는 허공으로 텔레포트하고 플라이 마법으로 지상에 내려오는 방법이 가장 안전하지."

"그건 우리도 알아요!"

2서클의 에나미가 신경질적인 말투로 대답했다. 에나미는 평민 출신으로 자신에게 치근덕대는 귀족을 죽여서 마법병단에 강제적으로 징용되었다. 정당한 사건이지만 피해자가 귀족이라 억울하게 군부에 끌려온 것이다.

'생각이 있는 건가?

별로 기대는 하지 않았지만 여자들이 서로 상의를 하고 있었다. 스크롤의 진위 여부를 금세 알아내고 아론의 거래에 응할 생각이 약간은 있는 모양이다. 그녀들은 시간이 흐를수록 긴박한 현실을 뼈저리게 자각하고 있었던 것이다.

"어차피 죽을 거 못할 것도 없지!"

에나미가 여자들과의 상의에 결론을 내리지 못해서 짜증났는지 벌떡 일어나 아론에게 다가왔다. 그러더니 손을 내밀어 플라이 스크롤을 요구하였다. 아론은 품에 긴직하고 있던 플라이 스크롤을 내밀어 에나미에게 건네주었다.

'치졸하지만 죽을지도 모르는 상황에서 잠깐 즐기는데 뭐 어때?

아론은 스스로를 위안하며 에나미의 손을 이끌고 여자들이 보이지 않는 곳으로 움직였다. 그리고 아공간에 있던 침대를 꺼내었다. 에나미는 그 모습을 바라보고 무척이나 놀랐다. 고위 마법사가 아니고서는 아공간을 가질 수 없기 때문이다.

"루시가 지켜보잖아요!"

"그녀는 가디언이라 나와는 절대 떨어질 수 없어. 그리고 네가 나를 죽이려고 들면 어떡해?"

에나미가 루시를 지켜보며 화를 냈지만 아론은 양보할 수 없었다. 에나미의 상황에서는 정말로 아론을 죽이려 할 수도 있었다. 그렇게 아론은 거래를 통해서 에나미와 육체적인 관계를 맺으며 잠깐의 즐거움을 누릴 수 있었다.

에나미와 비슷한 처지로 마법병단에 배치된 아가사도 아론과 관계를 맺었다. 고민이 많았지만 에나미가 시작하자 수치심을 버리고 동참한 것이다. 이어서 나머지 여자들과도 아론은 즐길 수 있었다. 아론은 약간 미안한 마음에 다섯 번째의 여인과의 관계가 끝나자 텔레포트 스크롤을 비롯해 공격 마법의 스크롤도 충분히 건네주었다.

"변태!"

"치졸하게……."

"흑흑흑."

여자들의 반응은 각자 달랐다. 한 명을 제외한 네 명 모두가 아론과의 관계가 처음이었다. 나이도 20대 초반이나 중반에 불과한 데다 일찍 마법 학문에 빠져든 탓이다. 때문에 남자 마법사들도 상당수가 서른이 넘도록 여자를 경험하지 못한 경우가 많다.

마법사들 중 절반 이상이 결혼을 하지 않는다. 설사 결혼을 했더라도 대부분 자식조차 없다. 얼마나 마법사가 마법에 미쳐 있거나 괴상한 족속인지 알 수 있는 증거이다. 그렇지 않은 마법사라고 해도 대부분 귀족 출신이다.

"살아서 다시 보자!"

아론은 다섯 명의 여자들 틈바구니에 차마 남아 있지 못하고 자리를 떠났다. 아무리 낯이 두꺼워도 연이어 다섯 명의 여자들과 몸을 섞어놓고 한자리에 모여 있기가 난감했던 것이다. 그러나 아론은 자신의 행동에 전혀 후회가 없었다.

Chapter 5

도주(逃走)

도주

逃走

　　피렌스 왕국은 바네 왕국에서 파견한 마법병단을 매우 위협적인 존재로 받아들이고 준비했다. 바네 왕국이 파견한 마법병단의 전력을 잘못 파악한 탓이다. 보통 마법병단이라고 한다면 최소한 3서클 이상의 마법사로 구성되는 게 일반적이기 때문이다.

　　결국 피렌스 왕국이 바네 왕국의 고위층 군부 인물과 한 비밀 거래는 엄청난 손해였다. 무엇을 대가로 거래가 성사됐는지 알 수 없지만, 현실적으로 헤이렌 왕국에 파견된 마법병단은 바네 왕국으로서는 없어도 그만인 전력이니 말이다.

　　피렌스 왕국의 잘못된 오해 탓에 헤이렌 왕국에 파견된 마법병단의 마법사들은 비록 음모의 진실을 약간이나마 알게 되었지만 그 위험성을 자각하지 못하고 있었다. 피렌스 왕국에서는 강력한 마법병단으로 착각하여 준비를 한 상태인 것이다.

헤이렌 왕국으로 들어서기 위해서는 국경 지역에 있는 큰 강을 건너야 하는데, 그곳에는 피렌스 왕국의 마법병단과 기사단이 이미 대기하고 있었다. 사실상 헤이렌 왕국으로 가는 경로는 모두 차단된 상태이다.

숲에서는 추적이 어려워 도주가 쉽다. 반면 강은 탁 트여진 공간이라 아무도 모르게 건너기란 불가능하다. 그래서 강을 경계로 국경 지역이 형성되어 있는 것이다. 비록 국경 지역이지만 평소에도 쉽게 오갈 수 있을 정도로 허술한 국경이었지만 지금은 피렌스 왕국의 마법병단과 기사단이 철저히 지키고 있었다.

실질적으로 바네 왕국의 마법사들을 사냥할 존재는 마법병단의 마법사도 기사단의 기사도 아닌 레인져이다. 레인져는 숲의 어쌔신이라고도 불릴 만큼 무서운 존재이다. 숲에서라면 마법사도 기사도 레인져의 상대가 될 수 없다. 그들은 철저하게 기습을 위주로 싸우는데, 이는 성공 가능성이 무척이나 높다. 피렌스 왕국으로서는 최소한의 피해로 바네 왕국이 파견한 마법병단을 처리할 생각이라 레인져를 이용한 싸움을 선택한 것이다.

자이넬은 산전수전을 다 겪은 인물이라 음모의 일부만 알게 된 것으로도 전반적인 사항을 모두 파악할 수 있었다. 그리고 피렌스 왕국에서 고작 범죄 출신의 하위 마법사로 구성된 마법병단을 처리하기 위해서 음모까지 꾸밀 이유가 없음을 알아냈다.

'단단히 준비하고 있을 텐데……'

자이넬은 몇 안 되는 고위 마법사와 여섯 명의 기사를 모두 대동하였음에도 안전에 커다란 위협을 느끼고 있었다.

'텔레포트를 사용하면 추적하기 시작하겠지?

5서클의 텔레포트를 사용할 수 있는 자이넬이다. 하지만 그것이 얼마나 위험한 일인지 잘 알고 있었다. 정확한 좌표도 없을 뿐더러 사용하는 순간부터 피렌스 왕국의 고위 마법사가 마나 파동을 감지하고 추적에 나설 것이 분명했기 때문이다.

장거리 텔레포트를 사용하면 벗어날 수 있다. 하지만 장거리 텔레포트는 5서클의 자이넬에게도 너무나 어려운 방법이다. 이동 마법은 매우 위험하고 복잡한 마법이라 5서클을 마스터한 고위 마법사인 자이넬에게도 위험 부담이 있었다.

"아까는 말하지 않았지만 우리가 빠져나갈 가능성은 그리 크지가 않아."

"단장님, 무슨 말씀이세요?"

여섯 명의 기사에게 보호되고 있어서 충분히 안전하다고 생각한 4서클의 마법사인 비지트가 자이넬의 말을 이해하지 못하고 반문했다. 일행 모두가 비지트와 마찬가지로 안전에 문제될 것이 없다고 생각하고 있었다. 고위 마법사와 기사로 이루어진 막강한 전력이니 당연한 생각이다.

"죽은 도날리란 기사가 한 말을 생각해 보면 알 거야. 피렌스 왕국에서 왜 우리나라 군부의 고위층과 거래까지 해가며 이런 음모를 꾸몄을까? 과연 우리가 그럴 만한 가치가 있다고 생각해? 내 추측이지만 피렌스 왕국에서는 우리의 전력을 착각하고……."

"그러고 보니 그러네."

"맞아, 단장님의 말씀대로 우리는 아무짝에도 쓸모가 없는데."

자이넬의 설명을 듣고서 그제야 일행은 얼마나 자신들이 큰 위험에 빠졌는지 실감할 수 있었다. 입장을 바꾸더라도 적국의 막강한 마법병단이 자신의 또 다른 적국에 파견한다는 사실을 알게 된다면 분명히 몰살시키려 할 것이다.

'무조건 기다리는 것뿐이다.'

자이넬은 살아남기 위해서는 기다려야 한다고 생각했다. 달아나려 한다면 피렌스 왕국에서 준비한 함정에 빠져드는 꼴이다. 산전수전을 다 겪은 자이넬은 이런 위험에서 어떻게 빠져나가야 하는지를 잘 알고 있었다.

자이넬은 일행의 동의를 얻고서 당분간 숲에 숨어 있기로 결정했다. 그리고 고생하며 결계까지 완벽하게 숨어 지냈다. 고위 마법사가 만든 결계를 발견하기란 쉽지 않다. 물론 또 다른 고위 마법사가 근처에서 자세히 관찰한다면 모를까.

아론은 루시의 보호를 받으며 헤이렌 왕국까지 무사히 갈 수 있을 거라 생각했다. 설사 루시의 보호가 미흡해도 가슴에 간직하고 있는 스크롤을 생각하면 편안한 마음을 유지할 수 있었다. 하지만 레인져를 만나면서 아론의 생각은 바뀌었다.

치잉! 치잉!

걷고 있던 루시가 갑자기 검을 빼 들어 아론에게 향하는 두 개의 물체를 쳐냈다.

'뭐지?

아론이 당황할 때 루시는 이미 보이지 않는 적을 향해서 접근하고 있었다. 하지만 아론의 시선에는 그저 울창한 숲의 모습만 보일 뿐이었다. 루시가 향하는 곳을 바라보아도 별반 보이는 것이 없었다.

'뭐가 어떻게 된 거야?

순식간에 일어난 일이라 아론은 어찌 된 영문인지 알 수가 없어서 그저 루시가 향한 곳만을 바라보는 게 전부였다.

"으아악!"

"크윽!"

잠시 후 두 번의 처절한 비명 소리가 들려오고 나서야 루시가 모습을 드러냈다. 루시가 아론에게 다가오며 검을 집어넣자 그제야 아론은 안심하고 주변을 자세히 살펴볼 수 있었다. 루시에게 상황을 물어보고 싶지만 아직 루시는 복잡한 말을 구사하지 못하여 아론은 직접 상황을 알아봐야만 했다.

'쿼렐이잖아.'

아론은 루시가 검으로 쳐냈던 쿼렐을 발견할 수 있었다. 쿼렐은 석궁에 사용하는 화살로, 일반적인 화살의 절반 길이에 불과할 정도로 짧아서 석궁용임을 쉽게 구별할 수 있다.

"루시가 아니었다면……."

뒤늦게 아론은 루시가 쿼렐을 검으로 쳐내지 않았다면 죽을 수 있었음을 상기했다. 기사보다는 못하지만 일반적인 사람보다 훨씬 뛰어난 오감을 지닌 아론인 데도 쿼렐이 날아오는 것을 전혀 느끼지 못한 것이다. 정말 위험했던 순간이 아닐 수 없었다.

"루시, 공격한 자가 있는 곳으로 안내해 주겠어?"

"네, 아론님."

루시에게 죽은 사람은 두 명으로 은밀한 곳에 매복하고 있어서 쉽게 발견할 수 없었다. 루시가 가르쳐 주지 않았다면 가까이에서도 발견할 수 없을 정도였다. 그 두 명은 각각 석궁과 검을 모두 소지하고 있었다.

'레인져로군.'

누가 보더라도 레인져임을 알 수 있었다.

"크로스 보우는 레인져가 주로 사용하는 무기니까."

아론은 약간은 개량된 크로스 보우를 집어 들고 살펴보며 감탄했다. 석궁의 종류는 무척이나 많지만 그중 크로스 보우가 가장 뛰어나단 평가를 받고 있다. 훌륭한 무기임에 틀림이 없지만 레인져와 같은 소수만이 사용하는 무기이다.

석궁은 미리 시위를 당겨 고정시킨 후 쿼렐을 장착하여 필요할 때 언제든지 손쉽게 쏠 수 있는 장점이 있다. 쿼렐은 강력한 힘을 받아 직선으로 날아가기 때문에 눈에 보이지 않을 만큼 빠를뿐더러 쿼렐 전체가 금속이라 갑옷이나 몬스터의 피부도 꿰뚫는 훌륭한 무기이다.

단점은 장점에 비해 너무나 많다. 한 번 쏘면 다시 쿼렐을 장착하기까지 많은 시간이 소요된다. 시위를 걸쇠에 걸기 위해서 강력한 힘이 필요한데 발을 이용해야만 할 정도로 힘들고 불편하다. 편리함을 위해 톱니와 도르래까지 달렸지만 불편하긴 매한가지이다. 결국 단발성 무기에 지나지 않아 주 무기로 사용하기란 불가능하다.

이러한 단점뿐이라면 비록 단발성 무기라도 많이 사용할 것이다. 가장 큰 단점은 잦은 고장에 있었다. 기계적인 부분에 약간이라도 손상이 가면 바로 사용이 불가능했다. 단순히 활대와 시위로 구성된 활과 달라서 철저한 관리가 필수인 무기라 고장이 잦은 것이다.

석궁을 관리하기란 요원한 일이다. 수시로 닦아줘야 하고 고장난 부분이 있으면 스스로 고칠 수 있는 수준의 기술이 필요하다. 결국 극히 소수의 인물만이 사용이 가능한 무기인 것이다. 그러함에도 군부에서는 석궁의 위력을 이용하여 레인져를 교육시킨다. 습격에는 석궁이 매우 탁월한 효과를 보이기 때문이다.

'만약 두 명이 서로 다른 방향에서 습격했다면?

아론은 레인져가 각기 다른 방향에서 매복하여 공격했다면 어찌 되었을까 상상했다. 이번엔 같은 방향에 매복해 있어서 루시가 해결했지만, 만약 서로 다른 곳에 매복해 있었다면 루시는 아론의 보호를 위해 레인져를 처치하지 못했을 것이다.

'어떻게 해야 하지?

어이없게도 레인져 두 명이 각기 다른 방향에서 습격한다면 아론은 자신이 위험에 노출될 수 있음을 깨달았다. 아론은 호기심이 발동하여 레인져의 크로스 보우를 살펴보며 얼만큼의 파괴력이 있는지 시험하기로 하였다.

시위를 걸쇠에 거는 것조차 쉽지 않았다. 활대 중심에 매달린 발걸이에 발을 집어넣고 양손으로 시위를 잡아당겨 걸쇠에 걸쳤다. 그리고 레인져의 등에서 퀴렐을 꺼내어 장착했다. 단발성 무기라 그런지 레인져의 품에는 퀴렐이 세 개뿐이었다.

팍!

아론이 걸쇠를 내리는 장치를 당기자 쿼렐이 시위의 힘을 받아서 나무에 꽂혔다. 무려 절반이 박힐 정도로 신속하고 강력했다.

"와우."

아론의 입에서 절로 감탄사가 흘러나왔다. 하지만 지금은 자신을 죽이려는 무기에 감탄하고 있을 때가 아니었다. 아론은 현재의 난관을 어떻게 극복할지 걱정했다. 무조건 북동쪽을 향하여 헤이런 왕국에 들어선다는 계획에 차질이 생긴 것이다.

'당할 때 당하더라도 철저한 준비를 해야겠지.'

아론은 새롭게 각오를 다졌다. 일단 가슴에 품고 있던 스크롤을 손에 움켜쥐어 언제라도 사용할 수 있도록 하였다. 또한 한 겹만 입고 있었던 값비싼 오우거 가죽 갑옷 위에 여분으로 준비한 갑옷까지 착용했다. 두 겹으로 갑옷을 착용했지만 둘 모두 경량화 마법이 시전된 갑옷이라 약간의 불편함은 있어도 이동에 지장을 줄 정도는 아니었다.

'이제부터는 루시의 감지 능력에 의지하자.'

쿼렐을 막아낸 루시이다. 당연히 루시가 검을 뽑아 든다면 적이 있다는 소리. 그때부터 아론도 위험에 대비하기로 하였다. 또한 자신이 가지고 있던 검마저 루시에게 주어서 여분의 검을 사용할 수 있도록 배려했다.

아론은 루시와 함께 조심스럽게 움직였다. 방향은 역시 북동쪽이었다. 간간이 아론과 함께 파견된 마법사들이 죽은 흔적이 발견되었다. 시체는 레인져가 가져간 듯 흥건한 피의 흔적만이 남겨져 있었다.

'레인져?'

루시가 검을 빼어 들자 아론은 1서클의 실드(Shield)와 아머(Armor) 스크롤을 찢었다. 적을 감지하진 못했지만 루시가 검을 빼어 든 사실에 의지하여 과민하게 반응한 것인데, 탁월한 선택이었다.

'내 앞에 나타나기만 해봐! 통구이를 만들어줄 테니.'

아론은 파이어 볼의 스크롤을 쥐고서 주변을 경계했다. 루시는 적을 감지했음에도 크로스 보우 때문에 움직이지 못했다. 피렌스 왕국의 레인져는 두 명이 한 조로 움직이는 체제이지만 아론과 루시가 그 사실을 알 리 없었다.

"루시, 두 명이야?"

"네."

아론은 마음속으로 루시와 간단한 대화를 나누어 레인져의 수를 파악했다. 육체관계를 통해 마나 공명을 이룬 이후로 루시와의 마음을 통한 대화가 가능했다. 일정한 거리에서만 가능한 대화이지만 지금과 같은 긴장된 상황에서는 효과적인 대화법이다.

"그냥 공격해. 내가 준비한 방법이 쿼렐을 막을 수 있는지 확인하고 싶거든."

"네."

루시가 명령에 따라 레인져를 감지한 방향으로 공격을 시
도했다.

치잉!

레인져는 쿼렐을 날려서 루시의 움직임을 막으려 했지만
루시가 간단히 검으로 쳐내어 레인져에게 접근했다. 눈에 잔
상을 남길 만큼 빠른 움직임이었다. 하지만 그 탓에 다른 곳
에 숨어 있던 레인져가 무방비 상태의 아론을 향해 쿼렐을 발
사하였다. 당연히 아론은 피할 수 없을 만큼 쿼렐이 다가오고
나서야 뒤늦게 위험을 감지했다.

'피할 수 있을까?

혹시 피할 수 있을까 싶어서 움직였지만 허사였다. 아론의
움직임으로는 쿼렐을 피하기란 불가능했던 것이다. 3서클의
속도 향상 마법인 헤이스트(Haste)의 시전 상태라면 피할 수
있었겠지만 미리 마법을 시전하고 있지 않는 이상은 피할 수
없는 상황이었다.

파아악!

"욱!"

실드를 뚫고 정확히 오른쪽 가슴에 박힌 쿼렐의 충격에 아
론은 순간적으로 숨이 막혔다. 다행히 쿼렐은 오우거 가죽 갑
옷을 뚫지 못하였다. 아론은 오우거 가죽 갑옷이 고가로 거래

되는 이유를 직접 체험한 것이다. 잠시 후 루시가 아론을 공격한 레인져를 죽였다.

레인져가 더욱 두려워진 아론이었지만 적어도 그들이 사용하는 크로스 보우에 대한 두려움에서만큼은 벗어날 수 있었다. 아론은 레인져의 시체에서 크로스 보우를 포함한 모든 무기를 수거하여 아공간에 집어넣었다.

'우연인지 몰라도 레인져는 두 명씩 움직이는군.'

아론은 레인져의 공격 방법을 떠올리며 앞으로 어떻게 대응할지 생각했다. 어쨌든 명령을 받은 루시가 해결하는 것이지만 말이다. 아론은 루시와 함께 계속해서 레인져를 사냥했다. 숲에서 활동 중인 레인져가 많은 탓에 그들은 수많은 레인져와 싸워야 했다.

위험한 순간이 여러 번 찾아왔지만 심각한 상황은 없었다. 한 번은 루시가 쿼렐에 맞는 경우도 있었다. 루시를 맞춘 레인져가 사용한 크로스 보우는 개량된 것으로, 하나가 아닌 두 개의 쿼렐을 발사하는 것이 가능했다.

한 번에 두 개의 쿼렐을 사용할 수 있는 크로스 보우는 활대와 시위가 각각 두 개로 이루어져 있어서 다른 레인져가 들고 있는 것보다 훨씬 컸다. 단발성이란 단점을 극복했지만 그 때문에 더욱 고장이 잦을 것이다.

아론의 이동 방향은 헤이렌 왕국으로 가는 직선 방향이라 레인져의 매복이 가장 많은 곳이었다. 레인져들은 숲을 헤집고 다니며 마법사들을 사냥하고 있었다. 그런데 일부 레인져들의 행방이 사라졌음에도 레인져들은 서로 알지 못했다.

레인져의 피해는 피렌스 왕국에서도 이미 예상하고 있었다. 3서클 이상의 마법사로 구성된 마법병단을 레인져만으로 잡으려면 약간의 피해는 당연한 것이다. 하지만 그 피해가 예상 밖으로 커지고 있음을 그들은 알지 못했다.

아론은 지쳤다. 엄청난 수의 레인져를 죽여가며 이동했음에도 헤이렌 왕국의 국경 지역은 아직도 나타나지 않았다. 상당히 위험한 존재인 레인져를 상대하느라 아론은 정신적으로 많이 지친 상태였다. 긴장 상태를 오랜 시간 유지한 후유증이다.

처음에는 스크롤로 실드와 아머를 사용했지만 레인져를 많이 만나다 보니 직접 마법으로 사용할 수밖에 없었다. 아론이 비록 3서클이지만 급성장한 경우라 정신력이 뒷받침되지 못해 무리가 오는 것은 당연했다.

많은 레인져가 죽었음에도 레인져들은 아론의 존재를 전혀 알아차리지 못하고 있었다. 루시가 마주치는 레인져를 단한 명도 살려 보내지 않았기 때문이다. 한 명이라도 빠져나갔으면 아론과 루시의 존재가 드러났을 것이다.

'아, 시원한 물 냄새.'

아론은 어디선가 풍겨오는 물 내음을 맡았다. 정신적뿐만 아니라 육체적으로도 지쳐 심각한 갈증을 일으키고 있는 상태라서 물 내음을 쉽게 느낄 수 있었던 것이다.

"루시, 주변에 강이 있어?"

"네, 아론님."

아론은 루시의 생각을 듣고 국경 지역에 다가왔음을 느끼고 너무 감격스러웠다. 다행히 레인져의 위험을 벗어나 헤이렌 왕국에 가까워진 것이다. 이제는 강만 건너면 피렌스 왕국의 지역에서 벗어날 수 있다.

'루시가 좀 더 똑똑했으면 좋았을 텐데.'

아론은 루시의 부족한 이성에 답답함을 느꼈다. 이성이 부족하여 직접 물어보는 질문 이외에는 별다른 의사 표현이 없다. 이성이 깊었으면 스스로 행동하고 강이 있음을 미리 알려줬을 것이기 때문이다.

콘라드 제국의 황제가 보내준 루시가 너무 고마웠다. 하지만 왜 황제가 루시라는 가디언을 사용하지 않았는지 뼈저리게 느끼는 중이다. 비록 소드 익스퍼트 경지와 맞먹는 전투력을 지녔지만 비슷한 전력의 상대가 둘 이상이면 그다지 효과가 없었던 것이다.

그렇다고 아론이 루시를 중요하지 않게 생각하는 것은 아니다. 루시가 아니었다면 레인져의 공격에서 절대 살아남지 못했을 것이기 때문이다. 그저 루시의 능력이 더 뛰어났다면 생존 가능성이 더 높았을 것이란 배부른 생각이 잠깐 들었던 것뿐이다.

'모두 죽었을까?

아론은 함께 파견된 다른 동료들이 어떻게 되었을까 생각
했다. 과연 얼마나 많은 수의 마법사들이 레인져의 공격을 피
했는지 궁금했다.

'적어도 자이넬 일행은 벌써 헤이렌 왕국에서 나를 기다리
고 있겠지?

고위 마법사와 기사로 이루어진 막강한 일행이 레인져의
공격에 숲을 빠져나오지 못했을 리 없다. 아론은 자이넬 일행
이라면 이미 헤이렌 왕국에 도착해 있을 것이라 생각했다.

"자, 다 왔으니까 힘내자!"

루시에게 하는 말이 아니라 아론 스스로 다짐하는 말이었
다. 혹시라도 국경 지역에 보다 많은 레인져가 있을까 걱정되
어 더욱더 조심스러웠던 것이다. 양손에는 지금껏 사용하지
않았던 이동형 스크롤을 나눠 쥐고 있었다.

왼손에는 근접한 거리를 무작위로 이동하는 블링크 스크
롤이었고, 오른손에는 먼 거리를 이동할 수 있는 텔레포트 스
크롤이었다. 수영으로 강을 건널 수 없는 노릇이라 이동 마법
스크롤을 시전할 준비를 한 것이다.

'설마 국경 지역이 결계로 가로막힌 것은 아니겠지?

아론은 이동 마법 스크롤이 실패할 상황을 떠올렸다. 나라
의 중요한 국경 지역에는 이동 마법이 불가능한 결계가 설치
되어 있다. 하지만 피렌스 왕국이 미개한 부족 연합 국가인

헤이렌 왕국과의 국경 지역에 결계를 설치하고 있을 리는 없었다.

결계를 유지하기 위해서는 마법사의 꾸준한 지원을 필요로 한다. 그래서 중요한 국경 지역에만 결계가 설치되어 유지될 뿐이다. 그러니 마법사도 거의 없는 헤이렌 왕국과의 국경에 결계가 설치되어 유지되고 있을 리 만무했다.

'마법사와 기사가 지키고 있더라도 텔레포트 스크롤을 사용하여 강 건너편으로 이동하면 되니까.'

아론은 국경 지역을 지키는 전력이 많아도 텔레포트 스크롤만 있다면 충분히 벗어날 수 있다고 생각했다. 더구나 여러 장을 가지고 있어서 간혹 실패가 되거나 건너서 추적을 당해도 벗어나는 데는 문제가 없다.

'국경 지역이 확실하군.'

아론은 강력한 마나의 존재감을 많이 느꼈다. 마나의 존재감은 마법사와 기사에게서 느껴질 뿐이다. 국경 지역에 마법사와 기사가 지키고 있는 것은 당연한 것이고, 아론은 크게 문제될 것이 없다고 생각했다. 아론의 계획은 최대한 강변에 접근하여 텔레포트 스크롤을 이용해 건너가는 것이었다.

"루시, 내가 달려가는 속도에 맞춰서 나를 향한 공격을 모두 막아줘. 그리고 내가 강의 건너편에 이동되어 있음을 확인하면 어떻게든 나를 찾아와야 해. 알았지?"

"네, 아론님."

루시까지 함께 데려가는 건 불가능했다. 루시 정도의 실력이면 충분히 혼자서 빠져나올 수 있을 것이다. 고위 마법사의 마법이나 기사에게 아무리 큰 상처를 입어도 쉽게 회복할 수 있는 괴물 같은 키메라이니 말이다.

"가자!"

강을 향해서 빠르게 달렸다. 몸에 헤이스트 마법까지 시전하여 기사의 움직임 정도는 아니지만 그에 버금가는 속도였다. 숲을 완전히 빠져나와 강변을 밟는 순간에 아론은 자신이 커다란 착각을 했음을 상기했다.

'이런 젠장할!'

강변에는 아론이 예상한 수준 이상의 마법사와 기사가 상주하고 있었다. 마법병단과 기사단이 횡으로 배치되어 지키고 있었던 것이다. 그렇다고 아론은 자신이 계획한 것에 큰 문제가 있다고 생각하진 않았다.

'강을 건너면 그만이야.'

강변에 발을 들여놓고 최대한 강에 근접하여 텔레포트 스크롤을 사용하려 했지만, 그것은 아론만의 착각이었다. 강변에 대기하고 있던 사람은 아론보다도 훨씬 고위 마법사들이었고, 기사들도 검의 경지가 보통 이상이었다. 그래서 아론이 나타나기 이전부터 존재를 눈치 채고 있었던 것이다.

'자, 간다!'

아론은 오른손에 들고 있는 텔레포트 스크롤을 과감히 찢었다. 아론은 뒤늦게 피렌스 왕국의 마법사들과 기사들이 자신의 존재를 이미 눈치 채고 기다리고 있었음을 알 수 있었다. 하지만 강만 건넌다면 상관없다고 생각했다.

퍼어엉!

아론의 오른손에 있던 텔레포트 스크롤이 아무런 효과도 없이 마나 폭발을 일으켰다. 스크롤이 가짜이거나 마법이 알 수 없는 이유로 실패한 것이다.

'이럴 리가 없어.'

아론은 강을 건너서 재차 사용할 두 번째 텔레포트 스크롤을 찢었지만 마찬가지로 마나 폭발을 일으켰다. 레인져를 만나며 사용한 스크롤은 절대 실패하지 않았다. 같은 곳에서 구입한 스크롤이라 한 번이라면 모를까 두 번이나 연속으로 마법이 실패할 이유가 없었다.

"호오, 값비싼 텔레포트 스크롤을 가지고 있었군!"

"레인져를 피해서 이곳까지 오다니 대단하군."

주변에서 비웃는 소리가 들려오고 나서야 아론은 자신의 계획이 실패했음을 자각했다.

'도주하자.'

아론은 재차 텔레포트 스크롤을 꺼내 들었다. 주변은 이미 기사들이 검을 뽑아서 포위한 상태라 쉽게 빠져나갈 수 없는 상황이었다.

"이곳은 결계를 친 상태라 텔레포트 스크롤은 무용지물

이다!"

"위에서는 무조건 죽이라고 했지만 너희 놈들은 사로잡혀서 우리의 무료함을 달래주어야겠다. 알겠니? 하하하!"

아론이 텔레포트 스크롤을 또다시 찢을 기세이자 모두들 비웃었다. 하지만 텔레포트 스크롤을 이용해 결계가 아닌 지역으로 이동하면 마법 시전에 아무런 문제가 되지 못한다. 아론은 지나온 숲을 떠올리며 스크롤을 찢었다.

"뭐야, 막아!"

"막아라!"

스크롤이 시전되는 현상을 보이자 기사들이 깜짝 놀라며 검을 휘둘렀다. 하지만 루시의 방어에 기사들의 검은 아론을 상처 입히지 못했다. 사실 루시의 존재 때문에 모두들 아론을 사로잡으려 했다. 예쁘게 생긴 루시에게 관심이 있어서 아론을 당장 죽이지 않고 방치했던 것이다.

고작 3서클 정도의 마법사인 아론을 죽이기란 너무나 손쉽다. 주변에 한두 명도 아니고 수십여 명의 마법사와 기사가 있는 마당이니 말이다. 하지만 스크롤을 이용한 도주를 막으려고 하자 루시의 방해로 아론을 놓쳤다.

루시는 아론의 위치를 감지하고 그 방향으로 재빨리 움직였다. 루시의 등을 향해서 기사의 검이 휘둘려지고 있지만 그 정도는 무시했다. 그저 전면에 가로막는 기사만을 죽이며 빠져나갈 수 있었다. 루시를 가로막은 기사는 제대로 반격할 틈도 없이 죽었다.

루시가 비록 기사를 죽였지만 막강한 기사들 앞에서 등을 보인 결과는 참혹했다. 여러 개의 검에 등이 난도질을 당했다. 하지만 금세 지혈되어 빠른 복구가 진행되었다. 오직 키메라만의 특권인 현상이었다.

루시는 키메라인 관계로 언제나 최대한의 힘을 사용할 수 있는 반면에 인간은 그렇지가 못하다. 마나 운용이 가능한 두 명의 기사가 있더라도 준비된 자와 그렇지 못한 자는 천지 차이인 것처럼 말이다. 그만큼 루시의 전투는 효율적이다.

"이런, 쫓아라!"

"가만두지 않겠다!"

동료의 죽음에 흥분한 기사들이 쫓아가기 위해서 루시가 도주한 방향으로 향했다.

"쫓지 마라! 우리의 임무는 이곳을 지키는 것이다!"

"단장님, 하지만……."

기사들은 추적을 말리는 기사단장의 말에 반발했다. 자신들의 동료가 한 명 죽었기 때문이다. 동료가 죽지만 않았다면 굳이 쫓을 생각도 하지 않았을 것이다. 기사단장도 굳이 말리고 싶은 생각은 없었다.

"정히 그놈을 죽이고 싶다면 레인저와 동행하여 추적해라!"

"감사합니다, 단장님!"

죽은 기사와 가까웠던 동료들이 레인져와 함께 추적에 나섰다. 그들은 숲에 들어가자 곧바로 이곳까지 이동한 아론과 루시의 흔적을 쉽게 발견할 수 있었는데, 레인져를 죽여가며 이동한 흔적들이었다. 그들은 아론과 루시가 다른 레인져들에게 죽기 전에 먼저 발견하길 바랐다.

그들의 바람은 전혀 걱정할 필요가 없었다. 아론과 루시의 흔적을 추적하는 도중에 수십여 명에 달하는 레인져의 시체를 발견한 탓이다. 그것은 추적을 시작한 레인져와 기사들도 전혀 예상치 못한 상황이었다.

추적을 시작한 레인져는 당장 이 소식을 전하였다. 어이없게도 숲에서 마법사들을 사냥하고 있던 상당수의 레인져가 같은 인물에게 죽임을 당한 것이다.

숨이 턱에 차오를 때까지 아론은 계속 달렸다. 헤이스트를 시전한 상태라 무척 빠른 속도였다. 더구나 아론은 다른 마법사에 비해 체력도 높아 도주에 성공할 수 있었다. 물론 추적을 뿌리친 건 아니었다.

'난 죽을 수 없어.'

아론의 머리 속에는 죽음의 공포로 가득했다.

'어떻게 해야 살아남을 수 있지?

국경을 넘는 것만이 유일한 방법이었는데 실패하였다. 아론이 강변에서 목격한 광경은 피렌스 왕국에서 완벽하게 준비하여 살아서 빠져나가기가 불가능하다는 것이다.

'레인져만으로도 벅찬데, 마법병단과 기사단까지 배치되어 있다니?

아론은 레인져만으로도 두려움에 떨었다. 다행히 레인져는 두 명이 한 조가 되어 독자적으로 작전을 수행하여 다수의 레인져를 만나는 경우는 없었다. 하지만 강변에서 보았던 많은 마법사와 기사를 보고는 극한의 공포심을 느꼈다.

몰락 귀족 출신이라는 이유로 아론은 어려서부터 많은 박해를 받았다. 그러나 귀족이라는 신분이 방패가 되어 극한까지 몰린 경우는 없었다. 그것은 콘라드 제국의 드레이얼 아카데미에서 아이들에게 멸시를 받을 때도 마찬가지였다.

비록 재능이 없어 무시를 당해도 그나마 생명의 위협까지 받지 않았던 이유는 아론이 귀족이라는 것 때문이었다. 귀족 신분 덕분에 최악의 상황까지 내몰린 적이 없었던 아론이다. 하지만 지금의 상황은 전혀 그렇지 않았다.

'레인져를 만나면 어떻게 되는 거지?

아론은 숲을 헤치며 도주하는 와중에 매복 중인 레인져와의 만남을 상상했다. 루시가 있을 때는 걱정이 없었지만 지금은 혼자였다. 루시가 없는 상황에서 레인져와의 만남은 아론에겐 죽음이나 다름이 없는 상황이었다.

'어디로 가야 하지?'

레인져를 만나게 되는 것도 문제이지만 더 이상 갈 곳이 없었다. 이는 살고자 하는 의지가 강하다고 해서 해결될 문제가 아니었다.

'후후후.'

아론은 막다른 골목까지 몰리듯 최악의 상황에 접하자 마음속으로 웃음이 나왔다. 죽음의 공포심이 머리 속에 가득하자 온갖 고민들이 몰려오다가 어느 순간에 깨끗해졌다. 자포자기하여 마음이 허탈한 것이다.

아론은 도주를 멈추고 땅바닥에 털썩 주저앉았다. 사실상 국경 지역의 울창한 숲은 위험한 것 천지이다. 아론이 몬스터나 야생 동물 혹은 강한 독을 품고 있는 식물에게도 죽을 수 있는 것이다. 사람만이 적은 아니다.

찌르르.

스스스, 휘이이.

움직임을 멈추자 아론은 숲에서 들려오는 자연의 다양한 소리를 들을 수 있었다. 그리고 가쁜 숨을 몰아쉬며 스스로 도주가 불가능한 현실임을 깨달았다. 드래곤을 만나도 정신만 차리면 살 수 있다는 옛말도 있지만 아론의 치지는 그보다 심했다.

'나를 죽이러 오는 것인가?'

주변이 조용해지자 아론은 한 명의 사람이 빠르게 접근하고 있음을 감지했다. 자포자기한 아론에게는 그것이 누구인지 관심조차 없었다. 다시 일어나 도주할 생각이 없었기 때문이다.

'그래, 난 살아남기 위해서 최선을 다했어.'

아론은 생존을 위해 최선을 했다고 생각하며 자신의 죽음에 후회를 남기지 않으려고 스스로 위안을 삼았다. 그렇다고 죽음의 공포가 사라지지 않지만 잠시 후 모든 게 끝나리라 생각을 했다. 도주하고 싶은 마음이 없지는 않지만 갈 곳이 없으니 반항하고 싶은 의욕도 생기지 않는 것이다.

"……."

눈을 질끈 감고 공포심을 마음속 깊이 누르며 죽음을 기다렸건만 변화가 없었다. 아론은 눈을 뜨고서 주변을 살펴보았다. 어이없게도 접근한 사람은 전신이 상처로 가득한 루시였다. 강변에서 벗어나자 아론을 찾아온 것이다.

루시의 전신은 곳곳에 상처투성이였다. 키메라의 특성상 금세 회복할 테지만 인간이었다면 곧 죽어도 이상할 것 없는 상처였다. 지켜보는 가운데 루시의 심각했던 상처는 조금씩 아물어가고 있었다.

'키메라인 너도 별수없구나.'

접근한 사람이 루시라고 생각되어 반갑긴 하지만 한편으로 불쌍해 보였다. 막강한 키메라도 다수의 강한 적에게는 당할 수 없으니 안타까운 현실이다.

"루시야, 내 주변에 있는 적들을 모두 죽여주겠니? 단 한 사람도 남김없이 모두."

"네, 주인님."

루시는 아론의 생각에 대답하고 곧이어 사라졌다.

'물론 불가능하겠지만 말이야.'

아론은 사라지는 루시의 모습을 허망하게 바라보며 생각했다. 아론이 루시에게 내린 명령은 명령이라기보다는 독백에 가까웠다. 생존에 대해 자포자기한 아론은 그러한 바람이 이루어지길 기원하는 의미에서 루시에게 말한 것이다.

루시는 아론의 명령에 움직이는 가디언이다. 그것이 설사 실현 불가능하더라도. 아론의 명령에 따라 떠나간 것이다. 사실상 아론의 정신적 상태는 정상이 아니다. 며칠간 지속된 긴장감 때문에 제대로 수면을 취하지 못한 상황이라 잠깐이지만 삶의 끈을 놓아버리고 싶다는 생각이 들어서 약간의 정신착란 중세를 일으킨 것이다.

하루만 휴식하면 본래의 모습으로 돌아올 일시적인 정신적 혼란이었다. 지금의 아론은 누군가의 보호가 절실히 필요한 시기인 것이다. 하지만 아론은 유일하게 자신을 보호할 수 있는 루시를 무의식적으로 생각한 바람으로 떠나게 만들었다.

루시는 가디언이다. 자신의 주인을 보호하며 명령을 수행하는 것이 탄생 이유이다. 하지만 루시는 이성적인 사고를 제대로 하지 못했다. 정상적인 가디언이라면 아론의 상태를 짐작하고 떠나지 않았을 것이다.

'내 주변에 있는 적들을 모두 말살시켜라.'

루시가 아론에게 받은 명령이다. 오랜 시간 지속된 긴장감으로 인해 패닉 상황에 빠진 아론이 무의식적으로 루시에게 내린 명령이다. 그 명령을 수행하기 위해 루시는 아론에게서 떠난 것이다. 루시의 치명적인 결함이었다.

이성적인 사고가 불가능한 루시이더라도 최소한의 사고는 가능하다. 그것은 바로 루시의 존재 이유이기도 한 아론의 보호이다. 그래서 루시는 아론을 감지할 수 없는 거리 밖으로의 이동은 자제하였다. 그것이 루시의 한계였다.

루시가 비록 전투력에서 약한 측면이 있지만 의외로 아론이 생각하는 것만큼 약한 존재는 아니다. 지금까지 약하게 비춰진 이유는 아론의 보호를 최우선으로 삼아 활동에 제한을 두었기 때문이다. 하지만 지금의 루시는 제약이 거의 없었다.

아론의 명령에 따라 적의 말살이 목적이라 활동에 제약이 없다. 루시는 먹지도 자지도 않는 키메라이며, 상처를 입어도 사지가 잘리지 않는 이상 전력에 전혀 이상이 없는 괴물이다. 강변에서 기사에게 상처를 입었던 이유도 최대한 아론에게 빨리 복귀하기 위해서였다. 그러한 부분을 아론은 놓치고 있었다.

'적을 모두 죽여라.'

루시는 명령에 따라 아론을 중심으로 계속 이동하면서 적을 죽여 나갔다. 그것이 아론에게 위협이 된다고 판단하면 사람과 몬스터를 가리지 않았다. 사고력이 부족한 루시의 한계 탓에 학살이 자행된 것이다.

"크아악!"

루시의 등장에 아론을 추적하고 있던 레인져 한 명이 죽었다. 명령에 따라 학살을 자행하던 루시와 아론을 추적하던 일행이 마주친 것이다.

"우리가 쫓던 놈을 지키던 계집년이다!"

"모두 대형을 유지해라!"

실질적으로 추적을 담당하던 두 명의 레인져가 루시의 검에 너무나 쉽게 죽었다. 기사의 독촉에 추적에만 전념하다 당했다. 물론 루시의 강함을 생각하면 미리 준비하고 있어도 당하기는 마찬가지이다. 적어도 기사처럼 소드 익스퍼트 수준은 되어야 상대라도 할 수 있으리라.

다섯 명의 기사는 기사단 출신이라 대응이 빨랐다. 하지만 기사들이 철저하게 대응한다고 해서 루시가 공격에 주춤거릴 리 없었다. 어찌 보면 루시의 싸움은 매우 비효율적이다. 지치지 않기 때문에 루시는 상처까지 입어가며 적극적으로 싸울 필요가 없었다.

"타아앗!"

채잉!

　루시의 검이 한 명의 기사에 의해 막혔다. 기사의 수준은 루시보다 약간 낮았지만 레인져가 죽는 동안 확실히 준비하고 있었기 때문에 대응이 가능했던 것이다.

“죽어라!”

채잉!

　또 다른 기사가 루시를 공격했지만 루시는 여분의 검을 이용해 막았다. 루시는 인간이 아니다. 오른손이든 왼손이든 힘의 배율이 똑같고, 두 손을 모두 능숙하게 사용한다. 단지 지금까지 그렇게 행동하지 않은 이유가 있었다.

　두 명의 적이 나타나면 가장 효율적인 싸움은 한 명을 빠르게 죽이는 방법이다. 그런데 그러기 위해서는 최대한 강력한 힘을 순간적으로 발휘하여 한 명을 먼저 처리하는 것이다. 그러니 키메라가 비록 양손을 능숙하게 사용하더라도 쌍검의 사용은 비효율적이다. 물론 지금의 루시처럼 비슷한 전력이면 방어를 위해 일시적으로 사용하는 순간을 제외하면 말이다.

“망할, 조심해라!”

“크으윽!”

　루시와 검을 마주쳐 싸우던 기사가 동료들에게 소리쳤다. 하지만 그 기사는 방어하며 파고든 루시에게 상처를 입고 말았다. 루시도 기사의 검에 비슷한 상처를 입었지만 싸움을 지속하는 데는 전혀 지장이 없었다.

루시는 상처를 입어도 크게 무리가 없으니 상관없지만 사람인 기사는 전혀 그렇지 못했다. 루시와 똑같이 하다가는 죽을 수밖에 없다. 결국 루시의 검에 다섯 명의 기사는 차례로 죽임을 당했다.

루시의 학살은 그것으로 끝이 아니었다. 또 다른 적을 찾으며 숲을 헤집고 다녔다. 루시가 움직이는 원동력은 마나이다. 그런데 루시가 탄생한 존재 목적이 황제의 인척을 보호하는 것이라 최상급인 재료만을 엄별해 사용한 탓에 마나 부족이 발생할 가능성은 극히 적었다.

루시가 아론을 감지할 수 있는 범위는 무척이나 넓다. 그 범위 안에서 루시의 학살은 끊임없이 계속되고 있는 것이다.

하루 동안에 루시가 벌인 학살은 상상을 초월했다. 레인져가 비록 숲에서 독자적인 명령을 수행한다지만 루시의 학살을 눈치 채지 못할 리 없었다. 광범위하게 벌어진 학살을 발견한 레인져들은 긴급히 이 사실을 알렸다.

그러자 비밀 작전을 수행 중이던 피렌스 왕국에서는 난리가 났디. 피렌스 왕국은 비네 왕국의 군부 고위층괴 거레를 성공시켜 수행한 작전이었다. 그런데 이런 사실이 밝혀진다면 피렌스 왕국 측에서 작전을 지시한 존재도 난처해지긴 마찬가지이다.

적국의 전력을 약화시키기 위한 일이라 하더라도 비밀스러운 거래를 싫어하는 족속은 많다. 그래서 비밀 유지가 가능한 레인져와 마법병단, 그리고 기사단을 전력으로 사용했는데 레인져 상당수가 죽었으니 뒷수습이 큰일이었던 것이다.

어찌 됐든 피렌스 왕국 측은 바네 왕국에서 헤이렌 왕국으로 파견한 마법병단을 모두 처리하기 위해 빠르게 대처하였다. 비밀 유지를 위해 빠르게 뒷수습을 할 필요가 있었다. 그래서 과감히 기사단과 마법병단을 투입하기로 결정하였다.

기사와 마법사를 적절히 섞어 숲에서 문제를 일으킨 존재를 빨리 처리하기 위해서였다. 피렌스 왕국의 이러한 결정은 그동안 조용히 숨어서 기회만 엿보고 있었던 자이넬에게 도주의 기회를 준 것이나 다름없었다.

마법병단의 이동은 헤이렌 왕국으로 가기 위한 가장 어려운 난관이었던 마법 결계가 상당히 약해지는 결과를 만들었다. 물론 결계가 약해져도 이동 마법으로 강을 건너기란 불가능하지만 약간이라도 가능성은 생긴 것이다.

"모두 준비되었지?"

"네, 단장님!"

자이넬의 질문에 모두들 힘차게 대답했다. 그동안 일행은 자이넬의 의견을 받아들여 결계에 숨어 며칠간 숨어서만 지냈다. 간혹 레인져가 결계의 곁에 다가와 의문을 가지면 힘을 합쳐서 해결하곤 했었다.

인내심을 갖고 기다린 덕분에 레인져가 물러가고 곧 기사와 마법사로 이루어진 전력이 투입되어 숲을 뒤지고 다녔다. 자이넬은 결계에 숨어서 새로운 전력이 숲에 투입된 사실을 알아채고, 그 때문에 국경 지역의 경계가 허술해졌음을 짐작했다.

자이넬의 일행은 지금이 기회라고 생각했다. 하지만 그들은 그러한 기회가 모두 아론의 명령을 받은 루시가 벌인 학살로 생긴 일임을 전혀 알 수 없었다. 물론 그것을 모르기는 아론도 매한가지이지만 말이다.

아론의 정신력은 전혀 약하지 않다. 비록 일시적으로 정신착란 증세를 일으켰지만, 누구나 아론처럼 장기간 나쁜 일들이 겹치면 충분히 겪을 수 있는 현상이다. 아론은 마법사가 되기 위해서 비웃음을 수년간 참을 정도로 강한 정신력의 소유자이다.

천재적인 재능을 지닌 마법사에 비하면 떨어지는 경향이 있어도 일반적인 범위 안에서는 정신적으로 강한 편이다. 하루가 지나자 아론은 정신을 차릴 수 있었다. 무방비 상태임에도 하루 동안 안전했던 이유는 루시의 학살 때문이다.

아론의 근처에 위협이 되는 몬스터나 야생 동물이 모두 루시의 검에 죽었으니 안전한 것은 당연했다. 아론은 어제 겪었던 기억을 떠올리며 한숨을 쉬었다. 이제는 이곳에서 벗어날 뾰족한 방법이 떠오르지 않았다.

“그나저나 루시는 어디 갔지?”

루시가 보이지 않자 아론은 약간 걱정이 되었다. 설사 죽는 일이 생기더라도 어이없게 죽기는 싫었다. 레인져를 피해 다니다가 몬스터에게 죽는 것만큼 허망한 일도 없다. 아론은 평소엔 절대 하지 않던 메모라이즈를 하였다.

마법사가 마법을 미리 준비하는 것으로, 메모라이즈를 한 마법은 간단한 시동어만으로 언제든지 시전할 수 있어서 매우 간편하다. 하지만 정신력이 따라주지 않으면 메모라이즈할 수 있는 마법이 매우 제한적이라는 문제가 있다.

‘블링크 한 번뿐이군.’

지금의 아론은 3서클의 블링크 마법을 한 번 메모라이즈하는 것이 한계였다. 하위 서클의 마법을 메모라이즈했다면 여러 번 할 수도 있었으리라. 더구나 아론은 메모라이즈를 평소에 해본 적이 별로 없어서 더 그러한 것이다.

메모라이즈는 평소에 위험이 닥칠 수 있는 마법사가 주로 이용한다. 아론에겐 갑자기 마법 시전을 할 이유가 없었기 때문에 메모라이즈에 관심이 없었다. 하지만 지금은 시동어만으로 빠르게 마법을 시전할 수 있는 메모라이즈가 매우 유용한 상황이었다.

'운이 좋다면 한 번쯤 내 목숨을 살려줄 수 있을지도.'

아론은 메모라이즈를 끝내고 잠시 평온한 상태를 유지했다. 지금의 상황을 냉정하고 객관적으로 생각하기 위해서이다. 그러는 와중에 아론은 묘한 느낌을 감지할 수 있었다. 알 수 없는 어떠한 존재감이 느껴진 것이다.

'뭐지?'

정신을 집중해 메모라이즈할 때는 느끼지 못했던 존재이다. 좀 더 정신을 집중하고 그것이 무엇인지 알려고 노력했다. 아론은 그것이 혹시 몬스터나 레인져처럼 자신의 적이 아닐까 걱정되어 알려고 한 것이다.

'누구지?'

"아론님, 루시입니다."

아론은 갑자기 들려오는 루시의 생각에 깜짝 놀랐다. 놀랍게도 아론이 느낀 존재는 멀리 떨어져 끊임없이 숲에서 학살을 자행하던 루시였다. 지금도 아론의 명령에 따라 적을 찾아다니고 있었던 것이다.

"어디 있는지 몰라도 당장 돌아와!"

"네, 아론님."

루시는 아론의 생각에 대답하고 이동하기 시작했다. 루시는 한참이 지나서야 아론의 곁에 도착할 수 있었다. 도착한 루시는 거의 알몸 차림이나 다름없었다. 많은 싸움으로 인해 옷이 찢어져 알몸이 되었음에도 계속해서 학살을 자행하고 다녔던 것이다.

기사와 마법사로 이루어진 일행들도 루시에게 죽임을 당했다. 그러한 사실을 자세히 알지 못하는 아론에겐 루시의 모습이 안타까웠다. 자신을 보호하기 위해 주변으로 다가오던 적을 죽이기 위해 비참한 모습이 되었다고 착각한 것이다. 물론 아론의 생각이 모두 다 틀린 것은 아니지만 말이다.

아론은 루시가 몸을 씻도록 하곤 아공간에 보관 중이던 여분의 옷을 주었다. 그리고 앞으로 어떻게 할 것인지 고민했다. 아론의 생각으로는 자신이 살아날 가능성은 극히 낮았다. 공포스러웠지만 어제처럼 부끄러운 모습으로 죽기는 싫었다.

'어차피 죽는다면 장렬하게 죽어야겠지?'

어제 강변에서 도주한 모습은 아론의 머리 속에 깊이 각인되어 있었다. 만약 죽게 된다면 강한 적들과 싸우다 죽고 싶었다. 기사가 꿈인 아론에게는 그러한 죽음이 가장 명예롭다고 생각했다. 물론 그렇게 죽는 것이 살아 있는 노예보다 못한 것이란 사실을 모르지 않는다. 하지만 피할 수 없는 상황이니 죽음만큼은 자신이 선택하고 싶은 것이다.

'적어도 혼자 죽지는 않겠구나.'

루시를 바라보며 아론은 혼자가 아님을 느꼈다. 루시는 아론의 명령이 아니면 존재 가치가 없는 가디언이다. 설사 피렌스 왕국에 사로잡혀도 절대 이용할 수 없을 것이다. 가디언은 생명을 선사한 주인에게만 복종하는 키메라이다.

아론은 루시와 함께 이틀 전 떠나왔던 강으로 다시 향했다. 학살자를 찾기 위해서 피렌스 왕국의 기사와 마법사로 구성된 일행과 몇 번 마주쳤지만 죽음도 불사한 아론과 루시의 공격을 피하지 못했다. 아론이 스크롤을 사용해 마법으로 적의 시선을 혼란시키면 루시가 나서서 모두 죽였다.

도주를 선택하면 아론도 쫓을 방도가 없었다. 아론만 없었다면 루시가 뒤쫓아가 죽였겠지만, 어차피 강에서 최후를 맞이할 생각에 적이 도주해도 그대로 방치하였다. 아론은 의외로 죽기를 각오하고 싸우니 이러한 결과가 생긴다는 사실에 어이가 없었다.

피렌스 왕국의 기사 다섯 명과 세 명의 마법사로 이루어진 일행을 만나도 아론은 루시의 도움만으로 모두 물리쳤다. 의외의 결과에 아론은 옛말이 떠올랐다. 죽을 각오로 싸운다면 산다는 말이 있는데, 아무래도 이러한 순간을 말하는 것이 아닐까 싶었다.

'강변에서도 이런 행운이 생기면 얼마나 좋을까?

강변에서 만났던 기사와 마법사의 수는 상상을 초월한 인원이었다. 아무리 죽을 각오로 싸운다 하더라도 아론이 강을 건널 수 있는 가능성은 없었다. 그러한 비참한 현실을 아론이 모를 리 없었다. 죽으러 가는 마당이라 희망을 품지 않으려고 노력할 뿐이었다.

아론이 최후를 맞기 위해 강변으로 이동하고 있을 때 자이넬 일행도 국경 지역의 강으로 향하고 있었다. 비록 우연이지만 그 덕분에 피렌스 왕국 측에 혼란이 생겨 자이넬의 일행이나 아론에게도 편안히 강변까지 갈 수 있는 계기가 되었다.

숲에서 레인져의 학살범을 찾으려고 발악하다가 추가로 파견한 기사와 마법사로 구성된 병력까지 학살을 당하자 더욱 분개하여 숲 속으로 대대적인 인원을 투입하였다. 서로 다른 두 지역에서 기사와 마법사로 구성된 병력이 죽은 채 발견된 탓이다. 마법 통신으로 그 상황을 전해 받은 동료 기사들은 분노에 치를 떨며 적극적으로 나섰다.

'가족들에게 유서라도 남겼으면 좋았을 텐데.'

아론은 강에 거의 도착하자 서른 중반에 이르도록 지금까지 자신이 한 일들이 머리 속을 스쳐 갔다. 가족들과 보냈던 행복한 시간들을 떠올릴 때 가장 기분이 좋았다.

'가족들에게 도움이라도 될 테니 그나마 다행이다.'

아론은 자신의 죽음으로 그만한 대가가 자신의 가문에 주어지게 될 것임을 알고 있었다. 마법병단에 소속된 마법사가 나라를 위해 죽으면 그만한 대가가 주어진다. 더구나 귀족 출신이라면 확실히 보장될 것이다.

'수많은 적들과 싸우는 기사처럼 장렬하게!'

지난번처럼 이동 마법 스크롤을 이용해 강을 건너 도주할 생각은 없었다. 죽을 때 죽더라도 대륙영웅집에 등장하는 영웅처럼 장렬하게 죽고 싶었다. 그래서 공격 마법의 스크롤을 어떻게 사용할지 미리 계획하였다. 어차피 죽을 것이라 아낄 필요가 없었기에.

"루시, 나를 보호하면서 최대한 적을 죽여야 해."

"네, 아론님."

루시가 대답은 했지만 아론의 말을 모두 이해한 것은 아니다. 사고력이 부족한 루시가 아론의 말을 전부 이해할 리 없었다. 그러나 굳이 명령을 내리지 않아도 루시는 아론의 보호를 위해 그가 지시한 내용과 비슷하게 행동할 것이다.

아론이 바라보는 강변은 의외로 조용하였다. 동료의 죽음에 분노한 마법사와 기사가 대부분 숲에서 학살을 벌인 인물을 찾고 있었기 때문이다. 그러한 상황을 모르는 아론은 각오를 다시 한 번 마음속으로 새기며 뛰쳐 나갔다.

"타앗!"

강변에 발을 디딘 순간부터 아론은 마법 스크롤을 찢기 시작했다. 아론은 강변에 있던 마법사나 기사가 자신을 이미 감지했으리라 짐작하고 서둘렀다. 하지만 아론의 예상과 다르게 모두들 아론과 루시를 적이라 생각하지 않고 있었다.

강변에 있던 마법사와 기사가 수시로 숲을 왕복하며 학살자를 찾고 다니고 있어서 숲에서 나오는 누군가를 감지하고도 단순히 동료라 생각한 것이다. 그런 상황에서 강변에 적이 나타나리라고는 그 누구도 생각할 수 없는 게 당연한 이치였다.

퍼어엉!

찌지지직!

3서클의 파이어 볼이나 라이트닝 볼트처럼 광범위한 마법이 아론의 주변을 초토화시켰다. 아론은 쉬지도 않고 스크롤을 찢고 있었다. 대체적으로 공격 스크롤은 최대의 효과를 가져오는 광범위하게 시전되는 마법을 위주로 판매한다. 그런 스크롤이 가장 비싸게 판매되기 때문이다.

"그놈이다!"

"당장 저놈을 죽여!"

강변에 상주하던 인원이 비록 적어도 아론을 상대하지 못할 만큼 적지는 않았다. 기사는 아론에게 접근하려 다가왔고, 마법사는 마법을 무효화시키기 위해서 노력했다.

"크아악! 크윽!"

"조심히 접근해라! 가디언의 보호를 받고 있는 놈이다!"

아론에게 접근하려던 서너 명의 기사가 루시의 검에 허무히 목숨을 잃었다. 아론을 중심으로 무차별적으로 시전되는 마법으로 인해 강변의 모래가 휘날려 기사들이 루시의 검을 피하지 못한 것이다.

기사라면 굳이 시각이 아니더라도 오감이 뛰어나 싸우는

데 전혀 지장이 없다. 시각이 방해되면 청각으로 대신하고, 청각마저 불편하면 마나를 운용하여 육감으로도 대신할 수 있다. 하지만 그 모두가 불가능하여 당한 것이다.

여러 종류의 마법이 강변 주변에 계속 작렬하자 청각은 물론 마나를 운용한 육감마저도 사용할 수 없게 된 기사들이 무방비 상태가 된 것이다. 그에 비해서 루시는 키메라답게 최악의 상황에서도 가장 효과적인 싸움을 지속시킬 수 있는 존재였다.

"으아아악! 아악!"

"모두 물러서라! 마나 폭주를 일으킨 마법사다!"

아론에 의해서 마법이 계속해서 시전되자 누군가 스크롤을 보지 못하고 마나 폭주로 착각하여 외쳤다. 사방으로 모래가 휘날려 아무것도 보이지 않는 상황에서 비명 소리만이 들릴 때 외쳐진 소리라 모두 그것을 진실이라 생각했다.

'3서클의 마법으로도 이만한 결과를 내놓다니.'

아론은 굳이 루시가 죽이지 않더라도 자신이 시전한 마법만으로도 많은 기사와 마법사가 상처를 입거나 죽자 3서클의 마법에 위대함을 느꼈다. 일부 4서클이나 5서클의 공격 마법 스크롤도 사용했지만 대부분은 3서클의 광범위 마법 스크롤이었다.

'3서클의 마법을 연속해서 시전할 수 있다면 나도 이럴 수 있겠네?

아론은 3서클의 마법을 자유자재로 시전할 수 있다면 굳이 스크롤이 없더라도 똑같은 상황을 만들 수 있다는 생각에 자부심이 생겼다. 문득 기사도 멋지지만 마법사도 그에 못지않게 멋지다는 사실을 깨달았다.

어려서부터 기사를 꿈꿔와서 그런지 몰라도 아론은 3서클을 이루고서도 기사가 좋다고 생각했다. 하지만 지금만큼은 전혀 그렇지 않았다. 수많은 적들에게 둘러싸여 지금처럼 마법을 연속해서 시전하고 있으니 자신이 영웅이라도 된 느낌이었다.

기사나 마법사나 어차피 마나가 모두 소비되면 평범한 존재가 된다. 마나연공법을 익힌 기사라도 그건 마찬가지이다. 단지 기사와 마법사가 마나를 사용하는 방법과 효율성에 차이가 있는 것뿐이다.

"모두 물러서라!"

"모두 물러서라니까 뭐 하고 있는 거야?"

마법에 의해서 계속 피해가 생기자 여기저기서 강하게 외치는 소리가 들려왔다. 솔직히 기사와 마법사는 마법에 의해서 죽을 염려가 없는 존재이다. 기사라면 마법 방어가 가능한 갑옷을, 마법사는 마법 방어에 더 효과적인 로브를 착용하고 있기 때문이다.

마법 방어가 가능한 마법 무구는 대체적으로 광범위한 마법에 대해서 절반의 방어력만을 가진다. 마법을 직격으로 맞는다면 확실한 방어가 되겠지만 마법에 의해서 부차적으로 생긴 물리력이 또 다른 피해를 안겨주기 때문이다.

주변이 온통 자갈밭일 때 마법이 작렬되면 그 영향은 바닥의 자갈이 사방으로 날아다니며 흉기로 돌변한다. 그 피해는 예상 밖의 결과를 가져오기에 전장에서는 그것을 이용하여 마법의 효과를 극대화시키기도 한다.

'기사들은 눈도 제대로 뜨지 못하는군.'

마법사야 실드를 시전하여 자신을 보호하고 있지만 기사는 날리는 모래를 피할 방법이 없었다. 눈을 감고서 청력이나 육감을 통해 움직일 뿐이다. 아론도 그러한 영향을 피하기 위해 몸을 실드로 보호하고 있었다.

'스크롤이 거의 떨어져 가는군.'

스크롤이 떨어질 즈음에 아론은 문득 정신을 차리고 냉정하게 현재의 상황을 다시 한 번 분석했다. 저들의 동료를 죽였으니 매우 고통스럽게 자신을 죽일 거라 생각했다. 그래서 죽기 직전에 겪을 고통이 걱정되었다.

'지금까지 살아 있을 줄이야.'

아론은 설마 공격 마법이 담긴 스크롤을 모두 사용할 수 있으리라곤 미처 생각하지 못했다. 솔직히 광범위한 마법이 이렇게 효과적일지도 예상하지 못한 것이다. 루시가 아니었다면 마법을 시전한 지 얼마 못 되어 죽었으리라.

"학살자가 나타났다!"

"동료를 죽인 학살자가 나타났다!"

아론이 죽음에 대한 생각으로 복잡한 이때, 멀리서 이해할 수 없는 외침이 들려왔다. 정체불명의 일행이 숲에서 빠져나와 강을 건너려는 모습이 보였다. 멀어서 누군지 알기 어려웠지만 충분히 짐작이 갔다.

'자이넬 단장님의 일행이잖아.'

4서클 이상의 고위 마법사와 기사들로 이루어진 일행은 오직 자이넬 단장의 일행뿐이었기에 쉽게 알아챌 수 있었다. 그들이 강을 건너려고 하는 모습이 보였다. 비록 멀리 있지만 너무나 반가웠다.

'결계로 막혀 있어서 헤엄쳐 건너가려는 것인가?'

스크롤을 찢으면서도 반가운 마음에 자이넬 일행의 모습을 계속 지켜보았다. 자이넬 일행은 매우 강해서 강변에 대기 중이던 피렌스 왕국의 기사와 마법사도 함부로 다가가지 못했다. 아론처럼 마법을 무차별적으로 시전하지 않아도 말이다.

'죽고자 한다면 산다더니, 그런 상황이 내 앞에서 일어나다니!'

아론은 지금 자신의 주변에 적이 한 명도 없음을 뒤늦게 자각하였다. 강으로 뛰어든다고 해도 불가능한 것만은 아니었다. 강변엔 아론이 예상한 것과 다르게 적이 많지 않았고, 의외로 스크롤을 사용하는 동안 루시가 보호하여 죽음을 피했다.

'살 수 있을지도 몰라. 어디 한번 해보자!'

스크롤이 거의 바닥을 드러낼 즈음에 아론은 조금씩 강으로 다가갔다. 그리고 마지막 희망이라는 생각에 주저없이 강으로 뛰어들었다. 수영을 잘하는 편은 아니었지만 고민할 시간적 여유가 없었다.

"후우웁, 후우웁, 후우웁."

첨벙!

숨을 놀아쉬어 물살에 떠내려가며 헤엄을 치는데 뒤이어 루시가 강으로 뛰어들었다. 잠시 후 루시는 아론의 곁으로 다가와 그를 이끌었다.

치잉! 치잉! 치잉!

파아악!

레인져의 쿼렐과 마법사의 마법이 아론에게 날아왔다. 쿼렐은 루시가 검을 이용해 막아냈지만 마법은 막지 못했다. 그러나 다행히 마법이 아론을 직접적으로 맞춘 경우는 없었다. 그저 주변에 마법이 작렬하면서 크고 작은 상처를 입은 게 고작이었다. 아론으로서는 고통이 심했지만 참을 수 없을 정도는 아니었다.

"모두 일제히 공격해라! 하나, 둘, 셋!"

"파이어 볼!"

"라이트닝 볼트!"

더 이상 안 되겠다고 생각한 건지 강변에 있던 마법사들이 일제히 아론에게 공격 마법을 시도하였다. 지금껏 당황하여 제대로 맞추지 못한 것뿐이지 강변에 있는 마법사들 절반이 고위 마법사였다. 때문에 지금은 루시의 보호만으론 전부 피할 수 없는 상황이었다.

'절반쯤 헤엄쳐 온 것인가?'

아론은 루시 덕분에 절반이나 건넌 것이나마 다행이라고 생각했다. 하지만 지금 마법사들이 시도하려는 공격 마법은 피할 방도가 없었다. 고위 마법사가 합심하여 공격하려는 데는 피할 방법이 없는 것이다.

"루시, 고맙다."

아론을 잡아끌며 퀴렐을 쳐내던 루시도 위험성을 눈치 챘는지 자리를 바꿨다. 아론의 뒤로 돌아가 대신 마법을 맞아서 피해를 줄이려는 것이다. 하지만 고위 마법사들이 시전하는 마법을 앞에서 몸으로 막아준다고 해도 뒤에 있는 아론으로선 죽음을 피하기 어렵다.

고위 마법사의 마법을 직접적으로 맞지 않아도 동시에 여러 마법이 한순간에 작렬하는 순간 생기는 물리력에 아론의 육체는 견뎌내지 못할 것이다. 그렇게 인간은 약한 존재인 것이다. 아론은 루시에게 고마움을 느끼면서 그녀가 많이 달라졌음을 자각했다.

처음과 비교하면 지금의 루시는 사고력이 무척이나 높아졌다. 예전에는 위협의 유무를 제대로 파악하지 못한 측면이 자주 있었다. 하지만 이제는 스스로의 판단 아래 위험을 느끼고 아론을 보호하려고 행동한다.

'나에게도 아직 한 번의 기회가 있다!'

아론은 오늘 메모라이즈한 블링크 마법을 뒤늦게 기억했다. 스크롤도 있었지만 헤엄치는 도중이라 블링크 스크롤을 찾을 만한 여유가 없었다. 오직 메모라이즈한 블링크만이 유일한 기회라고 생각했다. 부디 이곳이 결계의 영향에서 벗어난 지역이길 바랐다.

"죽어라!"

"죽어버려라!"

일제히 시전한 마법이 도착할 즈음에 아론은 메모라이즈했던 블링크 마법을 시전하였다.

"블링크!"

최대한 강의 건너편으로 이동하도록 목표 지점을 정했다. 다행히 결계의 영향권 밖이라서 마법이 성공하였다. 하지만 마법이 성공했다고 살아남게 된 것은 아니다. 블링크는 단거리 이동 마법이라 짧은 거리만 이동했다면 죽음을 피하기 어렵다.

다행히 강을 건널 만큼의 거리는 아니지만 꽤 멀리 이동할 수 있었다. 마지막이란 생각에 아론의 집중력이 빛을 발한 결과이다. 아론은 무사했지만 루시는 마법을 맞아 튕겨지듯 멀리 날아갔다. 아론이 이동한 만큼 튕겨진 것이다.

심각한 상처에도 불구하고 루시는 아론에게 다가와 강을 건널 때까지 또다시 보호하였다. 강을 다 건넌 후에야 아론은 루시의 상처를 확인할 수 있었다. 전신에 화상을 입어 몬스터로 착각해도 이상하지 않을 정도였다.

마법을 직격으로 맞은 부위는 찢겨지고 검게 탄 상태라 도저히 쳐다볼 수 없을 지경이었다. 다행히 약간의 시간이 지나자 사람이라면 당장 죽어도 이상하지 않을 상처들이 조금씩 회복되어 가고 있었다. 모두 치료하려면 아무리 키메라의 육체라도 많은 시간이 필요할 것이다. 아론은 강의 건너편에 서서 날뛰고 있는 피렌스 왕국의 기사와 마법사, 그리고 레인져를 바라볼 수 있었다.

'충분히 추적할 수도 있을 텐데.'

마법의 결계를 임시 해체하고 쫓아온다면 아론으로서는 정말 위험하다. 하지만 저들은 그렇게 하지 않았다. 그렇게 행동하지 이유를 곧이어 알 수 있었다. 갑자기 헤이렌 왕국의 사람들이 떼로 나타나 아론과 루시를 둘러싸며 움직이지 못하도록 포위한 것이다.

'적은 아니군.'

루시가 검을 빼어 들지 않자 적어도 자신들을 죽이기 위해 포위한 것이 아님을 알 수 있었다.

'절반이 죽었어.'

아론은 자이넬 일행이 강을 건너는 모습을 바라보았다. 강에 뛰어들 때까지만 해도 전력이 강하여 모두 살아 있었지만 헤엄치는 도중에 적들이 단합하여 시전한 마법 공격에 절반이 죽은 것이다. 자이넬 일행도 아론처럼 헤이렌 왕국의 사람들을 만났다.

아론은 일행과 다시 만나게 되어 너무나 반가웠다. 결국 살아남은 사람은 아론을 포함해 모두 여섯이었다. 단장인 5서클의 자이넬, 4서클인 비지트, 2서클의 에나미와 아가사, 그리고 기사로는 단크만이 살아남았다.

'그나저나 저 여자들이 어떻게 자이넬의 일행에 끼어 있는 거지?'

어이없게도 텔레포트 스크롤을 빌미로 몸까지 섞은 2서클의 여성인 에나미와 아가사는 자이넬의 일행과 함께 강을 건넜다. 그녀들은 엉뚱하게도 레인져를 만나 위험을 피하느라 이동 스크롤을 모두 사용하였다고 말해주었다. 넉넉히 준 이동 스크롤이 레인져와 만날 때마다 목숨을 구원해 주었지만, 세 명은 죽고 두 명만이 살아남아 자이넬 일행과 만나는 행운을 얻었던 것이다.

Chapter 6

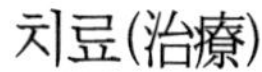

치료(治療)

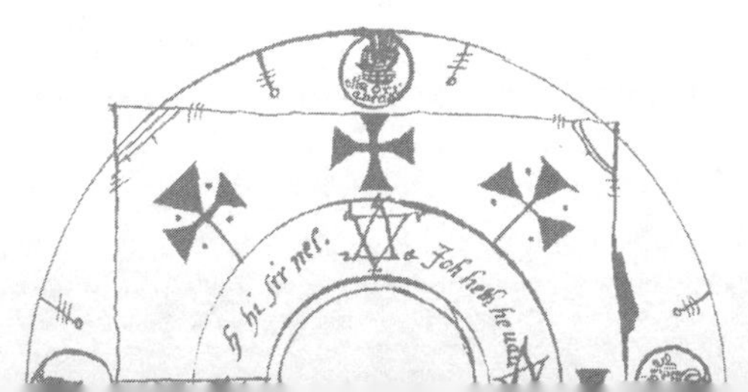

치료
治療

　　헤이렌 왕국 측은 바네 왕국에서 파견한 마법사들이 몰살을 당하고 고작 여섯 명만이 겨우 살아오자 이만저만 실망한 게 아니었다. 몇 년 전만 하더라도 마법사가 뭔지도 몰라 무시했지만, 지금은 그들이 얼마나 훌륭한 치료사인지 잘 알고 있다.

　　마법사에게는 치료술 이외에도 신비한 능력이 많지만 그들의 판단으로는 여타 능력은 별반 쓸모가 없어 보였다. 어찌 되었든 헤이렌 왕국에서도 마법사의 파견에 대한 답례로 선물을 보내어 우호 관계를 지속하고 있었다.

　　자이넬의 일행은 헤이렌 왕국의 수도라고 할 수 있는 연합 부족 지역으로 안내되었다. 연합 부족 지역은 수백 이상의 부족이 연합하여 형성된 곳이라 여느 왕국의 수도 못지않았다. 의외의 규모에 일행 모두가 놀랐다.

자이넬은 도착하자 곧바로 바네 왕국과의 마법 통신을 준비하였다. 장거리 마법 통신이라 쉽지가 않았지만 5서클의 자이넬에겐 그리 어렵지 않은 일이었다.

'제발 좀 관심을 보여라.'

자이넬은 자신이 원하는 상대와 통신이 되길 바랐다. 하지만 통신용 마법 수정구에서는 아직까지도 변화가 없었다.

'좀 더 기다려 보자.'

통신이 연결되면 자이넬은 단장으로서의 의무에 따라 마법병단을 파견한 군부에 연락하여 현재의 상황을 보고해야 정상이지만, 그렇게 하지 않았다. 자이넬은 음모에 대한 정보를 이용하여 서로 상부상조할 존재와의 대화를 시도하기 위해 기다리고 있었다.

'한 달이라도 기다릴 수 있다.'

자이넬은 실망하지 않고 기다렸다. 그가 기다리는 사람은 고위 마법사라도 쉽게 만날 수 있는 존재가 아니었다.

―넌 누구냐?

열흘이 흘러서야 자이넬은 수정구를 통해 그토록 기다리던 사람을 만날 수 있었다. 그동안 자이넬은 수정구의 곁을 벗어나지 않는 인내심을 보였다.

"이렇게 뵙게 되어 영광입니다, 우드 왕자님!"

—내게 할 말이 있다고 끈질기게 요구했다는데, 용건이 뭐지?

수정구에 나타난 인물은 놀랍게도 바네 왕국의 셋째 왕자였다. 우드 왕자는 구면도 아닌 자이넬과의 대화에 관심이 없었다. 그저 고위 마법사가 중요한 이야기가 있다고 재차 요구하여 응한 것뿐이다. 만약 중요한 내용이 아니면 어떻게든 대가를 치르게 만들 예정이었다.

"말씀드리기 전에 몇 가지 알고 싶은 것이 있습니다. 혹시 주변에 대화를 엿듣고 있는 인물이 있습니까? 그리고 현재 마법 통신의 보조를 담당한 마법사는 우드 왕자님께서 믿을 수 있는 인물입니까? 비밀 유지가 필요한 이야기라서 그렇습니다."

—만약 중요하지 않다면 각오해야 할 것이다! 알겠나?

우드 왕자는 자이넬로 인해 분노하였다. 분노를 참아가며 자이넬의 주의에 따라 마법 통신의 보조를 자신의 측근으로 바꾸고, 누가 엿듣나 조심까지 한 이유는 오직 호기심 때문이었다, 왕자에게 그런 요구를 할 정도로 중요한 내용일지도 모른다는.

'중요한 내용이 아니면 네 삶은 끝이다.'

우드 왕자는 자이넬이 황실의 인물을 믿지 못한다는 사실에 화가 났다. 우드의 생각대로 자이넬의 요구 사항은 황궁의 인물을 신뢰하지 못한다는 뜻을 의미하고, 그것은 황족의 명예에 대한 도전이나 다름없었다.

"저는 피렌스 왕국과 적대하는 헤이렌 왕국에 파견된 마법병단의 단장입니다. 몇 년 전부터 저희 왕국은 피렌스 왕국이라는 공동의 적을 가진 헤이렌 왕국에 마법사를 지원하고 있습니다. 솔직히 지원이라고 하기에는 무리가 있기도 합니다. 헤이렌 왕국에 파견되는 마법병단의 마법사는 범죄자 출신의 쓸모없는 존재로 채워지니까요. 이러한 파견이 효과가 있는지 모르겠지만 적어도 헤이렌 왕국과의 우호 관계에는 큰 도움이 되고 있습니다."

―좋은 제도로군.

우드 왕자는 자이넬의 말에 고개를 끄덕이며 대답했다. 우드도 헤이렌 왕국으로 파견되는 마법병단의 존재를 알고 있었지만 그들이 범죄자 출신일 줄은 꿈에도 몰랐다. 직설적인 자이넬의 말에 우드는 관심을 가지기 시작했다.

"그런데 이번 파견에서는 문제가 생겼습니다. 어떻게 피렌스 왕국에서 파견 사실을 알아챘는지 저희 왕국의 군부 인물과 접촉하여 음모를 꾸몄습니다. 그래서 제가 이끄는 마법병단은 그만……."

―도대체 어떤 놈이 그런 음모를?!

우드가 자이넬의 음모 내용을 모두 듣고서 흥분하였다. 자이넬의 말은 정말로 엄청나게 중대한 비밀 유지가 필요한 내용이었다. 우드는 당장이라도 군부에 연락하여 음모자를 찾아내야 된다고 흥분하였다.

"진정하십시요, 왕자님. 현실적으로 음모자를 찾기란 불가능합니다."

―왜지?

"누가 범죄자 출신의 말을 믿겠습니까? 음모자를 찾기도 불가능할뿐더러 찾아내어도 당사자가 부정하면 알아낼 방도가 없습니다."

자이넬은 현실적으로 음모자를 찾기가 불가능함을 역설하였다. 어려서부터 정치적인 교육을 받아온 우드는 쉽게 흥분을 가라앉히고 자이넬처럼 현실적인 어려움을 깨달았다.

―그런데 그러한 이야기를 왜 하는 거지?

"증거가 아주 없지는 않습니다. 왕자님은 혹시 보석에 영상을 저장한다는 사실을 아십니까?"

―당연히 알고 있지. 황궁의 중요한 행사나 회의는 항상 저장해서 보관해 두니까.

고위 마법사만이 시전할 수 있는 어려운 마법임에도 황궁에서는 생활화되어 있었다. 자이넬은 불필요한 설명이 필요 없음을 깨닫고 본론을 이야기했다.

"저는 도날리란 기사가 음모를 털어놓을 때 그 영상을 모두 저장하였습니다. 비록 음모자를 찾지는 못하겠지만 음모가 있었음을 증명할 수 있는 것이지요."

─대단하군.

우드가 자이넬의 치밀함에 찬사를 보냈다. 우드는 왕자로 교육받아 자존심이 하늘을 찔러 어지간한 사건이 아니면 절대 칭찬을 하지 않는다.

"제가 왕자님께 이러한 이야기를 하고 있는 것은 음모를 밝혀내어 영웅이 되려는 것이 아닙니다. 왕자님께 부탁을 드리고 싶기 때문입니다. 왕자님께서는 이 영상을 군부의 인물에게 보여주어 음모자를 찾는다는 핑계로 비밀리에 군부로부터 높은 지지를 얻어낼 수 있습니다."

─흠, 그렇게 사용할 수도 하겠군.

우드도 자이넬의 말에 동의하였다. 영상을 보여주면 군부의 누구라도 음모자를 찾기 위해서 왕자에게 도움을 줄 것이다.

─무엇을 원하지?

"왕자님께서도 알다시피 5서클의 마법사인 제게는 권력도 재물도 하등 필요가 없습니다. 그저 범죄를 저질렀다는 이유로 군부에 여러 가지 제재를 받고 있는데, 그것을 해결해 주십시오. 그리고 6서클 이상의 마도사 곁에 있을 수 있는 자리를 마련해 주시면 영광으로 알겠습니다."

우드는 수정구에 비치는 자이넬의 얼굴을 바라보며 피식 웃었다. 자이넬의 요구 사항은 우드가 쉽게 해결할 수 있는 내용으로, 우드로서는 아깝지 않은 거래인 것이다.

―내일이라도 당장 돌아올 수 있도록 조치하지. 그리고 음모에 대한 내용은 자이넬, 당신과 나만 알고 있는 게 좋은데 말이야. 그렇지 않나?

"감사합니다, 왕자님. 그 문제는 제가 해결하도록 하겠습니다."

자이넬은 우드가 굳이 말하지 않아도 무슨 이야기인지 금세 알아챘다. 우드는 자이넬의 요구 사항이 별거 아니라고 생각하고 있지만 당사자에게는 전혀 그렇지 않다. 평민이었다면 사형당해도 마땅할 범죄를 저지른 자이넬이지만, 군부의 전력에 보탬이 된다는 이유로 수년 동안 억압된 생활을 보내야만 했기 때문이다.

'모두 식인 부족에 파견 보내야겠군. 후후후.'

헤이렌 왕국에는 아직도 식인 부족이 있다. 바네 왕국에서 파견된 마법사는 헤이렌 왕국의 부족에 뿔뿔이 나뉘어져 파견되는데, 부족 간의 싸움이 많아 일 년간의 생활이 지나면 십여 명만이 살아남을 정도로 생존율이 매우 낮다. 그런데 식인 부족은 더욱 살아오기 힘들다. 지금껏 파견한 마법사를 살려 보낸 경우가 단 한 번도 없었다.

'이럴 수가!'

자이넬의 마법 통신을 엿듣게 된 비지트는 경악을 금치 못했다. 헤이렌 왕국에서의 생활이 궁금하여 가끔씩 자이넬의 거처를 방문했는데, 자이넬이 너무 장시간 통신으로 대화를 하고 있으니 듣지 않을 수 없었다.

'또다시 음모라니!'

겨우 음모를 피해 생존했건만 또 다른 음모가 기다리고 있었다. 더구나 이번 음모자는 생사고락을 함께한 단장이었다. 그로서는 허망하고 허탈할 수밖에 없었다. 비지트는 이번의 음모도 역시 빠져나갈 방법이 없음을 자각했다. 왕자까지 결부되어 있으니 두말할 나위도 없다.

아론은 헤이렌 왕국의 모습을 지켜보며 많이 놀랐다. 외곽지는 미개한 부족 형태를 유지하고 있지만, 수많은 부족이 연합한 곳은 전혀 그렇지 않았다. 사냥하며 풀뿌리만 먹고 산다고 생각한 자신이 한심하다고 생각할 지경이었다.

'과연 어떻게 될까?'

자이넬은 아직까지 아무런 말도 하지 않고 있었다. 통신이 연결되었다면 상부에서 바로 명령을 내릴 텐데, 열흘이 지나도록 조용했다.

'왜 저러지?'

아론은 흑빛이 된 표정으로 걷고 있는 비지트를 바라보았다. 뭔가 안 좋은 일이 있는지 그의 얼굴 표정은 굳어져 있었다. 일행은 비록 여섯 명이 전부이지만 살아남았다는 이유로 그동안 즐겁게 지냈다. 물론 동료애가 각별했던 단크를 제외하면 말이다.

단크는 동료를 잃었으니 슬퍼해도 이상하지 않지만 아론을 포함한 마법병단의 마법사들은 서로 동료라고 하기엔 무리가 있었다. 범죄자 출신인 점도 한몫을 했지만 대부분 여기저기서 강제로 끌려와 처음 만난 관계였기 때문이다.

'계속 이곳에서 지내고 싶은데.'

아론은 여러 부족들이 연합한 이곳에서 그대로 지내고 싶었다. 의외로 뛰어난 전사가 많아 안전에 전혀 무리가 없었고, 문화 수준도 생각 외로 높았다. 더구나 대륙어를 알고 있는 사람도 많아 대화에 지장이 없었다.

"치료사들은 모두 모이시오!"

헤이렌 왕국에서 배정한 통역사가 일행을 불러 모았다. 헤이렌 왕국에서는 마법사가 아닌 치료사로 불렀다.

통역사가 안내하는 곳에 도착하니 자이넬이 사람들에게 매우 진지한 모습으로 무엇인가를 말하고 있었다.

"서클에 따라 순서대로 서라!"

"네, 단장님."

자이넬의 말에 모두들 한 줄로 늘어섰다. 자이넬과 기사인 단크를 제외하면 고작 네 명뿐이다. 4서클인 비지트를 기준으로 아론, 그리고 에나미와 아가사가 섰다.

'어떻게 되는 거지?

아론은 자이넬이 음모에 대한 내용을 상부에 보고하면 그 사건을 빌미로 돌아갈 수 있을지도 모른다는 희망을 가지고 있었다. 하지만 지금의 상황을 보면 포기해야 할 듯싶었다. 부족의 대표들이 네 명의 마법사를 어떻게 배정할 것인지 논쟁을 벌이고 있었다.

'비지트를 가지고 싸우는군.'

아론을 비롯한 일행 모두가 그들이 무슨 대화를 나누고 있는지 몰랐다. 통역사에게 슬쩍 물어보니 가장 뛰어난 치료사인 비지트를 두고 싸우고 있었던 것이다. 부족 간 대표들이 모두 비지트에게만 손가락질하고 있자 뒤늦게 짐작이 되었다.

모두들 앞으로의 상황이 궁금하여 통역사를 닦달하며 그들이 어떠한 대화를 나누고 있는지 물어보았다. 중요한 말이 아니라고 생각했는지 통역사는 자세히 설명해 주었다. 어이없게도 아론은 치료사로서 불합격 판정을 받고 있었다.

자이넬은 식인 부족의 대표들에게 마법 등급에 대해 자세히 설명했다. 이미 그들도 마법사에 대한 기본적인 지식이 있었다. 서클 하나가 두 배가 아닌 최소한 열 배 이상의 실력 차이가 있음을 말이다. 그들이 비지트에게 목매는 이유가 바로 그것이었다.

더구나 아론에 대해서는 뒤늦게 마법에 입문하여 치료사로서의 능력이 낮은 편이라고 말하였다. 이런 자이넬의 설명은 틀린 것은 아니었다. 단지 아론의 인적 사항을 그대로 밝혔던 것뿐이니까 말이다.

자신은 귀족 출신이고 뒤늦게 마법에 입문하여 치료술의

능력이 가장 떨어지는 네크로멘서 계열이었으니 말이다. 그러니 부족의 대표들에겐 비지트가 가장 뛰어나고, 나머지 세명은 비등한 치료사로 취급되어진 것이다.

"두 부족 중 한 곳에 저희가 나뉘어져 파견되는 것인가요?"

"물론입니다. 저희조차도 모두 경외시하는 부족이지요."

"도대체 무슨 부족인데요?"

통역사가 묘한 표정으로 토론 중인 대표를 바라보며 말을 꺼냈다.

"카얀 부족의 대표와 후슘 부족입니다. 둘 모두 저희 연합 부족의 유일한 식인 부족이지요. 더구나 후슘 부족은 위대한 전사를 가장 많이 보유한 부족입니다."

"네?!"

"으헉!"

통역사가 꺼낸 말에 자이넬을 제외한 모두가 놀랐다. 설마 식인 부족이 아직까지도 존재하고 있는지 상상도 하지 못했다. 한마음이 되어 자이넬에게 식인 부족은 피하고 싶다고 말했지만 소용이 없었다.

자이넬은 이미 결정한 사항이리 번복이 불가능하다고 밝혔다. 아론은 당황스러운 상황에서도 약간이나마 침착할 수 있었다. 적어도 치료사를 잡아먹지는 않으리라 생각한 것이다. 빠져나갈 핑계가 없으니 결정에 따르는 방법밖에 없었다.

비지트는 후슘 부족에 파견이 결정되었다. 그리고 카얀 부족은 아론을 포함한 나머지 세 명을 배정받았다. 둘 다 식인 부족이며, 카얀 부족은 후슘 부족의 보호를 받기도 한다. 그럼에도 카얀 부족에 세 명이나 배정받은 이유는 독특한 문화 때문이다.

두 부족 모두가 에나미와 아가사에는 관심이 없었다. 마법 서클과 상관없이 그들의 문화에서 여자란 부족 내에서 어떠한 직책도 용납이 되지 않는 미비한 존재이다. 실질적으로 비지트와 아론을 가지고 두 부족이 논쟁을 벌인 것이다.

비지트는 후슘 부족, 아론은 카얀 부족, 그리고 에나미와 아가사는 두 부족 모두에게 거부당했다. 그러나 배정은 필요했기에 세력이 약한 카얀 부족이 반강제로 떠맡게 되었다. 그녀들은 여자라는 이유만으로 짐짝 취급받은 것이다.

결국 아론 일행은 에나미와 아가사, 그리고 루시까지 네 명이었다. 카얀 부족의 대표는 무척이나 기분이 상한 모습이었다. 냉막한 분위기라 아론은 조용히 카얀 부족을 따랐다. 그들이 식인 부족임을 알기 때문에 되도록 주의했다.

'미개한 곳이라 무시했건만.'

아론은 헤이렌 왕국의 전력에 가장 놀랐다. 아론보다도 단크가 더욱 놀랐을 것이다. 이곳엔 단크 못지않은 익스퍼트 수준의 전사가 상당히 많았던 것이다.

'정말 대단해.'

피렌스 왕국에서 헤이렌 왕국을 함부로 침략하지 못하는 이유가 여기에 있었다. 기사와 비등한 전사가 한두 명이 아니었다. 마나 소드를 형성할 정도의 전사가 많아 왕국 수준의 나라와 전쟁을 수행해도 전혀 무리가 없어 보였다.

헤이렌 왕국에서는 싸울 수 있는 사람을 모두 전사라 불렀다. 그들의 능력은 몬스터를 기준으로 등급을 정하여 구분하고 있었다. 대륙에서 오우거의 사냥이 가능한 사람을 오우거 마스터라고 부르듯 자신이 혼자서 잡을 수 있는 몬스터를 기준으로 삼는다.

며칠간 이동한 끝에 아렌 일행은 카얀 부족에 도착할 수 있었다. 카얀 부족은 헤이렌 왕국에서도 동쪽 끝에 위치하고 있어 매우 위험한 지역이다. 몬스터를 토벌하지 않는 울창한 숲 속이라 항상 위험에 노출되어 있는 것이다. 더군다나 식인 부족에서 생활할 생각에 아론의 머리는 매우 복잡했다.

카얀 부족까지 도착하는 데 함께한 부족민 중 누구도 아론 일행에게 말을 건네지 않았다. 아론이 보기에 부족민이 그다지 강한 전사 같지 않았건만 그들은 위험한 숲에서 너무나도 쉽게 안전을 유지하고 있었다. 아론 일행은 카얀 부족에 도착하자마자 곧바로 부족민과 철저히 격리되었다.

'이곳에서 일 년만 지내면 돌아갈 수 있다.'

아론은 어떻게든 일 년을 버티리라 마음먹었다. 일 년만 지나면 파견 기간이 채워져 돌아갈 수 있는 것이다.

'수단과 방법을 가리지 않고 살아남는다.'

음모 덕분에 배운 것도 적지 않았다. 아론은 강변에서 겪었던 사건을 떠올리며 아공간에 담겨진 마법 서적 중 결계에 관한 것을 찾아내었다. 그리고 3서클의 마법사가 유지하기 쉬운 결계를 찾아내어 에나미와 아가사의 도움을 받아서 설치하였다.

마법진을 그리고 활성화시키기 위해서는 예전에 루시에게 생명을 주기 위해 콘라드 제국의 황궁 마법사인 프리드릭이 보내준 마법진을 이용하였다. 6서클의 컨틴전시 마법이 가능하게 도와주는 아론의 보물이었다.

그러나 결계의 효과는 그리 대단하지 않았다. 마나 운용이 가능한 사람은 쉽게 뚫고 들어올 수 있지만 마나 운용이 불가능한 사람은 쉽게 들어올 수 없는 결계이다. 대륙에서는 그리 대단하지 않지만 카얀 부족은 마나 운용이 가능한 전사가 없었기에 매우 효과적인 결계이기도 했다.

에나미와 아가사는 아론의 말이라면 무조건 받들었다. 아무것도 가진 것이 없는 그녀들에 비해 아론의 아공간에는 없는 것이 없었기 때문이다. 잡화점을 통째로 아공간에 옮겨 왔으니 생활에 필요한 물품은 모두 있다고 해도 과언이 아니었다.

사실 아론은 루시에게 보호받고 있어서 굳이 결계까지 설치할 필요는 없었다. 하지만 지난번 숲에서 겪었던 것을 기억하고 혹시나 싶어서 설치한 것이다. 어차피 일 년이나 생활해야 할 곳이니 어떻게든 도움이 되리라 생각했다.

카얀 부족은 아론의 일행을 철저히 격리만 할 뿐 어떠한 제재도 하지 않았다. 며칠이 지나서 그 이유를 알았다. 대부분의 부족이 외부인에게는 적대적으로 반응한다는 것이다. 아마도 한 달은 지나야 그들도 아론을 치료사로서 부려먹을 듯싶다.

그동안 아론은 부족하지만 에나미와 아가사의 도움을 받아 장거리 마법 통신을 준비했다. 5서클의 자이넬에겐 하루 만에 가능한 일이었지만 재능없는 아론으로선 매우 어려운 작업이었다. 오히려 아론보다도 에나미와 아가사가 더 많이 수고했다.

보름간 고생한 끝에 겨우 마법 통신에 성공할 수 있었다. 거기에 마나 보충을 위해 소중한 하급 마나석까지 사용했다. 마법 통신을 한 이유는 누군가에게 도움을 청하기 위해서가 아니었다. 어차피 지금의 상황을 발설해도 아론을 빼내줄 사람은 없기 때문이다.

"음모를 밝히면 오히려 음모자에게 죽을 수도 있다."

아론은 자이넬이 음모를 밝혀내고 그 자리에서 한 말을 떠올렸다. 음모를 밝히는 건 현실적으로 죽음으로 가는 지름길이다. 하지만 혼자만 알고 있기에는 너무나 답답했다. 그래서 자신의 말을 들어줄 누군가가 필요했던 것이다.

'적어도 파울 스승님이라면……'

파울이라면 이야기를 들어주리라 생각하고 콘라드 제국의 마법 길드와 마법 통신을 시도하였다. 당연히 파울과 마법 통신이 가능할 리 없었다. 수차례 길드 측에 부탁하고 나서야 파울과 대화할 수 있었고, 자신이 겪은 상황을 모두 설명했다.

파울은 아론의 말을 모두 듣고서 무척이나 안타까워하며 도움을 준다고 했지만, 아론이 거절하였다. 파울이 도움을 준다면 아론의 삶은 더욱 복잡해질 것이기에. 아론은 인정을 받으면서도 자유로운 삶을 원했다.

파울과의 대화는 길게 이어지지 못했다. 너무나 먼 지역과의 마법 통신이라 마나석을 이용했음에도 금세 마나가 소진된 탓이다. 아론의 생활은 생각만큼 끔찍하지 않았다. 루시를 비롯해 에나미와 아가사가 아론의 하인처럼 생활했기 때문이다. 물론 그 대가로 아론은 아공간에 보관 중이던 잡화 물품을 함께 사용해야만 했다.

"에이! 이게 뭔 짓거리야!"

에나미가 설거지를 하다가 흥분하여 소리쳤다. 다혈질인

에나미에겐 설거지는 매우 짜증나는 일이었다. 더구나 평생토록 해보지도 않은 일이라 여간 불편한 게 아니다.

"쉬이, 조용히 해. 아론님이 들으면 어쩌려고?"

"듣던지 말던지."

아가사는 아론이 에나미의 말을 듣고 기분이 상할까 걱정스러웠다. 그나마 지금처럼 문화적인 생활이 가능한 것은 아론의 물품을 나눠 쓰고 있기 때문이다. 하다못해 설거지를 하고 있는 식기도 모두 아론의 것이었다.

그녀들은 2서클의 마법사이지만 약간의 세월만 지나면 3서클이 될 가능성이 큰 인재로, 어디를 가든지 귀족에 준하는 대우를 받아왔다. 비록 범죄를 저질렀지만 그래도 높은 대우를 받아왔다. 하지만 지금은 그렇지가 못했다.

아론의 물품을 나눠 쓰지 못하면 당장 카얀 부족에서 주는 끔찍한 음식을 먹어야 한다. 더구나 옷도 구하지 못하여 부족민처럼 풀잎으로 중요한 부위만 가리며 미개한 생활을 해야 하는 것이다. 상상만으로도 너무나 끔찍했다.

"히이!"

아가사는 에나미가 짜증을 내면서도 계속 설거지를 하고 있자 피식 웃었다.

"웃지 마!"

에나미가 아가사의 웃음에 버럭 소리쳤지만 그녀도 현실을 모르지 않았다. 아론이 물품을 나눠 쓰지 않아도 그녀들은 할 말이 없다. 도의적인 문제가 있다지만 자신의 물품을 자신만 쓴다는 데 누가 뭐라고 하겠는가. 에나미가 비록 쉽게 흥분하는 다혈질이라도 분노하는 이유까지 단순하진 않았다.

에나미는 자신을 귀찮게 하는 귀족을 죽이고 군부에 자유를 억압당했다. 그래서 귀족에 반감이 많았는데, 작금의 현실은 귀족인 아론에게 도움을 받는 처지라 스스로에게 화가 난 것이다. 이동 스크롤 덕분에 레인져의 위험에서 벗어났을 때는 몸을 판 대가라고 생각하여 자존심에 상처를 입지 않았다. 하지만 똑같은 상대에게 또다시 도움을 받고 있으니 에나미에겐 아이러니한 상황이었다.

에나미와 아가사는 아론과의 생활에 필요한 모든 것을 도맡아 처리했다. 음식 준비와 청소는 당연하고, 아론이 요청하면 무엇이든 도와주어야 했다. 그나마 아론의 마법서를 보면서 장거리 마법 통신을 준비한 뜻깊은 순간도 있었다.

그녀들은 천재적인 재능을 가진 마법사이다. 3서클 이하의 마법서는 돈만 있다면 어디서도 구할 수 있지만 그 이상은 구하기가 쉽지 않다. 그런데 아론은 마법 물품을 이용하지 않음에도 거대한 아공간을 가지고 있고, 고위 마법사만이 가능한 마법진의 활성화도 성공시켰다. 또한 엄청난 재력이 아니면 보유할 수 없는 스크롤까지 있다.

귀족 출신의 마법사라도 도저히 가질 수 없는 것들이다. 그러한 아론의 비밀이 무엇이든 에나미와 아가사가 참견할 권리

는 없었다. 단지 아론에게 도움을 받고 있는 처지이지만 실례
인 줄 알면서도 마법사로서의 호기심이 생기는 것뿐이었다.

카얀 부족에서의 생활이 안정될 즈음에 아론은 족장을 만
날 수 있었다. 카얀 부족은 세력이 작은 부족이라 그동안 마
법사 배정에서 항상 제외되었다. 하지만 올해에는 신기하게
도 식인 부족에게 우선적으로 배정이 된 것이다.
치료사를 배정받았지만 엄연히 외부인이다. 더구나 대륙
멀리에서 온 치료사라는 이유로 부족민들이 매우 꺼려했다.
그래서 족장 마흠은 아론의 일행을 한 달간 격리할 수밖에 없
었음을 설명해 주었다.
부족에서 직책을 갖고 있지 않으면 외부인과의 접촉 경험
이 거의 없다. 부족민이 외부인과 접촉을 하는 경우란 대부분
타 부족의 침략 때문이다. 그러니 외부인을 향한 적대감은 생
존을 위한 그들의 문화였다.
족장 마흠은 대외적인 연합 부족의 활성화를 위해 적극적
이어서 대륙어도 알고 있었다. 세력이 약한 부족일수록 연합
부족의 활동에 적극 동참하여 부당한 일을 피하려고 노력한
다. 연합 부족의 활동이 많아짐에 따라 부족 간 다툼이 적어
져 온화한 부족이 더욱 환영받고 있는 추세인 것이다. 단지
침략을 즐기던 부족은 그렇지 못하겠지만 말이다.
“이제부터 우리 부족민을 위해 치료술을 사용해 주시오.

알겠소?"

족장은 부드럽게 자신이 원하는 것을 아론에게 말했다. 지금까지 자세히 설명을 해준 것만으로도 족장이 온화한 성격임을 알 수 있었다.

'일 년간 부족민이나 치료하면서 보내긴 싫어.'

아론은 치료나 하면서 생활하고 싶지 않았다. 더구나 족장이 온화한 성격이니 적당히 대화를 유도하면 편하게 지낼 수 있겠다고 생각했다. 아론에겐 그만한 대가를 지급할 만한 능력이 있었다. 돈이라면 아공간에 차고 넘쳤다.

"족장님, 저와 거래를 해보시겠습니까?"

"무슨 말인가?"

"만약 제가 아무 일도 하지 않고 조용히 지낼 수 있도록 도와주신다면, 그만한 대가를 지불하겠습니다. 저에게는 그만한 재물이 있습니다. 족장님이 예상하는 이상으로 재물을 안겨 드릴 테니 제가 조용히 지낼 수 있도록 도와주십시오."

약간의 반응이라도 있을 거라 생각했지만, 그건 아론의 커다란 착각이었다. 숲에서 사는 이들에게 재물은 그다지 중요한 것이 아니었다.

"네놈은 우리 부족민들을 위해 배정된 치료사이다. 알겠느냐?"

족장의 옆에 앉아 있던 인물이 강하게 외쳤다.

"롬바, 진정하거라."

"죄송합니다, 아버지."

족장인 마흠이 나서서 그의 아들을 진정시켰다. 아론에게 소리친 인물은 마흠의 아들로, 온화한 아버지의 성격을 전혀 물려받지 못한 듯했다.

"족장이라면 적어도 상대방의 이야기를 끝까지 들어봐야 한다. 알겠느냐?"

"조심하겠습니다."

"말을 마저 끝내시오."

아론은 마흠이 다시 발언할 수 있는 기회를 주어서 고마웠다. 하지만 재물을 이용한 회유가 어렵다고 생각되자 마땅히 할 말이 없었다. 재물을 가득 안겨주면 일 년을 편하게 생활할 수 있다고 생각했건만 어렵게 된 것이다.

'재물이 아니라면 이들은 무엇을 원할까?'

아론은 미개한 문화 수준의 부족민이 과연 무엇을 원할까 생각하다가 대륙영웅집의 재미난 이야기가 떠올랐다. 책에서 등장한 영웅은 드워프에게서 술을 대접하여 선물을 받았고, 그 선물을 왕에게 바쳐 영지를 하사받았다.

드워프가 만든 무구가 인간에겐 중요하고, 인간이 만든 술은 드워프가 쉽게 접할 수 없을 정도로 귀중했다. 아론은 카얀 부족에게 재물보다 소중한 것이 무엇일까 생각했다. 곰곰이 생각한 끝에 아론의 뇌리를 스치는 것이 있었다.

"루시, 착용하고 있는 검 하나를 이리 줘봐라."

“멈춰라! 무기를 들고 족장님의 곁에 다가올 순 없다!”

족장의 아들인 롬바가 루시를 막아섰다. 족장의 곁을 지키던 전사들이 무기를 뽑아 들자 부족민들까지 긴장했다.

“루시, 검을 앞을 막아선 사람에게 건네주어라.”

“…….”

롬바는 얼떨결에 루시의 검을 받아 들고 이게 뭐냐는 눈빛으로 아론을 바라보았다.

“이곳에서는 절대 만들 수 없는, 대륙에서 만들어진 고품질의 검이오. 관리만 제대로 한다면 10년 이상을 사용할 수도 있지요. 아까 말했던 대가로 부족민 모두가 그러한 검을 한 개씩 소유할 수 있도록 주겠소. 어떻게 생각하십니까?”

“그것이 정말인가?”

롬바가 아버지인 마흠을 바라보며 반문했다. 마흠과 롬바가 아니더라도 대륙어를 알고 있는 전사들은 깊은 관심을 보였다. 부족민들은 대륙어를 알아듣지 못해 대부분 영문도 모른 채 바라보고 있었다.

“어차피 저들도 있으니까 저는 없어도 그만 아닌가요?”

“여자에게 치료받는 건 수치다!”

아론이 더욱 확고한 다짐을 받으려고 지켜보던 에나미와 아가사를 가리키며 저들을 치료사로 쓰라고 했지만 롬바가 그럴 수 없다고 하였다. 아론도 일 년간의 생활이 달린 일이라 절대 물러설 생각이 없었다.

"아가사, 미안하지만 내가 며칠 전에 때가 타도록 만졌던 크로스 보우를 가져와."

'크로스 보우를 보고도 생각이 같을까?

아론은 크로스 보우라면 자신이 원하는 거래를 성사시킬 수 있다고 생각했다. 거래를 미끼로 사용하려던 무기는 숲에서 레인져들을 죽이고 수거한 검과 크로스 보우였다. 쓸모가 있을지도 몰라 수거했는데 이렇게 쓰이게 될 줄은 몰랐다.

마홈이 아론의 거래를 결정하지 못하고 고민하는 이유는 그들에게 있어서 치료사는 아론뿐이었기 때문이다. 에나미와 아가사도 치료술이 있지만 부족민들의 눈에는 아무짝에도 쓸모없는 외부인 여자에 불과했다.

"대륙에서 사용하는 강력한 활입니다. 비록 고장도 자주 나고 단발성 무기이며 관리가 불편한 단점이 있지만, 관리 방법만 제대로 배운다면 무서운 무기이지요. 한 번 시범을 보이도록 하겠습니다. 이렇게 발걸이에 발을 끼고, 당겨서 시위를 걸고, 목표를 향해 당기면."

씨이이! 팍!

날아간 쿼렐이 나무에 절반이나 박히자 모두들 놀라며 말했다.

"당신의 말마따나 대단한 무기로군."

"호오, 어디 봅시다!"

마홈은 대단하다며 칭찬했고, 롬바는 검에 이어서 직접 크로스 보우를 가져가 이리저리 살펴보았다. 원리는 바라보면 누구나 알 수 있는 것 같지만 비슷하게 만들기도 어렵다. 약간의 오차만 생겨도 제대로 위력이 나오지 않기 때문이다.

관리 방법을 가르치는 것은 그다지 어렵지 않다. 아공간을 뒤져 보면 석궁의 관리 방법이 적힌 서적 정도야 분명히 있을 것이다. 설사 크로스 보우가 고장나도 약속을 했으니 족장도 다시 되물리려고 하지는 않으리라.

부족 사회의 대부분은 약속을 매우 중시한다. 한 번 약속한 것이라면 대를 이어서 승계할 정도로 말이다. 그러니 마흠의 입에서 거래를 승락하는 말만 나오면 모든 게 끝이다. 그러면 아론은 일 년간 편하게 지낼 수 있는 것이다.

'부족민이나 치료하며 일 년을 허송세월로 보낼 순 없지.'

이번 기회에 3서클의 마법이나 확실히 마스터하고 싶었다. 지난번 강변에서 스크롤을 시전하던 모습이 생생하게 기억났다. 3서클의 마법을 스크롤 사용하듯 시동어만으로 빠르게 시전할 수 있다면 어려서부터 꿈꾸던 기사도 부럽지 않을 것 같았다.

네크로멘서 계열이라 다른 마법사에 비해서는 약하겠지만 빠르게 시전하는 것은 어느 정도 자신이 있었다. 아론이 배운 마법 시전의 방법은 축약된 수식을 통한 것이라 스크롤 사용하듯 빠르게 수련을 통해 가능하다는 말을 이미 파울에게 들었다.

“이것도 부족민 전부에게 하나씩 돌아갈 수 있게 주겠다는 거요?”

“물론입니다. 절대 허언은 아닙니다.”

마흠은 롬바를 비롯 주변에 있던 전사들에게 의견을 물었다. 대륙어로 대화를 하지 않아 아론으로서는 도대체 무슨 말을 주고받는지 알 수 없었다.

“한 가지 묻고 싶은 게 있는데, 왜 이러한 제안을 하는 거지?”

“저는 본래 귀족 출신의 마법사입니다. 대륙의 귀족이 어떠한 신분인지 알고 있으시지요? 족장에 준하는 신분입니다. 이곳에서 치료사로 취급되고 있지만 이러한 방법을 통해서라도 귀족답게 지내고 싶어서입니다.”

마흠도 예상치 못했는지 아론의 발언에 놀랐다. 그들이 알기로 파견된 마법사는 대부분 범죄자 출신이나 평민으로 알고 있었기 때문이다.

“정말인가?”

“제가 왜 거짓을 말하겠습니까? 저의 경우엔 운이 나빠서 이곳까지 오게 된 것뿐입니다.”

에나미와 아가사가 아론의 말에 동의하자 아론을 어느 정도 무시하고 있었던 주변의 시선이 바뀌었다. 특히나 마흠과 롬바는 그 정도가 더 심했다. 그들은 귀족이란 존재가 수천여 명의 백성을 지닌 우두머리란 사실을 알고 있기 때문이다.

“당신의 제안을 받아들이겠소.”

"정말 고맙습니다."

아론은 감사의 말을 전한 뒤 머물던 곳으로 돌아가 아공간에서 레인져에게 수거한 검과 크로스 보우를 모두 꺼냈다. 많은 레인져를 죽였던 터라 카얀 부족의 전사에게 모두 돌아가고도 남을 만큼 무기가 넉넉했다.

굳이 머물던 곳에서 무기를 꺼낸 것은 그들 앞에서 아공간을 열 수 없는 애로 사항 때문이다. 마법에 대해 잘 모를수록 오해를 받기 쉬웠다. 루시가 무기를 밖으로 옮기자 부족민들이 들어서 족장에게 가져갔다.

카얀 부족이 어떻게 무기를 사용하든 이제 아론과는 상관이 없었다. 아론은 그저 남은 기간 동안 편히 지낼 수 있게 되었음을 감사히 생각했다. 그렇다고 부족민을 전혀 치료하지 않겠다는 것은 아니다. 가끔씩 3서클의 치료 마법 정도는 시전하여 도움을 줄 생각이다.

크로스 보우의 관리 방법 전수는 의외로 쉽게 해결되었다. 연합 부족의 적극적인 참여 활동을 위해 마흠은 아들인 롬바에게 대륙어는 물론 글까지도 가르쳤기에 아론으로서는 관리 방법이 적힌 서적을 건네주는 것만 하면 되는 것이었다.

아론의 일행이 카얀 부족에서 생활을 시작한 이래로 부족민들은 그들을 극도로 경계하였다. 부족의 전사들이 격리된 그들의 거처를 감시하며, 혹시 이상한 짓을 저지르지 않을까 걱정하였다. 그러나 아이들만큼은 외부인에 대한 적대감보다 호기심이 강했다.

아론 일행이 아이들의 호기심을 자극했지만 감히 접근하지는 못했다. 부족의 전사들이 지키고 있어서 접근할 기회조차 없었기 때문이다. 더구나 어른들이 단단히 주의를 준 탓에 멀리서만 지켜볼 뿐이었다.

호플과 퓨어스만은 다른 아이들과 달랐다. 호플은 족장의 손자라는 훌륭한 신분이 있었고, 퓨어스는 아버지가 한때 부족 내 최고의 전사였다. 그래서 두 아이는 신분을 방패 삼아 과하게 행동하는 경향이 있었다.

한 달이 지나 외부인의 거처를 더 이상 전사들이 지키지 않자 호플과 퓨어스는 매일같이 그들의 주위를 맴돌았다. 호플과 퓨어스는 대화를 하고 싶었지만 말이 통하지 않아서 그저 아론 일행을 쫓아다닐 뿐이었다. 이는 심심한 일상에서 무척 재미있는 일이었다.

"괜찮아?"

호플이 넘어져 비명을 지르자 퓨어스가 얼른 다가와 다리를 살펴보았다. 호플의 무릎에서 피가 흘러내리고 있었다. 심하지는 아니지만 더 이상 뛰어놀기가 어려운 상처였다.

"우이씨, 오늘은 그만둬야겠다."

"그래. 저 여자는 성질이 더러워서 더 이상 쫓아다니기도 싫어."

퓨어스가 에나미가 사라진 방향을 바라보며 말했다. 아이들은 에나미가 거처에서 나오자 몰래 쫓아다니다 넘어지게 된 것이다. 에나미는 호플과 퓨어스가 따라오면 수시로 소리를 질러 쫓아내곤 하였다.

"어머, 친구가 많이 다쳤네?"

"……"

호플과 퓨어스는 돌아가려다 지나던 아가사와 정면으로 마주쳤다. 아가사가 말을 건넸지만 두 아이는 무슨 말인지 알지 못했다. 평소 이렇게 가까운 거리에서 만나면 후다닥 도망갔치기 바빴는데, 지금은 호플이 상처를 입어 그러지 못하고 그 자리에서 경직된 것이다.

심한 상처는 아니라서 뛰려면 못할 것도 없지만 말을 건넨 상대가 성격이 좋은 아가사라 그대로 멀뚱히 바라보며 서 있었다. 아가사는 호플의 무릎에 손을 가져가 1서클의 힐(Heal) 마법으로 간단히 상처를 치료하였다.

1서클의 치료 마법은 효과가 크지 않지만 호플이 당한 작은 상처라면 충분히 해결할 수준이다. 호플은 통증과 상처의 흔적이 사라짐을 직접 경험했다. 침을 묻혀서 상처 부위를 씻어내자 희미한 흉터만이 남았다.

"정말로 대륙의 치료사구나!"

"우와, 신기하다!"

호플과 퓨어스는 외부인이 치료사임을 알고 있었지만 이

정도의 치료 실력을 가졌을 줄은 꿈에도 몰랐다. 호플은 재차 자신의 상처 부위를 만지며 신기해하였다. 그리고 갑자기 어디론가 뛰어가더니 싫다는 친구를 억지로 데려와 작은 상처를 아가사에게 보여주었다.

'귀엽네.'

억지로 끌려온 아이는 자신의 상처가 아가사의 마법으로 치료되자 호플과 퓨어스처럼 놀란 듯하더니 이내 환호성을 지르며 좋아했다. 멀리서 지켜보던 아이들까지 다가와서 환호하며 좋아하자 아가사는 기분이 좋았다.

다음날은 몇몇 아이가 어머니까지 대동하고 아가사를 찾아왔다.

1서클의 마법이라 아가사는 부담없이 힐을 시전해 주었다. 하지만 며칠 후에는 아가사로서는 도저히 해결이 불가능한 환자까지 데려와 난감한 상황에 처했다. 2서클에 불과한 아가사는 환자가 아픈 이유조차 알아내지 못했다.

사실 아가사는 마법사이지 치료사가 아니다. 마법은 매우 폭넓은 학문이라 치료의 분야도 배우게 되지만 전문적인 치료사보다 부족할 수밖에 없는 것이다. 부족민들도 처음에는 아가사의 치료술에 놀랐지만 곧이어 한계를 알아차렸다.

'이를 어쩌지?'

어른들이야 아가사의 한계를 알았지만 아이들은 그렇지가

못했다. 직접 상처가 사라지는 모습을 목격했기 때문이다. 특히 퓨어스는 어른들에게 몇 마디 대륙어까지 배워 와서는 아가사에게 자신의 아버지를 치료해 달라고 졸랐다.

'나로선 불가능한 일이야.'

퓨어스의 아버지는 예전엔 부족에서 최고의 전사였지만, 지금은 누워서만 생활하고 있었다. 일 년 전 몬스터와 싸우다가 두 팔이 부러졌는데 상처가 계속해서 악화되었다. 고름이 흘러나올 정도로 심하여 아가사의 능력으로는 해결이 불가능했다.

'얼마나 고통스러울까?'

아가사는 혹시 독에 중독된 현상이 아닐까 싶어 2서클의 큐어 포이즌(Cure Poison) 마법을 시전하는 게 전부였다. 전문적인 치료사도 치료가 어려울 정도로 심한 상처였다. 적어도 정식으로 임명받은 신관의 수준은 되어야 치료가 가능해 보였다.

마법 수련은 성과가 느렸다. 평범한 재능인 데다 열심히는 하지만 목숨을 걸고 할 만큼은 아니었다. 결과가 미비하다고 포기할 아론이 아니다. 오랜 시간이 필요하겠지만 언젠가는 가능하리라 생각하고 있었다.

아론의 생활은 무척이나 단조롭고 여유로웠다. 아침에 일어나 체력 유지를 위하여 페르민 검술을 수련한다. 그리고 느긋한 마음으로 반나절 동안 마법 수련을 하고, 나머지 시간에는 휴식을 취한다. 결론적으로 마법 수련 이외에 별달리 할 일이 없었다.

'어디로 가져가는 것일까?'

여유가 생기자 아론은 심심풀이로 카얀 부족의 생활사를 살펴보았다. 가끔씩 부족의 전사가 숲에서 가져온 사체를 어디론가 가져가는 이해되지 않는 모습을 목격했다.

'왜 말해주지 않는 걸까?'

용기를 내어 사체의 용도를 물어보았지만 아무도 대답을 하지 않았다. 그저 카얀 부족의 비밀이니 외부인은 알려고 하지 말라는 것이다.

'설마 먹기 위해서?'

통역사에게 카얀 부족이 식인 부족이란 말을 들었다. 하지만 생활 모습을 지켜본 결과 전혀 식인 부족이라 생각되지 않았다. 너무나 궁금하여 용기를 내어 식인에 대한 이야기를 꺼냈더니 부족민들은 아무렇지도 않은 듯 식인 부족이 아님을 밝혔다. 자신들은 절대 식인을 하지 않는다는 것이다.

'정말 희한한 일이네. 타 부족에서는 다 식인 부족으로 알고 있는데.'

타 부족에게 이미 식인한다고 알려진 상황에서 굳이 아니라고 말할 이유가 없었다. 식인 문화는 헤이렌 왕국에서도 내부분 사라졌다. 그런데도 카얀 부족은 타 부족에게 어떠한 해명도 하지 않는다. 그로 인해 타 부족에게 멸시와 배척을 받는 데도 말이다. 정말 이상한 일이 아닐 수 없다.

카얀 부족이 많은 부족들에게 멸시를 받으면서도 아직까지 유지되고 있는 것은 후슘 부족의 보호 덕분이다. 후슘 부족에는 위대한 전사들이 많고, 그 때문에 연합 부족도 함부로 하지 못한다. 정말 아론으로서는 이해가 불가능한 관계로 비춰졌다.

'후슘 부족에는 왜 위대한 전사가 많은 걸까?'

헤이렌 왕국에서 위대한 전사란 칭호는 마나를 외부로 표출할 정도의 마나 운용 능력을 지닌 익스퍼트 이상의 경지에 이른 전사를 뜻한다. 대륙의 기사 못지않은 기사급 전사가 미개하다고 생각되는 식인 부족에서, 그것도 유독 후슘 부족만 왜 많을까 궁금했다.

'내가 상관할 바는 아니지만.'

아론은 심심풀이로 풀리지 않는 의문에 대한 추측을 여러 가지로 해봤지만 딱히 들어맞을 만한 것이 없었다. 더구나 단순한 호기심 때문에 스스로 위험을 자초하고 싶지 않아서 잊으려 애썼다. 하지만 아가사 때문에 그럴 필요가 없었다. 그녀가 새로운 고민거리를 안겨주었기 때문이다.

"아론님, 어떻게 안 될까요?"

"안 돼."

조심스럽게 다가와 부탁하는 아가사의 청을 아론은 매정하게 거절하였다.

"한 번만 살펴라도 봐주세요."

"네가 말한 모습이라면 전문적인 치료사만이 가능하다는 대수술이 필요해. 그런데 그런 대수술을 나보고 하라고? 조금만 실수해도 환자는 곧바로 죽음으로 직행인데? 난 위험을 떠맡고 싶지가 않아."

아가사가 재차 치료를 부탁했지만 아론은 부담스러운 일이라 거절했다. 아가사가 아론에게 매달리는 이유는 그녀가 아론에 대해 새롭게 알게 된 사실 때문이다. 같은 공간에서 함께 생활하다 보니 대화가 많아졌고, 아론은 우연히 자신의 출신 아카데미를 밝혔다.

대륙에서도 손꼽히는 콘라드 제국의 드레이얼 마법 아카데미를 6년 만에 졸업했다는 사실로 인해 그녀들은 아론을 천재로 보았다. 지금까지 이해할 수 없었던 아론의 독특한 행동도 모두 이해하며 그녀들은 아론에게 가졌던 모든 편견을 버렸다.

에나미와 아가사는 제국의 마법 아카데미가 얼마나 훌륭한 교육 체제를 가졌는지 알고 있었다. 그래서 아가사가 아론에게 매달렸던 것이다. 더구나 서클도 한 단계 더 높으니 두말할 나위도 없었다. 하지만 아론으로서는 부족민과의 관계가 악화될 수 있는 사건에 관여하기는 싫었다.

족장과의 거래를 통해서 조용히 지낼 수 있도록 약속까지 받아낸 상황이다. 얌전히 지내면 미움도 받지 않고 생활할 수 있는데 말이다. 치료가 잘못되면 부족민은 아론을 탓하게 될 것이 자명한 일이다.

"부탁드립니다."

아가사가 또다시 아론에게 고개 숙여 부탁했다. 가능하면 아론도 아가사의 부탁을 들어주고 싶었다. 아가사 덕분에 편 안하게 지내고 있기 때문이다.

'쓸데없이 나서서 일을 만드네.'

아론은 순수한 아가사의 진심을 받아들여 조금 양보하기 로 결정했다. 성질이 급한 에나미가 부탁했으면 절대 양보조 차도 하지 않았을 것이다.

"좋아. 만약 치료 결과에 대해서 책임을 묻지 않는다면 생 각해 볼게."

"아론님, 감사합니다."

"다시는 이런 부탁을 하지 않았으면 좋겠어."

아론은 별로 내키지 않았다. 환자의 상태는 아가사의 설명 만으로 끔찍하다 생각되었다. 일 년 전 부러진 팔의 상처에서 고름까지 나온다고 했으니 말이다.

며칠 후 아론은 아가사의 안내를 받아 퓨어스의 아버지를 만날 수 있었다.

"아론님, 왜 이런 것이죠?"

"정확히는 나도 모르지. 부러진 팔뼈가 정확한 위치에 붙

지 않았을 수 있고, 부러졌을 때 이물질이 들어갔을 수도 있
으니까. 아니면 부러졌을 때 혈관이 잘못된 것일 수도 있지.
어쨌든 치료하기 위해서는 예전의 상처를 직접 봐야 돼."

　아가사는 아론의 대답에 실망하였다. 아론이 전문적인 치
료사가 아닌 다음에야 간단한 진찰만으로 상처의 원인을 알
수는 없었다. 원인을 모르는 상태에서는 치료 마법도 소용이
없다. 마법 치료는 단순히 단순히 살갗을 회복시키 것뿐이다.
병의 원인을 찾아야 마법 치료도 가능한 것이다.

　"예전의 상처를 직접 본다구요?"

　"상처난 부위를 다시 칼로 갈라서 들여다보고 원인을 찾아
야 될 거야."

　"그렇게 하면 치료가 가능한가요?"

　"확답은 못해. 원인을 찾지 못하면 말짱 헛일이니까. 수술
이 진행되는 도중에 죽을 가능성도 높을 거야. 실패할 가능성
이 높은 치료 방법이고, 아까 말했듯이 내게 아무런 책임도
묻지 않겠다고 약속한다면 시도는 해볼게."

　아가사는 대륙어가 가능한 부족민을 통해서 퓨어스의 아
버지인 수메르에게 상황을 자세히 설명하였다. 치료의 성공
률이 낮아서 아론이 치료를 거부하고 있으며, 만약 책임을 묻
지 않는다면 시도는 해보겠다는 이야기까지 전했다. 물론 죽
을 가능성도 있음을 빼먹지 않았다.

수메르는 아들인 퓨어스의 머리를 매만지며 웃으려고 노력했다. 대륙에서 왔다는 치료사의 능력은 다른 부족민을 통해서 이미 알고 있었다. 하지만 수메르의 상처는 본인조차도 고개를 내저을 정도로 심각했다.

‘선택의 여지가 없다.’

일 년간 전혀 낫지 않은 상처이다. 계속해서 방치하다가는 언제 죽을지도 모를 일이다. 수메르는 더 이상 잃을 것도 없어서 그냥 허락하였다.

‘신이 보살펴 줄 것이다.’

족장의 허락까지 얻어낸 수메르는 자신의 몸을 아론에게 맡겼다. 아론은 재차 책임질 수 없다는 다짐을 받고서야 치료를 준비하였다. 수메르는 치료 과정에서 받을 고통이 걱정이었는데, 다행히 의식을 잃어가며 그럴 필요가 없다는 사실에 안도했다.

아론은 네크로멘서만이 시전 가능한 페인 데스 마법으로 수메르를 가사 상태에 빠뜨렸다. 5년간 오크를 해부해 왔던 경험이 있어서 그리 어렵지 않았다. 지금은 오크를 해부한 경험으로 사람을 치료하는 상황이었다.

아공간에서 해부에 필요한 도구와 포션을 꺼냈다. 해부용 도구가 사람의 치료를 위해 사용될 줄은 아론도 미처 몰랐다. 오크의 피로 제작한 포션도 미리 넉넉히 꺼내 두었다. 어차피 쉽게 제작할 수 있는 것이라 아깝지도 않았다. 아공간에 신전에서 제작한 최고급 포션이 있었지만, 그것은 아론 자신을 위해서 갖고 있는 것이라 사용할 생각이 없었다.

'한두 푼도 아니고.'

신전에서 제작한 포션의 가격은 천문학적인 값이다. 자신을 위해서가 아니면 절대 타인에게 사용할 수 없었다. 오크의 피로 제작한 포션도 두통과 체력 저하의 부작용이 동반되어서 그렇지 치료에 대한 효과는 그렇게 심한 차이가 나지도 않는다.

"그럼 시작할까?"

"네, 아론님."

에나미와 아가사가 동시에 대답했다. 아론은 긴장하지 않았지만 에나미와 아가사는 상당히 긴장하고 있었다. 치료에 방해가 될까 저어하여 부족민의 접근은 막았다. 그들에게 있어서 아론의 치료 방법은 너무나 끔찍할 테니 말이다.

"후으으으."

"후으으."

적막이 흐르는 가운데 아론의 해부용 칼이 수메르의 팔을 헤집을 때마다 에나미와 아가사의 숨소리가 높아졌다. 스스로 진정하기 위해서 심호흡을 하는 것인데, 막상 수술이 시작되자 그녀들은 별반 도움이 되지 못했다.

'혈관을 피해서 조심스럽게.'

혈관은 생명과 직결되는 조직이다. 아론은 혈관을 피해가며 잔인하게 칼을 그어댔다. 어차피 포션으로 처리할 수 있는 상처라 그리 걱정하지는 않았다. 가장 중요한 문제는 상처의 원인부터 알아내야 한다는 것이다.

"아직까지 살아 있는 게 기적이로군."

아론은 수메르의 팔을 완전히 헤집고서야 상처의 원인을 찾아냈다. 부러진 뼈가 약간 틀어져 붙은 상태였고, 그 주위에 이물질이 있어서 살이 썩으며 상처를 악화시키고 있었던 것이다. 원인을 찾아냈으니 이제 치료를 할 차례이다.

풀썩!

"우우욱!"

그 순간, 아가사는 새파랗게 질린 얼굴로 바닥에 쓰러졌고, 에나미는 구토하려는 자신의 입을 틀어막고 있었다. 어떻게든 참아가며 옆에서 아론을 도와주려 했지만 그녀들에겐 너무나 끔찍한 모습이었다.

'언젠간 너희도 자주 접하게 될 텐데.'

아론은 견뎌내지 못하고 이성을 잃은 그녀들의 모습을 바라보았다. 범죄자 출신이라 이 정도는 견뎌내리라 생각했건만 아론의 추측이 빗나간 것이다. 더구나 둘 모두 상황이야 어찌 되었든 살인 경험도 있으니 말이다.

어쩔 수 없이 아론은 혼자서 수메르를 치료하였다. 상처난 팔을 다시 부러뜨려 제대로 맞추고, 포션을 사용해 그 자리에서 붙였다. 그리고 썩은 살을 모두 잘라내어 포션으로 말끔히 마무리를 하였다.

　포션을 남용한 탓에 수메르는 장기간 부작용으로 고통받으리라. 하지만 부러진 팔의 회복 능력이 일 년간 최저로 떨어진 상태라 포션을 남용할 수밖에 없었다. 자연적인 치유력에 의지하기엔 무리였다. 부작용이 심하겠지만 이는 수메르가 견뎌내야 할 부분이었다.

　아론의 예상과 다르게 수메르는 이틀 만에 정상적으로 팔을 움직였다. 일 년 전만큼은 아니었지만 수메르는 기적이라며 감격했다. 아론은 포션의 남용에 대한 부작용이 이틀 만에 끝났다는 사실이 믿기지 않았다.

　치료의 성공 여부와 상관없이 포션의 부작용은 나타나야 정상이다. 아무리 부족민의 몸이 다르다지만 뭔가 이해할 수 없는 일이 수메르에게 일어난 것이다. 하지만 아론으로서는 그 이유를 찾아내지 못했다.

　수메르가 기사회생하자 부족민들은 아론을 더 이상 외부인으로 생각하지 않았다. 거의 족장에 버금가는 대우를 하여 오히려 아론이 부담스러울 정도였다. 조용히 지내고 싶었던 아론이지만 그것은 마음대로 되지 않았다.

　가끔씩 수메르처럼 상태가 심각한 부족민을 지료했다. 물론 모두 성공한 것은 아니다. 하지만 실패가 있더라도 부족민들은 아론에게 절대 책임을 미루지 않았다. 확실히 아론은 수메르와 비슷한 처지의 부족민을 상당수 치료했기 때문이다.

카얀 부족에서 아론의 입지는 점점 높아졌다. 그렇게 반년이 세월이 흘렀다. 그동안 아론이 한 일은 별거없었다. 가끔씩 족장의 부탁을 받고 상처가 심한 부족민을 치료하는 것뿐이었다. 하지만 아론의 존재는 카얀 부족에게 있어서 족장 다음으로 중요한 존재가 되었다.

아론으로서는 순수한 마음에서 벌인 일이 아니다. 단순히 파견된 기간 동안 편하게 지내보려고 시작한 것이다. 그러는 동안 반년의 시간이 흘렀고, 부족민과 친해진 관계를 이용해 사체의 비밀을 파헤쳤지만 별로 알아낸 것이 없었다.

'무슨 비밀이기에 내게도 숨긴 거야?

아론에게 목숨을 건진 부족민들에게 물어도 그들은 비밀을 밝히지 않았다. 그 비밀이 무엇이든 아론으로선 궁금했다. 반년을 함께 생활해 보니 카얀 부족은 확실히 식인 부족이 아니었다.

'모두 사체에 대한 비밀 때문이다.'

식인 부족으로 알려진 이유는 모두 어디선가 부족민들이 사체를 가져오기 때문이었다. 얼핏 목격한 적이 있는데 야생 동물인 경우도 있었고, 오크의 사체였던 적도 있었다. 가끔은 사람을 옮기기도 하였다.

'오늘은 밝혀내고 말 거야.'

아론은 단단히 각오를 한 뒤 한 부족민의 뒤를 밟았다. 아론이 숲에서 생활하는 부족민을 쫓기란 거의 불가능하다. 하지만 루시의 도움을 받으면 그리 어렵지도 않은 일이었다.

"아론님, 약간 오른쪽으로 와야 해요."

"알았어."

루시가 아론에게 정확한 위치를 알려주었다. 반년간의 생활 덕분인지 루시는 이성적 사고가 무척이나 높아졌다. 이제는 사소한 행동은 굳이 명령을 내리지 않아도 스스로 판단하고 있었다. 지난 반년을 외롭지 않게 지낼 수 있었던 이유 중에 하나이기도 하다.

"아론님, 피하세요!"

"왜 그래?"

"아론님을 향해 누군가 빠른 속도로 다가가고 있습니다."

루시가 전해오는 생각에 아론은 정말 놀랐다. 반년간 계속된 육체관계의 힘입어 루시는 이제 아론의 육체를 통해서도 감지가 가능했다. 그래서 아론에게 다가오는 적을 감지하고 그 사실을 알려준 것이다.

"저로서도 상대하기 버거울 것 같습니다."

"젠장!"

루시의 생각에 아론은 긴장했다. 추적을 위해서 루시와 떨어진 것이 이러한 위험을 만들게 될 줄은 몰랐다. 아론은 실드를 시전하고 위험한 상황을 대비하여 공격 마법도 준비했다. 하지만 생각보다 위험은 일찍 닥쳐 왔다.

"아론님, 바로 뒤쪽입니다."

“파이어 볼!”

아론의 오감에 드러나지 않을 만큼 강하니 최대한 강력한 마법을 시전하여 대비하였다. 루시가 다가올 동안만이라도 버텨내리라 생각했다. 하지만 생각만큼 적은 호락호락하지 않았다.

“왼쪽, 아니, 오른쪽입니다.”

“파이어 볼!”

반년간의 마법 수련이 빛을 발하는 순간이다. 마법의 파괴력이 약한 측면이 없잖아 있지만 매우 빠른 시전이다. 하지만 눈에 희끗한 그림자만 보이며 빠르게 움직이는 상대에게는 별반 소용없는 짓거리였다.

“늦었습니다, 아론님.”

“움직이면 죽는다.”

아론의 목에는 실드를 뚫고 들어온 검이 살갗을 찌르고 있었다. 이동 마법으로 도주할 수 있지만 임시방편일 뿐이다. 반년 전의 사건을 계기로 이동 마법의 한계를 절실히 실감한 아론이다.

‘후슘 부족의 위대한 전사?’

목소리를 듣고 아론은 상대의 정체를 파악할 수 있었다. 반년간 생활하며 후슘 부족에 대해 기본적인 부분은 알게 되었다. 비밀을 파헤치면서 부족민들이 특별하게 조심해야 될 인물을 가르쳐 주었는데, 그들이 바로 ‘위대한 전사’였다. 그들

은 부족의 무력을 담당하고 있어서 많은 특혜가 주어진다. 대
부분의 전사들이 그들의 명령을 따르고 그 자리에 오르기 위
해 최선을 다한다. 부족의 최고 권력자인 족장도 위대한 전사
들 중에서 선택 혹은 선출된다.

"루시, 적대하지 마라."

"네, 아론님."

아론을 제압한 상대는 루시가 함부로 다가오지 못하도록
하였다.

"저의 여자입니다."

"미쳤군."

아론을 위협하는 상대가 어이없다는 말을 뱉어냈다. 헤이
렌 왕국은 부족 간에 여자를 약탈하는 경우가 많아 외부로 여
자와 함께 돌아다니지 않는다. 그 때문에 상대는 아론의 말에
어이가 없었던 것이다.

"루시, 마나 운용을 자제해라."

"알겠습니다."

상대는 분명히 후슘 부족의 위대한 전사이다. 마나 운용이
가능한 진시라 루시가 힘을 발휘하면 금세 자신 못지않은 상
대임을 눈치 챌 것이다. 대륙의 기사와 다르게 헤이렌 왕국의
위대한 전사로 불려지는 존재는 적을 죽이기 위해서라면 수
단을 가리지 않는다.

"네놈의 정체를 알고 있지. 그런데 왜 이곳에 있는 거지?

카얀 부족에서 이 지역에 출입하지 못하도록 단단히 알려줬
을 텐데 말이야.”

“그것은······.”

아론은 별로 할 말이 없었다. 카얀 부족의 전사 중에는 루
시의 추적을 감지할 만한 사람이 없었다. 그래서 안심하고 루
시와 추적을 한 것인데, 그것이 후슘 부족과 연관되어 있을
줄은 몰랐다. 그래서 순간 마땅한 핑계가 생각나지 않았다.

‘젠장할!’

상대는 아론이 대단한 죄라도 지었다는 듯이 말하고 있었
다. 모두 다 알아듣지 못했지만 매우 불쌍하다는 눈빛으로 바
라보았다. 루시의 힘을 빌려서 도주라도 하고 싶지만 상대의
실력도 만만치 않았고, 빈틈도 보이지 않았다.

『오크마법사』 2권에 계속…